ДЖОН П. СТРЕЛЕКИ

КАФЕ НА КРАЮ ЗЕМЛИ

ДВА БЕСТСЕЛЛЕРА
под одной обложкой

БОМБОРА™
Москва 2020

УДК 159.9
ББК 88.53
С84

Стрелеки, Джон.

С84 Кафе на краю земли. Два бестселлера под одной обложкой / Джон Стрелеки ; [пер. с англ. Э.И. Мельник]. — Москва : Эксмо, 2020. — 368 с. — (UnicornBook. Мега-бестселлеры в мини-формате).

ISBN 978-5-04-102411-6

Эта книга соединила два бестселлера Джона П. Стрелеки — «Кафе на краю земли» и «Возвращение в кафе», которые изданы миллионными тиражами и переведены на 30 языков. Каждый из нас время от времени задает себе вопросы: «кто я?», «куда я иду?», «счастлив ли я?» Но найти ответы и следовать своему собственному пути не так-то просто. В этой книге — вдохновляющие истории о том, как избавиться от мимолетной суеты современного мира, отбросить страхи и сомнения и открыться для счастливых перемен.

УДК 159.9
ББК 88.53

ISBN 978-5-04-102411-6

КАФЕ НА КРАЮ ЗЕМЛИ

Синь[1] — моей родственной душе
во всех делах.
Софии — той, кто вызывает
улыбку в моем сердце.
А также
Кейси, Майку и Энни

---

[1] Синь (в мифологии) — чудесная птица, исполняющая желания *(прим. ред.)*.

ПРЕДИСЛОВИЕ

Порой в момент, когда меньше всего этого ожидаешь (и, возможно, больше всего в этом нуждаешься), ты вдруг оказываешься в новом месте, с новыми людьми и учишься чему-то новому. Так случилось со мною однажды поздним вечером на темном, безлюдном участке дороги. Если вдуматься, ситуация в тот момент символизировала всю мою тогдашнюю жизнь. Как я заблудился на дороге, так заблудился и в жизни — я не понимал, куда двигаюсь и почему двигаюсь именно в этом направлении.

На работе я взял недельный отпуск. Моей целью было убраться подальше от всего, что связано с работой. И дело вовсе не в том, что моя работа была ужасна. Она не была ужасной. Конечно, в ней имелись свои неприятные аспекты, но не более. Просто я день за днем ловил себя на мысли: разве в жизни не должно быть нечто большее, чем сидение по десять-двенадцать часов в день в офисе? Главной целью такого сидения было получить повышение — а после него вкалывать по двенадцать-четырнадцать часов в день в том же офисе, но в собственном кабинете.

В старших классах школы я готовился к колледжу. В колледже я готовился к трудоустройству. После этого я тратил свое время, прокладывая путь к вершинам компании, в которой нашел себе место. Теперь же я гадал: может быть, люди, которые помогали мне направить свои стопы по этим исхоженным тропам, просто повторяли мне то, что когда-то кто-то твердил им самим?

В общем-то это были неплохие советы, но и не особенно воодушевляющие. У меня возникло ощущение, будто я деятельно обмениваю свою жизнь на деньги, и эта сделка не казалась мне такой уж выгодной. Именно в этом озадаченном состоянии ума я и пребывал, когда обнаружил кафе «Почему вы здесь», или просто кафе «Почему».

Когда я рассказывал эту историю другим людям, они реагировали примерно так: «мистика» или «сумеречная зона». Последнее — отсылка к старому телесериалу, в котором люди попадали в места, на первый взгляд нормальные, но в итоге отнюдь не всегда оказывавшиеся таковыми. Порой — на какой-то миг — я ловлю себя на сомнениях в том, что мои переживания действительно были реальными. Когда это случается, я лезу в ящик своего домашнего письменного стола и перечитываю надпись на меню, что подарила мне Кейси. Эти несколько слов напоминают мне о том, насколько реальным все было.

Я никогда не пытался повторить свой путь и снова отыскать это кафе. Какая-то небольшая часть моей души предпочитает верить, что не так уж и важно, насколько реальным был (или не был) этот вечер. Если бы я смог вернуться на то самое место, где я тогда обнаружил это кафе, то его скорее всего там бы не оказалось;

единственной причиной, по которой я нашел его, была моя личная потребность именно в тот момент, именно в тот конкретный вечер найти его, — и только по этой причине оно и существовало.

Может быть, когда-нибудь я попытаюсь вернуться туда. Или, может быть, как-нибудь вечером просто снова окажусь перед входом. Тогда я смогу войти и рассказать Кейси, Майку и Энни, если они там будут, как тот самый вечер в кафе изменил мою жизнь. Как вопросы, с которыми они меня столкнули, привели меня к мыслям и открытиям, превосходящим все, что я воображал себе прежде.

Кто знает... Может быть, я проведу весь этот вечер в разговорах с другим человеком, который, как и я когда-то, заблудится и забредет в кафе «Почему».

Или я просто напишу книгу о своем приключении — и пусть она будет частью моего вклада во все то, ради чего существует это кафе.

ГЛАВА 1

Машина ползла по федеральному шоссе в темпе, по сравнению с которым прогулка пешком стала бы равноценна гонке спорткаров. После часа в режиме «минуту едем, пять стоим» мы встали намертво. Я нажал на радиоприемнике кнопку настройки и принялся искать хоть какие-нибудь признаки разумной жизни.

Не обнаружил.

После того как за двадцать минут никто не сдвинулся даже на полметра, люди начали выходить из машин. Толку от этого было мало, зато теперь все мы могли пожаловаться на жизнь кому-то за пределами салона собственного автомобиля — приятная смена обстановки.

Владелец минивена, стоявшего передо мной, твердил как заведенный, что его бронь в отеле снимут, если он не доберется до них до шести часов. Женщина из кабриолета слева не выпускала из рук сотовый, громко жалуясь кому-то на неэффективность системы автодорог в целом. Позади меня бейсболисты из юношеской лиги, набившиеся в машину как селедки в бочку, медленно, но верно доводили до ручки свою сопровождающую. Я, кажется, слышал мысли этой несчастной женщины, которая зарекалась когда-либо впредь добровольно брать на себя любые обязанности.

В сущности, я был маленьким участком одной большой ленты недовольства.

Наконец — еще через двадцать пять минут отсутствия движения — на газонной полосе посреди шоссе показалась полицейская машина. Через каждые несколько футов она останавливалась — наверное, офицер разъяснял людям, что происходит.

«Ох, — подумал я, — надеюсь, он догадался надеть бронежилет и каску».

Полные жадного предвкушения, все мы ждали, когда же он доберется до нас.

Полицейская машина наконец подъехала, за рулем, во-первых, оказалась женщина, а во-вторых, она сообщила нам, что примерно в пяти милях впереди перевернулась цистерна с потенциально токсичными веществами. Увы и ах, дорога полностью перекрыта.

Женщина терпеливо объяснила, что у нас есть два варианта: либо развернуться и попытать счастья на альтернативном маршруте (хотя на самом деле никаких альтернативных маршрутов не было), либо дожидаться, пока дорогу расчистят, но на это уйдет не меньше часа.

Машина переместилась к следующей группе, я проводил ее глазами. Когда парень из минивена продолжил свои стенания насчет отеля и шести часов, мое терпение закончилось.

— Именно так всегда и случается, когда я пытаюсь куда-нибудь на время свалить, — пробормотал я себе под нос.

Потом я сообщил своим новым товарищам (я не знал их по именам, но нас связывала пространственная близость, на которой в детстве чаще всего основывается дружба), что предел чувства безысходности достигнут и я собираюсь поискать другой маршрут. Отпустив еще одно замечание о шести часах, владелец минивена освободил мне дорогу, и я пересек газонную разделительную полосу. А потом начал двигаться в противоположном направлении.

ГЛАВА 2

В то время, прежде чем отправляться в поездку, я распечатывал маршрут из Интернета. Это казалось мне верхом разумности. «И никакая карта не нужна, — думал я. — Все, что мне надо делать, — просто следовать этим четким указаниям».

Но теперь от них не было никакого проку, и я включил телефон, чтобы загрузить карты. «Система недоступна» — раз за разом выскакивало на экране. Я со вздохом вспомнил старый добрый дорожный атлас, который некогда составлял мне компанию в дальних поездках. Зря я его выложил.

Поскольку теперь я ехал на юг, зная притом, что мне нужно двигаться на север, недовольство росло. Пять миль без съезда с шоссе превратились в десять, потом в двадцать, потом в двадцать пять…

— А к тому времени, как съезд найдется, это на самом деле будет уже не важно, поскольку теперь я понятия не имею, как добраться туда, куда мне надо попасть, — сказал я вслух самому себе, демонстрируя дегенерацию собственного ума.

Наконец на двадцать восьмой миле обнаружился поворот.

«Ох, и ничего себе! — подумал я, выворачивая на эстакаду. — Похоже, я оказался в единственном в мире месте, где на перекрестке шоссе нет ни заправки, ни фастфуда, вообще ничего».

Посмотрел налево: пустыня.

Посмотрел направо: глаз радовала такая же безмятежная пустота.

— Что ж, — пробормотал я, — похоже, тут и не важно, в какую сторону ехать.

Я повернул направо, мысленно отметив, что теперь еду на запад и что на следующем многообещающем перекрестке мне следует снова повернуть направо. По крайней мере, в этом случае я буду двигаться в сторону севера.

Дорога была двухполосная: одна полоса уводила меня дальше от того места, откуда я приехал, другая возвращала к нему. На самом деле я не очень-то понимал, по какой из них мне следовало бы ехать. Просто ехал, и все. Машин почти не было, как и признаков цивилизации. Время от времени я замечал какой-нибудь дом, пару семейных ферм, а потом и вовсе ничего, кроме лесов и лугов.

Час спустя я признал, что заблудился. Те немногие перекрестки, что мне попадались на пути, были незначительными либо помечены указателями того рода, которые сразу дают понять, что ты вляпался в неприятности. Когда не видишь ни единой живой души на протяжении сорока миль, а дорога, по которой едешь, носит название, начинающееся со слова «старый» (типа «Старое шоссе 65»), перспективы выглядят довольно мрачно.

На очередном перекрестке, который ничем не отличался от других, оставленных позади, я все-таки повернул направо. Это был акт отчаяния. По крайней мере, буду двигаться в верном географическом направлении, даже если не представляю, где нахожусь. К моему безмерному огорчению, название этой дороги тоже начиналось со слова «старая».

Дело было к восьми вечера, солнце опускалось все ниже над горизонтом. По мере того как день клонился к закату, уровень моей фрустрации поднимался к зениту.

— Надо было остаться на шоссе, — сказал я зло. — Подумаешь, потерял бы час! А теперь уже два зря потратил и до сих пор, черт возьми, не понимаю, где нахожусь.

Я двинул кулаком в потолок машины, словно она была виновата в моих злоключениях или это как-то могло помочь.

Еще десять, пятнадцать, двадцать миль — и по-прежнему ничего вокруг. Бензина у меня осталось меньше половины бака. Насколько я мог судить, такого варианта, как вернуться назад, для меня не существовало. В лучшем случае топлива хватит до эстакады, да и то при условии, что мне удастся найти это место. Да даже если и удастся, все равно там не было ни единой заправочной станции.

Единственным вариантом было потихонечку плюхать вперед, в надежде где-нибудь заправиться и добыть еды.

Уровень моей подавленности продолжал двигаться в направлении, противоположном стрелке датчика бензина. Но я ведь, собственно, отправился в поездку, чтобы избежать депрессии. Мне ее с лихвой хватало и дома — проблемы на работе, бесконечные разборки со счетами, а в некоторой степени и вообще с жизнью. Предполагалось, что недельный отпуск — это мой шанс расслабиться и «перезарядить аккумуляторы». Очередное переживание неудач было мне ни к чему.

«Какое странное выражение, — подумал я, — "перезаряжать аккумуляторы"... Перегорать, перезаряжать, перегорать, перезаряжаться... О каком позитивном настрое тут может идти речь?»

Солнце уже полностью скрылось за линией деревьев, сумерки все больше заволакивали окрестности. Следы розового и оранжевого в облаках отражали последние остатки дневного света, но я почти не обращал внимания на небо, сосредоточившись на дороге и своих невеселых мыслях. Нигде по-прежнему не было и признаков цивилизации.

Я снова бросил взгляд на стрелку уровня топлива.

— Меньше четверти бака, и продолжает уменьшаться, — сообщил я себе вслух.

В последний раз я ночевал в машине, когда возвращался домой из колледжа. Это было много лет назад, и я, честно говоря, не планировал повторить это знаменательное приключение. Но, увы, похоже было, что повторить придется.

«Мне необходимо поспать, — обреченно подумал я. — Нужно сохранить силы, чтобы пойти пешком за помощью, когда в машине кончится бензин».

ГЛАВА 3

Как раз тогда, когда стрелка бензинового датчика начала опускаться ниже красной линии с буковкой Е, я увидел свет. Тут нужно сказать, что несколько миль назад, взбешенный идиотизмом своего положения, я свернул на перекрестке налево. Вообще-то не было никаких признаков, что мои шансы встретить кого-нибудь увеличатся, если я поверну, но я все равно это сделал. По крайней мере, название дороги не начиналось со слова «старая», что для меня в тот момент стало решающим.

— Акт отчаяния, который, по-видимому, может окупиться, — подбодрил я самого себя.

Присмотревшись к источнику света, я понял, что это всего-навсего уличный фонарь. Одинокий уличный фонарь, ярко сияющий в такой глухой дыре, что глуше и представить нельзя.

— Пожалуйста, пусть там будет хоть что-нибудь, — повторял я на манер мантры, проделывая оставшуюся до фонаря четверть мили.

И *что-то* там действительно было.

У фонаря я свернул с шоссе на парковку, отметив, что под колесами тихо шуршит гравий. К моему изумлению, я увидел небольшое белое прямоугольное здание. «Кафе "Почему вы здесь"» — сообщала сияющая голубым неоном вывеска. Самое удивительное, что на парковке были еще три машины. «Странно, — подумал я. — Откуда они здесь? По дороге они мне явно не попадались. Как минимум весь последний час я не видел ни одной машины и вообще никого живого… Ну, может, оно и к лучшему. Надеюсь, люди в кафе побольше меня знают о том, как выбраться из этой глуши».

Я вылез из машины, поднял руки над головой и несколько раз с наслаждением потянулся — тело, пока я сидел за рулем, занемело. Потом направился к входу.

Небо было совершенно черным, если не считать громадного полумесяца и тысяч звезд.

Когда я открыл дверь, маленькие колокольчики, привязанные к ручке с внутренней стороны, тихо звякнули, возвещая о моем прибытии.

Меня окатила волна аппетитных запахов. До этого момента я и не предполагал, что настолько проголодался. Мой нос не мог точно определить, что именно порождало эти дивные ароматы, но я планировал заказать сразу три порции, что бы это ни было.

ГЛАВА 4

Внутри кафе царила атмосфера старого американского дайнера — ресторанчика быстрого обслуживания. Хромированные барные стулья с красным мягким верхом выстроились под длинной и узкой белой стойкой. Под окнами тянулся ряд красных диванчиков со столиками перед ними; диванчики образовывали что-то вроде кабинок. На каждом столе стояли стеклянная сахарница, маленький серебряный кувшинчик — как я предположил, с молоком для кофе, — солонка и перечница.

Старинный кассовый аппарат громоздился на тумбе подле двери, рядом с ним стояла деревянная вешалка для одежды. В этом кафе было уютно. Как раз такое место, где можно подолгу сидеть и разговаривать с друзьями. Но я, к сожалению, не удосужился прихватить никого из них с собой.

Официантка прервала разговор с парой посетителей за дальним столиком, улыбнулась мне и проговорила:

— Места не нумерованы, паркуйтесь, где пожелаете.

Я приложил все усилия, чтобы утихомирить все еще кипевшее раздражение (в течение последних четырех часов оно нарастало как снежный ком) и попытался улыбнуться в ответ. Потом выбрал ближайший к двери столик. Скользнув на красное виниловое сиденье, я обратил внимание на то, что оно выглядит совершенно новым. Оглядевшись по сторонам, я удивился — новым выглядело вообще все.

«Должно быть, владелец прогнозирует гигантский урбанистический рост, — подумал я, — коль скоро решил построить кафе в этой дыре».

— Приветик!

Это слово прервало поток моих глубоких размышлений о невысоких ценах на недвижимость в глуши и градостроительных возможностях. Произнесла его официантка.

— Приветик! — повторила она. — Меня звать Кейси. Как дела?

— Привет, Кейси. Я — Джон, и я немного сбился с пути.

— Это уж точно, Джон, — отозвалась она с проказливой усмешкой.

По манере ее ответа я не мог определить, что она имеет в виду. Подтверждает, что я Джон или что я сбился с пути?

— Почему вы здесь, Джон? — вдруг спросила она.

— Ну, я ехал-ехал и... столкнулся с кое-какими проблемами. Пытаясь их объехать, я в конце концов совершенно заблудился. Пока я блуждал, у меня почти вышло горючее, а сам я едва не умер с голоду.

Когда я завершил свою раздраженную речь, Кейси улыбнулась мне все той же проказливой улыбкой.

— Вот что я вам скажу, — сказала она. — Уверена, вашу проблему с голодной смертью мы сумеем благополучно решить. Что же до всего остального, придется разбираться.

Она взяла меню из держателя у входной двери и протянула мне. Не знаю, в чем тут было дело — в освещении, в моей усталости после долго сидения за рулем, — но я мог поклясться, что буквы на обложке растворились и проявились заново в тот момент, когда она вручала меню мне. «Должно быть, я действительно жутко устал», — подумал я, кладя меню перед собой на столик.

Кейси вытащила из кармана маленький блокнотик для записи заказов.

— Могу принести вам что-нибудь выпить, пока вы выбираете, — предложила она.

Я попросил стакан воды с лимоном, и она ушла.

Похоже, этот день превращался в нечто гораздо большее, чем то, на что я рассчитывал. Вначале — многочасовая гонка по богом забытому захолустью, потом кафе посреди этого самого захолустья, а теперь еще и официантка с проказливой улыбкой.

Я взял меню и прочел то, что было написано на обложке:

Добро пожаловать в кафе
«Почему вы здесь»!

Ниже мелкими черными буковками шла странная надпись:

Прежде чем сделать заказ, пожалуйста, проконсультируйтесь с нашим обслуживающим персоналом насчет того, что может означать для вас проведенное здесь время.

«Хм, надеюсь, оно означает, что я здесь вкусно поем», — подумал я и перелистнул страницу.

Ассортимент был самый обычный, точно такой же, как в других кафе. Блюда к завтраку перечислялись на левой стороне в верхней части; сэндвичи — слева внизу; закуски и салаты занимали правую верхнюю часть, а основные блюда располагались под ними.

Сюрприз обнаружился, когда я перевернул последнюю страницу. На задней стороне обложки красовались три вопроса под заголовком «*О чем стоит поразмыслить, ожидая заказа*»:

Почему вы здесь?
Боитесь ли вы смерти?
Удовлетворены ли вы?

«Да уж, это тебе не спортивный раздел просматривать» — это было первое, что пришло в голову.

Я как раз собрался перечитать эти три вопроса, когда вернулась Кейси с водой.

— Как вам, все нравится? — поинтересовалась она.

Я перевернул меню и указал на название кафе.

— Что это означает?

— Ой, такое ощущение, что каждый понимает это по-своему, — ответила она. — Между прочим, мы по большей части называем кафе просто «Почему» — для краткости. Ну, так что вам принести?

Я не был готов сделать заказ. Если честно, меня подмывало скорее забрать куртку и уйти. В этом месте определенно чувствовалось нечто *инаковое*, и я не был убежден, что эта *инаковость* со знаком «плюс».

— Извините, Кейси, мне нужно еще немного времени.

— Да сколько угодно, — ответила она. — Не торопитесь, а я через пару минут подойду, проверю, как у вас дела. И, Джон, — добавила она с улыбкой, — не нервничайте. Вы здесь в хороших руках.

ГЛАВА 5

Я смотрел, как Кейси идет к парочке на другом конце кафе. Когда она приблизилась к столику, все трое возобновили разговор. Какая бы тема ни обсуждалась, она, должно быть, была приятной: все трое улыбались, до меня долетал веселый смех.

«Верно, это не такое уж и плохое место, — решил я. — И мне, наверное, следует заказать то, что взяли они».

Я снова вернулся к меню. «Все равно других вариантов нет, — мелькнула мысль. — Куда-то поехать — в баке бензин на исходе, и, похоже, в округе на двести миль, хоть вправо, хоть влево, не найдешь никакой еды. Местечко, конечно, странноватое, но пока еще не случилось ничего такого необычного».

Мои тревоги немного улеглись. Когда Кейси удалилась на кухню, а потом вернулась и прошла мимо моего столика с двумя кусками пирога с ревенем и клубникой, остатки тревог и вовсе испарились. Обожаю пирог из ревеня и клубники, но с тех пор, как я в последний раз ел его, прошло бог знает сколько времени. Я подумал, что если уж его здесь готовят, то, возможно, это своего рода знак, что мне следует ненадолго задержаться.

Вопросы на обороте, конечно, странные, но блюда, перечисленные в меню, выглядели привлекательно.

Я остановился на комплексном завтраке, хотя стандартные часы подачи завтрака прошли давным-давно. Кейси все еще разговаривала с той парочкой, так что, приняв решение, я снова стал разглядывать оборотную сторону обложки.

Почему вы здесь?

Вот странный вопрос, чтобы задавать его посетителям ресторанчика! Разве самим хозяевам неведомо, почему люди приходят в их заведение? А посетители? С чего бы им задаваться вопросом, почему они здесь? Потому что голодны, потому что хотят перекусить. Разве нет? Я не был уверен, что понял, о чем речь.

Почему вы здесь?

Возвращение Кейси выдернуло меня из мыслительного процесса.

— Вы готовы? — спросила она.

Я уже собрался ответить «да», но потом вспомнил предупреждение с лицевой стороны обложки — о том, что надо проконсультироваться с обслуживающим персоналом, прежде чем что-то заказать.

— Думаю, да, — проговорил я, потом ткнул пальцем в эту строчку. — А о чем именно мне нужно вас спросить?

— А, это!.. — отозвалась она и снова улыбнулась.

Мне начинала по-настоящему нравиться ее улыбка.

— С течением времени мы заметили, что люди, похоже, начинают по-другому себя ощущать, после того как проведут здесь некоторое время, — начала объяснять Кейси. — Так что мы стараемся непринужденно ввести их во все, что происходит под вывеской «Почему вы здесь». Мы немного рассказываем о том, на что они могут рассчитывать, — на случай, если наши посетители окажутся не вполне готовы к тому, с чем, как им поначалу казалось, они способны справиться.

К этому моменту я уже запутался окончательно. О чем это она — о еде, о самом кафе или о чем-то совершенно ином?

— Если пожелаете, — продолжила Кейси, — я могу отнести ваш заказ повару и узнать его мнение насчет того, что было бы для вас лучше всего.

— Конечно, — пробормотал я, чувствуя еще большую растерянность. — Думаю, да. Я возьму комплексный завтрак. Я понимаю, сейчас не время для завтрака, но, может быть, его все равно можно заказать?

— Вы точно этого хотите? — переспросила она.

— Да, точно.

— Тогда, я уверена, проблем не будет. В конце концов, сейчас уже ближе к завтрашнему завтраку, чем к сегодняшнему обеду.

Я взглянул на часы. Было пол-одиннадцатого вечера.

— Интересный взгляд на предмет, — заметил я.

Кейси улыбнулась:

— Иногда полезно взглянуть на вещи с иной точки зрения.

Она записала мой заказ и ушла. Я смотрел ей вслед, пока она шла к кухне, и только потом заметил, что меню она оставила на столе.

ГЛАВА 6

Когда Кейси подошла к окошку раздачи, я обнаружил, что там, в кухне, находится мужчина. В одной руке он держал деревянный половник и явно заведовал здесь готовкой. Кейси что-то ему сказала. Он высунулся из окошка, посмотрел на меня, улыбнулся и помахал мне рукой.

Я помахал в ответ, чувствуя некоторую абсурдность своих действий. У меня нет привычки махать поварам в кафе.

Кейси и этот мужчина пару минут поговорили, потом она подвесила листочек с моим заказом на маленький круговой держатель и пошла обратно к моему столу. Мужчина стал вращать держатель, пока бланк заказа не оказался перед ним. С секунду он глядел на него, а потом, взяв с собой, ушел в глубь кухни.

Я снова сосредоточился на странных вопросах. Когда я перечитывал первый вопрос — «Почему вы здесь?», — Кейси вернулась и уселась на диванчик напротив меня.

— Это Майк, — пояснила она. — Он владелец этого заведения, и на нем держится вся готовка. Майк сказал, что выйдет и познакомится с вами, как только представится возможность. Я спросила его насчет вашего заказа, и он сказал, что это будет немало, но он думает, что вы способны с этим справиться.

— Неплохой у вас сервис.

Она улыбнулась.

— Мы тоже так думаем. Возвращаясь к этому... — проговорила она и указала на обложку, где давалась рекомендация задать вопрос обслуживающему персоналу. — Это связано с вопросом на обороте меню, который вы все время перечитываете.

Я не понял, откуда она узнала, что я перечитываю вопрос, но ничего не ответил.

— Видите ли, — продолжила она, — одно дело — *смотреть* на этот вопрос. И совсем другое — *менять* его.

— Что вы имеете в виду?

— Вопрос звучит просто, словно от него ничего не зависит, — ответила она. — Но если вы измените в нем всего пару букв, это перевернет многое.

Я растерянно уставился на нее.

— Перевернет многое? Что — *многое*? Типа, я не смогу здесь поесть или мне придется заказать что-то другое?

— Нет, — сказала она, внезапно посерьезнев, — речь о больших переменах.

До меня не дошло, к чему клонит Кейси, но она явно не шутила.

— Не уверен, что понимаю...

Она снова указала на меню.

— Если у вас получится изменить вопрос так, чтобы он перестал быть вопросом, который вы задаете кому-то другому, и превратите его в вопрос, который задаете самому себе, то вы больше не будете прежним человеком.

Я был ошарашен. *Больше не буду прежним человеком?* Что это значит? У меня вдруг возникло ощущение, что я незнамо как оказался на краю большого утеса. Стою и раздумываю над словами Кейси: шаг вперед приведет к мгновенной гибели — или к вечному счастью?

— Что-то вроде того, — сказала она и улыбнулась, — но не настолько радикально.

Не успел я спросить, откуда она знает, о чем я подумал, как она продолжила:

— Давайте-ка я покажу вам — *как,* и никакого шага делать не придется. Прочтите-ка первый вопрос. Прочтите быстро, как, допустим, взглянули бы на вывеску, проходя мимо нее. Но при этом попробуйте *увидеть.*

Я бросил короткий взгляд на меню. Потом еще раз. К моему удивлению, вопрос «Почему вы здесь?» стал другим.

Теперь он выглядел так: «Почему я здесь?»

Как только я это прочел, текст снова сменился на «Почему *вы* здесь?».

— Что случилось? — воскликнул я. — Что, меню просто взяло и само по себе изменилось? Как вы это сделали?

— Джон, я не уверена, что вы готовы к ответу на этот вопрос.

— Что вы имеете в виду? Как вы это сделали, как вы заставили строчку измениться?!

К этому моменту я уже совершенно не понимал, что происходит, и отнюдь не был уверен, что хочу остаться здесь и выяснять это.

Кейси снова завладела моим вниманием.

— Джон, вы ведь видели?

— Конечно! Когда я в первый раз прочел вопрос, он звучал по-другому, а потом он изменился и… снова стал прежним. Почему? Я ничего не понимаю.

Кейси перевернула меню лицевой стороной кверху и указала на нижнюю половину, где было написано «Прежде чем сделать заказ…».

— Дело вот в чем, Джон… — начала она. — Вопрос, который вы видели… тот, который вы увидели по-другому…

— «Почему я здесь?» — перебил я.

— Да, именно. В общем, это не тот вопрос, к которому можно относиться легкомысленно. Бросить на него беглый взгляд — это одно. Но когда не просто бросаешь беглый взгляд, а по-настоящему видишь, что написано, а потом по-настоящему задаешь этот вопрос себе — твой мир меняется. Я понимаю, это звучит радикально, и вот поэтому мы поместили вопрос на обложку меню.

ГЛАВА 7

Я был поражен. Что за абсурд? Сижу в кафе посреди ночи в каком-то невообразимом захолустье и слушаю речи про вопросы-послания, размещенные на обложке меню, призванные помочь посетителям справиться с *изменением их миров*.

Нетипичный старт для отпуска. Но мне и в голову не могло прийти, что это было лишь началом сюрпризов, которые заготовил этот вечер.

Кейси посмотрела на меня.

— Видите ли, Джон, как только человек по-настоящему задается тем вопросом, который вы увидели, поиски ответа становятся частью его бытия. Вы обнаружите, что по утрам просыпаетесь с этим вопросом, а в течение дня он постоянно мелькает в вашем сознании. Хотя вы, возможно, этого и не вспомните, вы будете думать о нем и во сне. Это немного похоже на врата. Как только вы их открываете, они вас манят. И эти врата, однажды открытые, очень трудно закрыть.

И тут я начал понимать, что вопрос «Почему вы здесь?» действительно имеет гораздо более глубокий смысл, чем я думал, когда впервые прочел его. Судя по тому, что говорила Кейси, этот вопрос был совсем не о том, почему кто-то оказался в кафе.

— Верно, — подтвердила Кейси, прерывая поток моих мыслей. — Речь не о кафе. Речь о том, почему человек существует в *принципе*.

Я отодвинулся к спинке диванчика и огляделся, совершенно ошеломленный. Да что же это за место такое? И попытался собраться с мыслями.

— Послушайте, Кейси, я просто зашел сюда, чтобы поесть. Все то, о чем вы говорите, звучит весьма зловеще. Я имею в виду, если то, что вы только что сказали о вратах и мыслях, которые будут мелькать в голове изо дня в день, это правда, то я не понимаю, зачем вообще кому-то задаваться этим вопросом. Я вот никогда его себе не задавал — и я в полном порядке.

Кейси положила меню на стол.

— Да? — спросила она. — Вы действительно в *порядке*? — Она произнесла это «в порядке» с дружелюбной насмешкой, словно подбивая меня дать определение этому выражению. — У многих все в *порядке*, Джон. Но некоторые стремятся к чему-то более удовлетворительному, чем «в порядке», к чему-то большему.

— И тогда они приходят в кафе «Почему», — саркастически уточнил я.

— Некоторые — да, — проговорила она мягким, спокойным тоном. — Вы здесь поэтому?

Я был захвачен врасплох. Я не знал, как ответить на ее вопрос. Я не вполне понимал, что я здесь делаю. Я даже не был уверен, что понимаю, что это за место.

Если быть абсолютно честным с самим собой, я должен признать, что не один год гадал: неужели в жизни нет ничего, кроме того, о чем я уже знаю? И дело не в том, что моя жизнь была плоха. Конечно, она меня временами расстраивала, в особенности в последнее время, но у меня была достойная работа и хорошие друзья. Жизнь была «в порядке», можно сказать, даже хороша. И все же где-то на заднем плане моих мыслей маячило это ощущение, которое я не вполне мог объяснить.

— Это ощущение и есть то, что вдохновляет людей задаваться вопросом, который вам удалось увидеть, — пояснила Кейси.

Я был шокирован. Мало того что она, кажется, снова читала мои мысли — хотя уже одно это приводило меня в крайнее замешательство, — я был шокирован осознанием того, что Кейси, возможно, права.

Я сделал долгий, медленный вдох. Мне показалось, что я снова стою на краю утеса. И что я сделал полшага вперед.

— Кейси, вы можете рассказать мне подробнее об этом вопросе?

Она кивнула.

— Как я уже сказала, задаваясь им, открываешь своего рода врата. Разум человека, его душа — или как вы себе это представляете — сама захочет искать ответ. Этот вопрос будет на переднем плане существования человека, пока он не прояснит его для себя.

— То есть вы хотите сказать, как только человек спросил себя: «Почему я здесь?» — он уже не сможет игнорировать этот вопрос? — уточнил я.

— Нет, дело не в том, что не сможет. Некоторые люди, бросив на этот вопрос беглый взгляд, возможно, даже увидят его, но потом забывают о нем. Однако тем, кто задается этим вопросом и кто хочет узнать ответ, игнорировать его становится очень трудно.

— Хорошо, предположим, кто-то этим вопросом задается и даже найдет ответ. И что тогда?

— Ну, это одновременно и хорошая новость, и трудная задача, — ответила Кейси и улыбнулась. — Спрашивая себя «Почему я здесь?», человек испытывает желание найти ответ. И как только он находит ответ, возникает другая столь же мощная сила. Видите ли, когда человек поймет, почему он здесь, почему он существует, — он найдет причину жить, и ему захочется реализовать эту причину. Это все равно как знать, в каком месте на карте нарисован крестик над кладом. Когда ты видишь крестик, становится труднее игнорировать клад. Труднее не отправиться за ним. Так и в этом случае. Как только человек понимает, почему он здесь, или так — для чего он здесь, ему эмоционально и даже физически будет трудно не реализовать причину.

Я откинулся на спинку сиденья, стараясь переварить все то, что объясняла Кейси.

— Ну, на самом деле это может все усугубить, — наконец отозвался я. — Как я уже говорил, возможно, лучше никогда не задаваться этим вопросом. Не задаваться — и продолжать жить так, как раньше, то есть не выпускать джинна из бутылки.

Кейси посмотрела на меня.

— Некоторые так и делают. Это то, что каждый человек, встав перед выбором, должен определить для себя сам.

Я подумал, что мне следует что-то сказать или сделать, но я не знал что. Вспомнив, как я обрадовался, завидев вдали свет после блужданий по дорогам, я нервно рассмеялся. Теперь я уже не знал, что и думать.

— Серьезная такая конфронтация, — заметил я.

— Надеюсь, все же не конфронтация. Скорее воздействие, — поправила меня Кейси. — Вам ничего не могут навязать или приказать. И если вы в любой момент решите уйти, выбор будет за вами.

Она встала.

— Пойду-ка посмотрю, как там поживает ваш завтрак.

Я напрочь забыл о заказанной еде. Теперь, когда Кейси напомнила мне о ней, я постепенно стал возвращаться к осознанию, что по-прежнему нахожусь в кафе — и по-прежнему умираю с голоду.

ГЛАВА 8

Голова у меня шла кругом. Я уставился на обложку и снова перечитал первый вопрос.

Почему вы здесь?

Признаться, теперь этот вопрос имел для меня совершенно иной смысл по сравнению с первым прочтением. Я попытался вспомнить, что говорила Кейси. *Речь о том, почему человек существует в принципе...*

На каком-то уровне, который я не мог вполне объяснить, что-то так и подбивало меня задаться вопросом, который я на миг увидел в меню, когда разговаривал с девушкой.

Почему я здесь?

Я также припомнил слова Кейси о последствиях, которые могут возникнуть, когда по-настоящему задаешься этим вопросом.

«Безумие какое-то, — сказал я сам себе и потер глаза. — Все, что мне надо, — это еда, немного бензина и место, куда на пару часов бросить кости. На кой черт мне вообще думать обо всех этих непонятных вещах?!»

Я выпил половину воды и вдруг заметил, что рядом со столиком стоит Майк с кувшином в руках.

— Можно вам долить? — спросил он. — Похоже, вы способны осилить еще порцию.

Я кивнул, и он наполнил стакан.

— Меня зовут Майк, — представился он.

Я привстал, и мы пожали друг другу руки.

— Приятно познакомиться, Майк. Я — Джон.

— Вы в порядке, Джон? Когда я подошел к вам, похоже было, что вы погружены в глубокие раздумья.

— Что-то вроде того, — отозвался. — Кейси объясняла мне, что означает текст на обложке. Я все еще пытаюсь разобраться и понять: для меня это что-то значит или нет?

Внезапно я сообразил, что Майк, возможно, понятия не имеет, о чем мы говорили с Кейси. Хотя он и был владельцем заведения, но возможно, это она придумала вопросы на обложке и текст под названием кафе. Однако он ни на миг не замешкался.

— Ага, согласен, непростой вопрос. Все люди сталкиваются с ним в разные моменты. Одни находят на него ответ еще в детстве, другие — когда повзрослеют, а третьи и вовсе никогда. Так даже забавнее.

Майк, похоже, понимал, на какую дорожку мы с Кейси свернули в наших разговорах, и поэтому я решил задать ему вопрос, который вертелся у меня в мыслях.

— Майк, Кейси объяснила мне, каковы бывают последствия, если человек задается этим вопросом, — я ткнул пальцем в меню. — Но я тут задумался: а что они все-таки делают после этого?

— Вы имеете в виду — после того, как они задаются этим вопросом, или после того, как находят ответ?

Я на пару секунд умолк, обдумывая.

— Наверное, и то, и другое. Мы с Кейси не особо вдавались в подробности насчет того, как люди находят ответ. Или что они делают, когда узнают ответ. Она просто немного объяснила мне, каково это — когда они действительно узнают.

— Ну, что касается того, как искать ответ… не думаю, что есть какой-то один метод, который срабатывает для каждого. Все мы подходим к жизни по-своему. Могу рассказать вам о некоторых приемах, использованных знакомыми мне людьми, которые нашли для себя ответ.

У меня на языке вертелось «да, я хотел бы узнать», но я сдержался и промолчал. Что-то мне подсказывало: получив некоторое представление о том, как найти ответ на этот вопрос, будет еще труднее не задаться им.

— Верно, — кивнул Майк. — Та же теория, которую, вероятно, объяснила вам Кейси.

Я даже не слишком удивился тому, что и Майк читает мои мысли.

И я правда не был уверен, что действительно хочу знать, что и как делали другие люди. В конце концов, я не был уверен даже в том, что хочу задаться этим вопросом.

— Майк, а как насчет другого момента? Что делает человек, когда узнает ответ на этот вопрос?

Майк улыбнулся.

— Давайте-ка я схожу проверю, как там ваш заказ, а когда вернусь — отвечу.

Пару минут спустя он появился с подносом, уставленным тарелками.

— И это все мне? — недоверчиво уточнил я, гадая, как это я ухитрился проглядеть в меню два параграфа описаний заказанной еды.

— Вам-вам! Один комплексный завтрак. Омлет, тосты, ветчина, бекон, свежие фрукты, хаш-брауны, печенье… ну и блинчики, да.

Я огляделся по сторонам, чтобы проверить, нет ли рядом пары-тройки других посетителей, которые пожелали бы поучаствовать в трапезе.

— Вдобавок к этому у нас есть желе для тостов, сироп для блинчиков, мед для печенья и наша особая томатная сальса для омлета. Я рад, что вы проголодались.

— Не уверен, что на свете найдется человек, *настолько* голодный, — пробормотал я.

— Вы удивитесь, Джон! Порой люди просто не знают, насколько они готовы поглощать все, что их насытит.

Майк сгрузил еду на стол.

— Простите, Джон, мне нужно пойти перемолвиться парой слов с посетителями на другой стороне кафе, но я вернусь, и мы сможем продолжить нашу беседу, если вы не против.

— Конечно, — отозвался я, глядя на выставленные передо мной тарелки, — без проблем.

ГЛАВА 9

Я начал расправляться с едой, которой был заставлен весь стол. В разгар планомерного уничтожения омлета, тостов, фруктов и всего остального явилась Кейси.

— Как дела, Джон?

Я прожевал кусок, который только что положил в рот.

— Хорошо, просто отлично. Еда превосходна.

— Похоже, настроение у вас поднялось.

Настроение — да, поднялось. Безнадега, которая одолевала меня раньше, почти полностью исчезла. Я настолько сосредоточился на вопросе «Почему вы здесь?» и последовавших дискуссиях, что все остальное стало вторичным. Наличие великолепного омлета тоже не повредило.

— Вы хотели бы закончить трапезу в одиночестве или предпочтете компанию? — поинтересовалась Кейси.

— Компанию, определенно компанию! Кстати говоря, я хотел бы продолжить ту дискуссию, которую мы начали раньше. Я думал о предмете разговора — и кое-что меня по-прежнему смущает.

— Что именно я могу для вас прояснить? — спросила Кейси.

— Ну, дело в том вопросе. Когда кто-то спрашивает себя, почему он здесь, и каким-то образом вычисляет причину, — что он делает с этим знанием?

Кейси на пару мгновений умолкла.

— Прежде всего он может делать с этим знанием все, что заблагорассудится. Он это знание открыл, и оно ему принадлежит. У него есть полное право голоса в том, что делать.

Я на миг задумался о ее словах.

— Полагаю, если кто-то находит причину, по которой он здесь, ему захочется найти и лучший способ реализовать эту причину. Вопрос в том, как он это делает. — Я посмотрел на Кейси, и у меня сложилось впечатление, что она знает что-то, но ждет, пока я догадаюсь сам.

— Это происходит индивидуально, — проговорила она.

Я непонимающе уставился на нее.

— А как насчет намека?

— Пожалуй, тут помог бы пример, — отозвалась она. — Предположим, вы хотели бы в свободное время заниматься изобразительным искусством. Какой тип искусства вы бы выбрали?

Я призадумался.

— Не знаю. Полагаю, это зависело бы от того, каким художником я хотел бы быть. Догадываюсь, что я просто творил бы, что хотел...

Я умолк и подождал, пока Кейси прокомментирует мои слова. Но она этого не сделала, и это заставило меня еще раз продумать свой ответ. Услышать его.

— Неужели и вправду все так просто? — не поверил я. — Стоит кому-то понять, почему он здесь, — и он делает все, что хочет, чтобы реализовать причину?

Произнося эти слова, я ощутил, как по моему телу пробежала волна возбуждения. Словно я только что выяснил нечто уникальное и важное, и мое тело это подтверждало. Это звучало почти примитивно, слишком просто, чтобы быть правдой.

Делай что хочешь, только бы это реализовало причину, по которой ты здесь.

— Значит, если причина, по которой я здесь, заключается в том, чтобы помогать людям, мне следовало бы делать все, что я захочу, только бы это вписывалось в мое определение помощи людям? — взволнованно спросил я, моментально проникаясь нежными чувствами к этой концепции.

— Верно, — кивнула Кейси. — Если помогать людям для вас значит стать медиком, вам следует это сделать. Если это означает строить жилища в местах, где царит нищета, значит, делайте это. Может быть, вы чувствуете, что хотите приносить пользу, став бухгалтером и помогая людям разбираться с налогами? Значит, вам следует так и поступить.

Голова шла кругом. Я никогда прежде не думал о жизни в таком контексте. Бóльшую часть своей жизни я потратил на принятие решений с опорой на совсем другие резоны. К примеру, я прислушивался к советам родственников, учитывал требования общества и оглядывался на мнение других. Это же было нечто иное.

— А что, если я здесь для того, чтобы узнать, каково быть миллионером?

— Тогда вам следовало бы делать то, что подходит под ваше определение понятия «быть миллионером», — спокойно ответила Кейси. — Если это означает взаимодействовать с миллионерами — взаимодействуйте. Если это означает работать, пока у вас не накопится миллион долларов, — работайте. Так же, как в других примерах, выбор всегда за вами.

— Быть миллионером... мне вроде как нравится, как это звучит, — мечтательно протянул я, приходя во все большее возбуждение. — Я мог бы прикупить парочку новых машин, может, пару домов...

Голос Кейси стал тихим:

— Вы здесь поэтому?

Ее вопрос остановил мой распоясавшийся разум.

— Не знаю...

— У нас с Майком есть аббревиатура, которую мы используем, — сказала девушка. — Она связана с вопросом, который вы мимолетно увидели в меню.

Я опустил взгляд и снова прочел первый вопрос.

Почему вы здесь?

— Узнав причину, по которой он здесь, человек определяет свою *цель существования*. Для краткости мы называем ее ЦС. За свою жизнь человек может обнаружить, что ему хочется заниматься двадцатью или сотней разных дел, чтобы реализовать цель своего существования. Он может заниматься всеми этими делами. Наши самые удовлетворенные клиенты — те, кто знает свою ЦС и охотно пробует все занятия, которые, как они верят, реализуют ее.

— А наименее удовлетворенные? — спросил я.

— Они тоже много чего делают.

Кейси умолкла, и я высказал мысль, которая пришла мне в голову:

— Они делают много чего такого, что не является составной частью их ЦС!

Девушка улыбнулась, и до меня дошло, что это был один из тех выводов, к которым мне было необходимо прийти самостоятельно.

— Кейси, если бы я задал себе этот вопрос и в конечном счете вычислил цель своего существования, то как бы я понял, что мне поможет реализовать ее? Я имею в виду, это ведь могут быть люди, путешествия, занятия, переживания или все сразу... Это прямо както подавляет.

Кейси ответила вопросом. Я вообще начал замечать, что она нередко отвечала встречными вопросами.

— Джон, предположим, вы определили, что цель вашего существования — узнать, как делаются автомобили, и вы решаете реализовать эту ЦС. Что бы вы сделали?

Я на миг задумался.

— Полагаю, я прочел бы множество книг об автомобилях. Может быть, побывал бы в том месте, где делают автомобили, или связался с людьми, которые делали автомобили, и спросил бы у них совета. Возможно, попытался бы получить работу на предприятии, где собирают автомобили.

— И вы бы делали это, сидя на одном месте?

Я умолк и снова задумался.

— Нет, полагаю, если бы я действительно хотел узнать, как создают автомобили, то побывал бы в разных частях света, где их делают, чтобы не получилось так, что я знаю только один возможный способ... Догадываюсь — отвечая на мой же вопрос, — что человек узнаёт обо всех занятиях, которые способны реализовать цель его существования, исследуя и примеряя на себя многое из того, что связано с его ЦС.

— Вы поняли, — кивнула Кейси. — Все мы ограничены своим текущим опытом и знанием. Важное слово здесь — «текущим». Сейчас, более чем когда-либо в истории мира, какой мы ее знаем, каждый из нас имеет шанс контактировать с информацией, людьми, культурами и опытом изо всех уголков мира.

Я кивнул, а Кейси продолжила:

— Когда мы пытаемся найти то, что реализует нашу ЦС, наши сегодняшние рамки имеют намного меньшее отношение к объективной доступности и намного большее — к ограничениям, которые мы накладываем на себя сами.

— Вы правы, — согласился я. — И все же такое ощущение, что лично я не очень-то активно пользуюсь преимуществами этой доступности. Если задуматься о том, как я трачу свое время, то каждый день это происходит примерно одинаково.

— И почему бы это? — подзадорила она.

Я опустил глаза к меню.

Почему вы здесь?

— Возможно, потому, что я не знаю ответа на этот вопрос, — сказал я и ткнул в меню пальцем. — Не зная точно, почему я здесь и что я хочу делать, я просто делаю то, что делают большинство людей.

— И как, судя по вашему опыту, помогает ли делание того, что делает «большинство людей», реализации цели вашего существования? — спросила она.

ГЛАВА 10

От вопроса Кейси мысли мои помчались вскачь. Помогает ли мне делание того, что делают большинство людей, реализовать цель моего существования? Не успел я ответить, как она снова заговорила:

— Вы когда-нибудь видели зеленую морскую черепаху, Джон?

— Морскую черепаху?

— Именно, — кивнула Кейси, — морскую черепаху. А конкретнее, большую зеленую морскую черепаху с зелеными пятнами на плавниках и голове.

— Наверное, видел — на картинках, — неуверенно сказал я. — А что?

— Как бы странно это ни звучало, — начала Кейси, — я усвоила один из важнейших жизненных уроков о том, как выбирать, чем заниматься каждый день, от большой зеленой морской черепахи.

— И что же она вам рассказала? — поинтересовался я, безуспешно стараясь не улыбнуться.

— Смешно! — отозвалась Кейси и улыбнулась. — Она не то чтобы что-то конкретно «рассказала» мне, но все равно многому научила. Я плавала с маской у побережья Гавайев. Тот день можно было считать удачным, я успела увидеть пурпурную пятнистую мурену и осьминога — оба мне в новинку. Там были также тысячи и тысячи рыб всех цветов и оттенков, какие только можно себе представить, от поразительно синего неонового до самых темных оттенков красного.

Я была примерно в ста футах от пляжа и ныряла среди огромных скальных образований. И вот я повернула голову направо и увидела, что рядом со мной плывет большая зеленая морская черепаха. Я впервые увидела такую в дикой природе, поэтому пришла в совершеннейший восторг. Я поднялась повыше, прочистила трубку и распласталась на поверхности воды, чтобы понаблюдать за ней.

Когда я посмотрела вниз, черепаха была прямо подо мной и плыла прочь от берега. Я решила, что останусь на поверхности и просто некоторое время за ней послежу. К моему удивлению, хотя казалось, что черепаха плывет довольно медленно, то загребая плавниками, то зависая в воде, я не могла за ней угнаться. Я была в ластах, что давало мне преимущество, и на мне не было ни спасательного жилета, ни какого-либо другого снаряжения, замедляющего движение, и все же она уплывала все дальше от меня, хоть я и старалась нагнать ее.

Через десять минут она скрылась из виду. Усталая, разочарованная и немного пристыженная тем, что не смогла угнаться за какой-то черепахой, я повернула обратно к пляжу и выплыла на берег.

На следующий день я вернулась на то же место в надежде увидеть других черепах. И верно, примерно через полчаса после входа в воду я повернулась, чтобы рассмотреть косяк крохотных черно-желтых рыбок, —

и там оказалась другая зеленая морская черепаха. Я некоторое время наблюдала, как она огибала коралл, потом попыталась преследовать ее, когда она поплыла в сторону от берега. И снова я с удивлением обнаружила, что не могу держаться с ней наравне. Осознав, что она меня обгоняет, я перестала грести и просто зависла, наблюдая за ней. Именно в этот момент она преподала мне важный жизненный урок…

Кейси умолкла.

— Кейси, ну нельзя же на этом и закончить рассказ! Чему она вас научила?

Кейси улыбнулась.

— А мне показалось, вы не верите в то, что зеленые морские черепахи способны что-то рассказать.

Я улыбнулся в ответ:

— Я по-прежнему сомневаюсь насчет «рассказа», но, судя по тому, как разворачивается эта история, начинаю верить в педагогические способности пресмыкающихся. Что же случилось дальше?

— Ну, дрейфуя на поверхности, я осознала, что черепаха увязывала свои движения с движениями воды. Когда волна шла к берегу, навстречу черепахе, она зависала, шевеля плавниками ровно настолько, чтобы удержаться на месте. Когда волна откатывала обратно в океан, она гребла быстрее, чтобы с пользой для себя использовать движение воды.

Черепаха не боролась с волнами; наоборот, она их использовала. Вот почему я не могла плыть с ней наравне — я гребла все время, вне зависимости от того, куда направлялась волна. Поначалу никакого вреда от этого не было, и мне удавалось не отставать от нее. Даже порой приходилось грести помедленнее. Но чем дольше я сражалась со встречными волнами, тем быстрее накапливалась усталость. Это означало, что, когда волна уходила от берега, у меня не хватало энергии, чтобы воспользоваться ее преимуществом.

По мере того как волны приходили и уходили, я все больше уставала, и мои усилия становились все менее эффективными. Черепаха же продолжала оптимизировать свои движения, подстраивая их под движения воды. Вот почему она могла плыть быстрее, чем я.

— Кейси, — начал я, — думаю, я способен оценить хорошую историю про черепаху…

— Зеленую морскую черепаху, — перебила меня Кейси и улыбнулась.

— Именно, про зеленую морскую черепаху. Думаю, я способен оценить хорошую историю про зеленую морскую черепаху так же, как любой другой человек. Вероятно, даже больше, потому что обожаю океан. Однако я не уверен, что понимаю, как это связано с вопросом о том, каким образом люди выбирают дела, которые будут заполнять их дни.

— А я-то возлагала на вас такие надежды! — поддразнила она и снова улыбнулась.

— Ладно-ладно, — поднял я руки, — дайте мне минутку.

Я обдумал то, о чем мы говорили до истории о зеленой морской черепахе. Потом заговорил снова:

— Вы сказали, что, как только человек понимает, почему он здесь, как только он выявляет свою цель существования, после этого он может тратить свое время на те дела, которые могут эту цель реализовать. Вы также сказали, что люди, которые не знают своей ЦС, тоже много чего делают. Тогда я сделал вывод, что то, на что они тратят свое время, — это дела, которые *не* помогают им реализовать их ЦС.

— Весьма вдумчиво, и, мне кажется, вот-вот вас осенит некое важное прозрение, — прокомментировала она.

— Да, правильно кажется, — отозвался я и улыбнулся в ответ на ее забавный сарказм. — Я думаю, что эта черепаха — эта зеленая морская черепаха — дала вам понять, что если не пребывать в гармонии с тем, что хочешь сделать, то можно зря потратить энергию на множество вещей. И потом, когда появляются возможности делать то, что хочешь, на эти дела может не хватить запаса сил или времени.

— Отлично, — кивнула она. — И я оценила акцент на *зеленой морской черепахе* вместо просто «черепахе». — Тут Кейси посерьезнела. — Для меня это было по-настоящему большое событие, определенно один из моих главных «ага-моментов» в жизни.

Каждый день множество людей пытаются убедить нас потратить на них время и энергию! Подумайте о своей электронной почте. Если бы вы стали участвовать в каждом мероприятии, в каждой распродаже и пользоваться каждой предлагаемой услугой, о которых вас извещают, у вас вообще не было бы свободного времени. А ведь это только почта. Добавьте к этому всех тех людей, которые желают завладеть вашим вниманием — на телеэкране, в Интернете, в общепите, в туристических местах… Вы очень скоро обнаружите, что делаете то, что делают все остальные — или хотят, чтобы вы делали.

Выйдя на берег во второй день после наблюдения за черепахой, я была переполнена всеми этими прозрениями. Я уселась на полотенце и записала их в дневник. Я поняла, что в моей жизни набегающие волны создают все те люди, занятия и вещи, которые пытаются завладеть моим вниманием, моей энергией и моим временем, но никак не связанные с моей ЦС. А откатывающиеся волны — это люди, занятия и вещи, которые могут *помочь* мне реализовать мою ЦС. Следовательно, чем больше времени и энергии я трачу зря на встречные волны, тем меньше времени и энергии у меня остается для попутных, откатывающихся.

Как только у меня в голове сложилась эта картинка, она позволила мне совершенно иначе взглянуть на всё. Я стала гораздо более избирательно подходить к тому, как сильно я «гребу» и по каким причинам.

— Интересно, — протянул я, размышляя о ее истории и о том, на что я сам ежедневно трачу бóльшую часть своего времени. — Теперь я понимаю, что вы имели в виду, говоря, что кое-чему научились у зеленой морской черепахи.

Кейси поднялась из-за стола.

— Я так и думала, что вы сумеете понять. Однако мне кажется, что я мешаю вам поглощать завтрак. Давайте я на некоторое время оставлю вас поработать над ним, а после снова подойду, чтобы проверить, как у вас дела.

— Кейси, пока вы не ушли, — можно попросить у вас листок бумаги и ручку?

— Конечно, — она выудила из кармана фартука ручку, вырвала листок из блокнота для заказов и положила все это на стол передо мной.

— Ответ вас удивит, — подмигнула она, уходя.

— Откуда вы знаете... — начал я спрашивать, но она уже была на полпути к другой стороне кафе.

Я начал выписывать на бумаге числа. Средняя продолжительность жизни — 75 лет... 22 года мне было, когда я окончил колледж... 6 дней в неделю я получаю почту... бодрствую 16 часов в день... каждый день 20 минут трачу на обычную и электронную почту...

Закончив все подсчеты, я недоверчиво уставился на ответ. Снова все пересчитал. Ответ остался прежним.

До меня дошло, что Кейси не шутила, говоря о воздействии набегающей волны. Если с момента окончания колледжа до достижения мною 75-летнего возраста я тратил и буду тратить по двадцать минут в день, просматривая обычные и электронные письма, до которых мне на самом деле нет никакого дела, это отнимет почти целый год моей жизни.

Я перепроверил расчеты в третий раз. Все верно. Мне предстояло, вероятно, прожить еще около 50 лет, и если я не поостерегусь, то потрачу один из них на чтение спама.

— Итак?..

Это была Кейси. Она вернулась, но я настолько увлекся своими математическими изысканиями, что не обратил на нее внимания.

— Вы правы, — отозвался я наконец. — Я удивлен. На самом деле, думаю, я уже перешел границу удивления и семимильными шагами приближаюсь к шоку. Это сильно — осознать, что один только спам способен сожрать почти год жизни!

Она улыбнулась.

— Не все бумажные и электронные письма — это спам, Джон.

— Да, я знаю, но все же их очень много — по крайней мере, в моем случае. Кроме того, дело не только в этом. Я тут сидел и размышлял, какие еще элементы набегающих волн каждодневно забирают мое время и энергию.

— Да, это повод для размышлений, — согласилась она. — Вот почему время, проведенное с зеленой морской черепахой, оказало на меня такое воздействие.

Кейси снова улыбнулась, развернулась и пошла к компании в противоположной стороне.

ГЛАВА 11

Теперь я трудился над блинчиками. Они были так же вкусны, как и все прочее. За едой я думал о своих разговорах с Майком и Кейси. Это были не какие-нибудь там обычные для кафе разговоры. *Почему вы здесь?* Что вы будете делать, когда поймете, почему вы здесь? Чему можно научиться у зеленой морской черепахи?

Когда я уминал оставшиеся фрукты, к моему столу подошел Майк.

— Как вам еда, Джон?

— Потрясающе, это просто нечто! Вам следовало бы подумать о франчайзинге, вы могли бы сколотить состояние.

Майк улыбнулся.

— Возможно, состояние у меня уже есть.

— Тогда с чего бы вам здесь работать… — Я оборвал себя, но поздно: слова уже вылетели. — Простите, Майк, я не имел в виду, что это плохое место. Я просто… на самом деле даже не знаю, что я имел в виду.

— Ничего страшного, — уверил Майк. — Мне не раз задавали этот вопрос. Джон, вы когда-нибудь слышали анекдот о бизнесмене, который поехал в отпуск и познакомился с рыбаком?

— Кажется, нет.

— Пару лет назад это был очень популярный анекдот. Вам интересно? Он имеет отношение к вашему замечанию о франчайзинге.

— Конечно, — ответил я.

— В общем, один бизнесмен поехал в отпуск, желая убраться подальше от всех проблем, так сказать, «перезарядить аккумуляторы». Он улетел в дальние края и поселился в небольшой деревушке. Пару дней он наблюдал за ее жителями и приметил одного рыбака, который производил впечатление самого счастливого и довольного жизнью человека на свете. Бизнесмену стало любопытно, почему это так, и он спросил рыбака, как тот проводит свои дни.

Рыбак ответил, что просыпается каждое утро, завтракает с женой и детьми, потом дети идут в школу, он идет рыбачить, а жена пишет картины. Пару часов он ловит рыбу. Наловив достаточно, чтобы обеспечить семейный стол, возвращается, потом ложится подремать. После обеда они с женой гуляют по пляжу и любуются закатом, пока дети плещутся в океане.

Бизнесмен был поражен до глубины души.

«И ты занимаешься этим каждый день?» — переспросил он.

«По большей части, — ответил рыбак. — Иногда бывают и другие дела, но в основном — да, такова моя жизнь».

«И ты можешь ловить рыбу каждый день?» — продолжал расспрашивать бизнесмен.

«Да, — подтвердил рыбак. — Здесь много рыбы».

«И ты можешь ловить больше рыбы, чем приносишь домой для своей семьи?» — допытывался бизнесмен.

Рыбак посмотрел на него, улыбнулся и ответил:

«Ну конечно, я часто ловлю намного больше — лишнюю просто выпускаю. Видишь ли, я обожаю рыбачить».

«Так почему бы тебе не ловить рыбу весь день, вылавливая столько, сколько сумеешь поймать? — спросил бизнесмен. — Тогда ты мог бы продавать эту рыбу и зарабатывать много денег. Очень скоро ты смог бы купить вторую лодку, потом третью, и рыбаки, выходящие на них в море, тоже могли бы ловить много рыбы. Через пару лет ты открыл бы представительство в большом городе, и, я готов поспорить, лет через десять у тебя мог бы быть свой международный бизнес по торговле рыбой».

Рыбак снова улыбнулся бизнесмену.

«А зачем мне все это делать?»

«Ну как же! Ради денег, — не понял его бизнесмен. — Ты делал бы это для того, чтобы заработать много денег, а потом уйти на покой».

«И чем бы я занимался после того, как уйду на покой?» — спросил рыбак, продолжая улыбаться.

«Да чем угодно!» — воскликнул бизнесмен.

«Например, завтракал бы вместе с семьей?»

«Ну, думаю, да», — фыркнул бизнесмен, чуточку раздраженный тем, что его идея не вызывает у рыбака особого восторга.

«И, поскольку я люблю рыбачить, я мог бы понемногу ловить рыбу каждый день?» — продолжал рыбак.

«Конечно, почему бы и нет, — кивнул бизнесмен. — Вероятно, к тому времени рыбы здесь будет уже не так много, но сколько-то ведь останется».

«Тогда, наверное, я мог бы проводить вечера с женой, гуляя по пляжу и любуясь закатом, пока наши дети плещутся в океане?» — поинтересовался рыбак.

«Да конечно же, все что захочешь! Только к тому времени твои дети, наверное, уже станут взрослыми», — заметил бизнесмен.

Рыбак улыбнулся собеседнику, пожал ему руку и пожелал успехов в его стараниях «перезарядиться».

Майк закончил свою историю и взглянул на меня.

— Что вы об этом думаете, Джон?

— Думаю, что я немного похож на этого бизнесмена. Я провожу большую часть своих дней на работе, чтобы заработать достаточно денег и уйти на покой.

— Когда-то и я был таким, — кивнул Майк. — Но я пришел к одному очень важному для себя пониманию. «Покой» был для меня тем временем в будущем, когда у меня будет достаточно денег, чтобы заниматься тем, чем я хочу. Я смог бы делать то, что мне нравится, смог бы проводить каждый свой день так, чтобы под вечер испытывать чувство удовлетворенности. А потом както раз вечером, после одного особенно неудовлетворительного дня на работе, я пришел к выводу, что должен быть какой-то способ получше. Со временем я понял, что ухитрился каким-то образом запутаться в том, как устроена жизнь. Все было настолько просто, что, казалось, запутаться мог только безумец, но я тем не менее запутался.

Пока Майк говорил, я продолжал расправляться с едой.

— Я понял, — продолжил Майк, — что для меня каждый день — это возможность делать то, что я хочу. Каждый день у меня есть шанс реализовать ответ на вопрос, который вы увидели на обороте меню. Мне не нужно ждать для этого «пенсии».

Я отложил вилку и откинулся на спинку. То, насколько просто все это прозвучало, меня удивило.

— Но это же так просто, — неуверенно проговорил я. — Если все так просто, почему все на свете не занимаются тем, чем хотят?

— Ну, — с улыбкой ответил Майк, — боюсь, за всех я не в ответе. Вот вы, Джон, занимаетесь тем, чем хотите?

Не ожидал я, что разговор свернет в эту сторону. Надеялся, что Майк так и будет продолжать говорить, а мне останется просто слушать. Я на секунду задумался над ответом.

— Нет, не совсем, — пришлось признать.

— А почему?

Это был еще один шаг по пути, на который я не рассчитывал.

— Честно говоря, я и сам не знаю. Поступая в колледж, я не очень-то хорошо представлял, чему хочу учиться. Со временем принял решение выбрать специализацию, которая мне вроде как нравилась и которая, как мне говорили очень многие, была хороша для поиска работы после получения диплома. Закончив обучение, я начал работать, а потом фокус моего внимания все сильнее и сильнее стал смещаться в сторону денег. В итоге я стал очень неплохо зарабатывать — и типа как вошел в колею... А еще я не уверен, что когда-нибудь вообще задумывался над этим вопросом, — сказал я и в очередной раз ткнул пальцем в меню. — До сегодняшнего вечера.

— Как я уже говорил, — заметил Майк, — это даже забавно, как и когда этот вопрос настигает разных людей.

— Это просто безумие какое-то, — пожаловался я.

— Что вы имеете в виду?

— То, о чем мы только что говорили. Почему мы тратим столько времени, готовясь к тем временам, когда сможем делать то, что хотим, вместо того чтобы просто заниматься этим прямо сейчас?

— Мне кажется, есть один человек, с которым вам следовало бы познакомиться — и который, возможно, сумеет пролить свет на этот вопрос, — сказал Майк. Он поднялся и направился туда, где Кейси разговаривала с посетителями. Я не слышал, что они обсуждали. Но через пару минут из-за стола встала женщина и вместе с Майком направилась в мою сторону.

ГЛАВА 12

Дойдя до моего стола, Майк представил меня женщине, которую привел с собой.

— Джон, я хотел бы познакомить вас с моей подругой. Это Энни. Энни, это Джон. Сегодня он впервые в нашем кафе.

Энни улыбнулась, и мы обменялись рукопожатием.

— Приятно познакомиться, — сказал я. — Я так понял со слов Майка, что вы частенько захаживаете в это кафе.

— Время от времени, — ответила она. — Это одно из тех мест, где вроде как оказываешься тогда, когда тебе это больше всего нужно.

— Я уже начинаю это ощущать, — признался я.

— Мы с Джоном только что обсуждали одну из твоих любимых тем, Энни, — пояснил Майк, — так что я подумал, что нам, возможно, стоит привлечь тебя, чтобы услышать мнение специалиста.

Она рассмеялась:

— Ну, не знаю уж, какой я там специалист, но за мнением дело не станет. О чем вы говорили?

— Джон спрашивал, почему мы тратим столько времени на подготовку к тому моменту в будущем, когда сможем заниматься тем, что нам нравится, вместо того чтобы просто заниматься этим прямо сейчас.

— А, точно, это одна из моих любимых тем! — кивнула она и снова рассмеялась.

Смеялась Энни заразительно, и я сразу же проникся к ней симпатией.

— Пожалуйста, присаживайтесь, Энни. Я хотел бы выслушать вашу точку зрения. И вы тоже присоединяйтесь, Майк, если у вас есть минутка.

Когда они усаживались на диванчик напротив меня, Майк сказал:

— Прежде чем она начнет, вам следует кое-что узнать об Энни. У нее есть диплом лучшей в мире школы маркетинга, и она много лет была востребованным топ-менеджером в мире рекламы.

— Ого! — заметил я. — Звучит весьма впечатляюще.

— Не всегда, — возразила она с улыбкой, — но, пожалуй, для контекста это важно. Джон, вы ведь смотрите телевизор, читаете журналы, просматриваете Интернет, слушаете радио?

— Иногда, — кивнул я. — А что?

— Часть ответа на ваш вопрос, почему мы тратим столько времени, готовясь делать то, что хотим, вместо того чтобы просто делать это, кроется в сообщениях, которые подсовывают нам под нос изо дня в день, — ответила она. — Видите ли, рекламщикам давно известно, что если эффективно таргетировать людские страхи и стремление к удовлетворенности, то можно мотивировать их к разным поступкам. Иными словами, если сыграть на нужном страхе или нужном желании, можно заставить человека покупать конкретные товары и пользоваться определенными услугами.

— Можете привести пример? — поинтересовался я.

— Ну, вы ведь наверняка слышали или видели рекламу, контент которой сфокусирован на том, что обеспечивает вам возможность счастья или защищенности? Рекламу, главная идея которой такова: «Если вы купите этот товар, ваша жизнь изменится к лучшему»?

— Точно не скажу, — помялся я. — Наверное, да.

— Обычно эта мысль не выпячивается, — заметила Энни. — По большей части компании не высказывают ее прямо в лоб. Но когда знаешь, на что смотреть, или когда участвуешь в создании большого количества рекламы, это заметно. Цель таких сообщений — заставить вас поверить, что можно добиться удовлетворенности благодаря определенному товару или услуге. Например, сев за руль именно этого автомобиля, вы привнесете в свою жизнь смысл; поедание именно этого мороженого равнозначно счастью; покупка вот этого бриллианта будет означать, что в жизни у вас все сложилось. И тут я скажу вам кое-что очень важное. Как правило, одновременно транслируется еще одно более тонкое, но и более влиятельное сообщение. Что эти товары не только дадут вам возможность самореализоваться, если вы их купите, — если у вас их не будет, это *помешает* вам самореализоваться.

Я вопросительно посмотрел на нее.

— Энни, вы что же, хотите сказать, что людям вообще не следует ничего покупать? Это уже экстремизм какой-то, да и не слишком практичный совет.

— О нет! — возразила она. — Не перевирайте мои слова. Каждому человеку следует делать все, что он пожелает. Я не говорю: не покупайте машины, не ходите в торговый центр, не ешьте мороженое. Вы спрашивали, почему мы тратим столько времени на подготовку к тому, что хотим делать, вместо того чтобы просто делать это. Отчасти ответ таков: если мы не поостережемся, то поведемся на множество маркетинговых сообщений, воздействию которых подвергаемся ежедневно. И в конечном счете уверуем, что рецепт счастья и самореализации кроется в каком-то товаре или услуге. В итоге это может привести к тому, что мы поставим себя в такое финансовое положение, когда нам будет казаться, что мы должны продолжать заниматься делом, которое не является тем, чем мы хотим заниматься.

— Не уверен, что понимаю, — признался я.

— Давайте я приведу очень общий пример, — начала Энни. — Он применим не ко всем подряд, зато, я надеюсь, поможет объяснить то, о чем мы говорим. С юных лет мы подвергаемся воздействию рекламы, транслирующей в целом только одно сообщение: что источник удовлетворенности — вещи. И что же мы делаем? Ну, мы, естественно, покупаем какие-то вещи, чтобы проверить, не врет ли реклама. Загвоздка в том, — продолжила она, — что для покупки этих вещей требуются деньги. Чтобы разрешить проблему, мы устраиваемся на работу. Пусть это не идеальная для нас работа, пусть время, которое мы проводим на этой работе, — не тот способ времяпрепровождения, которого мы бы хотели для своей жизни, но мы беремся за эту работу, чтобы иметь возможность оплачивать то, что покупаем. Мы говорим себе, что это временно. Вскоре мы будем заниматься чем-то другим, чем-то более созвучным тому, что мы на самом деле хотим делать.

Проблема в том, что, поскольку эта работа нас не удовлетворяет и поскольку мы тратим на свою работу так много времени, мы начинаем чувствовать себя все более и более неудовлетворенными и нереализованными. Вокруг нас полным-полно людей, которые твердят, что с нетерпением ждут того дня в будущем, когда выйдут на пенсию, — и вот *тогда-то* займутся желанными для себя делами. И вскоре мы тоже начинаем воображать это почти мистическое время в будущем. Время, когда мы тоже не будем обязаны заниматься рутинной работой и сможем вместо нее тратить свое время на дела, которые хотим делать. А тем временем, дабы компенсировать тот факт, что мы проводим день за днем, не занимаясь тем, чего хотим, мы покупаем все новые и новые вещи. Мы надеемся, что реклама хотя бы отчасти права и что эти вещи принесут нам удовлетворенность, которую не в силах дать ежедневная трудовая жизнь. Увы, чем больше мы приобретаем, тем больше у нас счетов, а следовательно, тем больше времени нам нужно проводить на работе, чтобы мы могли все это оплачивать. Поскольку трата времени на рабочем месте — это не идеальное времяпрепровождение, которого мы бы хотели для своей жизни, больше часов, отведенных работе, приводит к более сильному чувству неудовлетворенности, потому что теперь у нас еще меньше времени остается на то, чем мы хотим заниматься.

— И поэтому мы покупаем еще больше вещей, — подхватил я. — Кажется, я понимаю, к чему все это идет. Не очень-то позитивный замкнутый круг.

— Позитивный он или нет, — отозвалась Энни, — а конечный результат заключается в том, что люди продолжают подолгу работать над тем, что не обязательно реализует их ЦС. И продолжают трепетно ждать будущего, когда им больше не придется работать и они, наконец, смогут заняться тем, чем хотят.

— Надо же, я никогда раньше так об этом не думал! — воскликнул я. — Вы точно во всем этом уверены?

Энни и Майк дружно рассмеялись.

— Джон, точно так же, как я рекомендовала вам не принимать рекламу за чистую монету, а просто видеть в ней то, чем она является, я не хотела бы, чтобы вы просто соглашались со всем, что я говорю, — ответила Энни. — Кейси сказала, вы говорили о том, что у каждого из нас есть шанс расширять свой кругозор, и именно таким способом мы познаем то, что существует. То, о чем я рассказала вам, — это всего лишь мнение одного человека. Теперь, когда вы его выслушали, вы можете посмотреть на мир вокруг себя и решить, считаете ли вы это мнение верным отчасти, полностью верным или глубоко ошибочным.

— Ну, оно определенно заставит меня думать о многом по-новому, — заметил я. — А скажите-ка мне, Энни, насчет приведенного вами примера — вы сами прошли через этот цикл?

Энни рассмеялась:

— Еще бы! Теперь я могу над этим посмеяться, но в то время мне было не до смеха. Я была по-настоящему несчастна, и мне казалось, что я не властна над собственной жизнью. Каждый день я работала по многу часов, а потом пыталась наверстать отсутствие свободного времени, балуя себя. Мне казалось, что это очень рациональный подход к жизни. Проработав все выходные, я говорила себе: значит, я заслуживаю того, чтобы побаловать себя новым нарядом, новейшим электронным гаджетом или каким-нибудь новым предметом домашней обстановки. Проблема заключалась в том, что, поскольку я работала постоянно, у меня редко находилось время, чтобы воспользоваться тем, чем я себя баловала. Люди приходили ко мне домой и говорили, как им все нравится, но я редко проводила время в собственном доме, чтобы успеть насладиться им.

Однажды вечером, разобравшись с огромной стопкой счетов, которым предстояло в очередной раз пожрать бо́льшую часть моего месячного дохода, я рухнула на кровать и уставилась в потолок. Это был единственный способ не дать себе разразиться слезами. Я осознала, что жизнь проходит мимо меня. Я проводила ее на работе, которую на самом деле не любила, и пыталась компенсировать это покупкой вещей, до которых мне, честно говоря, тоже не было никакого дела. Что еще больше усугубляло ситуацию — мой план по возвращению к приятным для меня занятиям требовал, чтобы я работала до шестидесяти лет, после чего смогла бы выйти на пенсию. Это было ужасное чувство.

— Похоже, тогда у вас был совершенно иной образ мыслей, чем теперь, — заметил я. — И что же случилось?

Энни улыбнулась и ответила:

— Случился иной образ мыслей. В тот вечер, полежав на кровати, уставившись в потолок и пытаясь понять, как я дошла до жизни такой, я решила пойти прогуляться. Я жила в большом городе, и на улицах было полно людей. Я смотрела на каждого прохожего, гадая, испытывает ли кто-нибудь из них те же чувства, что и я. Счастливы ли они? Занимаются ли тем, чем хотят заниматься? Чувствуют ли себя удовлетворенными? Под конец я зашла в маленькую кофейню, которую несколько раз видела, но ни разу не бывала внутри. К моему удивлению, там сидел один мой знакомый. Я встречалась с ним несколько раз, и мне нравилась его всегдашняя непринужденность. Он пригласил меня за свой столик, и три следующих часа, перемежаемых множеством чашек кофе, мы обменивались теориями о жизни. Когда я объяснила ему свою ситуацию, он улыбнулся и предположил, что я, возможно, слишком начиталась собственных рекламных материалов. Я сказала ему, что не очень понимаю, что он имеет в виду, и он объяснил про тот замкнутый круг, о котором я вам уже говорила. А потом сказал кое-что еще, и его слова я храню в памяти до сих пор.

«Трудность, — сказал он, — в том, чтобы осознать, что нечто удовлетворяет нас потому, что *мы лично* определяем это нечто как удовлетворительное, а не потому, что кто-то нам об этом сказал».

В тот вечер, добравшись до дома, я села и стала размышлять о том, что меня удовлетворяет и почему. Поставила перед собой задачу подумать о том, как я хочу проводить каждый день. А вскоре уже задавалась вопросом, *почему* я хочу проводить каждый день именно так. Со временем этот образ мыслей и привел меня сюда, — закончила она.

Я перевел взгляд на стол. Энни указывала на меню.

Почему вы здесь?

— А потом? — спросил я.

Энни снова рассмеялась.

— Ну, Кейси, наверное, уже объяснила вам, что, как только задаешься вопросом «почему я здесь», все меняется. Не вдаваясь в мучительные подробности, могу сказать вам, что с того вечера я стала другим человеком. Это начиналось медленно, с того, что я каждую неделю стала тратить немного больше времени на себя. Я перестала баловать себя «вещами» в качестве компенсации за упорный труд — и вместо этого начала баловать себя, занимаясь тем, чем хотела заниматься. Каждый день я непременно старалась хотя бы один час заниматься тем, что мне по-настоящему нравилось. Иногда это было чтение романа, который приводил меня в восторг. Иногда — долгая прогулка или спортивные игры. В конце концов один час стал двумя, а два разрослись до трех. Не успела я оглянуться, как уже полностью сфокусировалась на тех делах, какими хотела заниматься, на занятиях, которые реализовали мой ответ на вопрос «Почему я здесь?».

ГЛАВА 13

Энни повернулась к Майку.

— Вы уже обсуждали вопрос о смерти?

— Вопрос о чем? — переспросил я, внезапно ощутив неслабую такую тревогу.

Энни улыбнулась и снова указала на меню:

— Второй вопрос.

Я опустил взгляд.

Боитесь ли вы смерти?

Я уже почти забыл о том, что в меню были еще вопросы. После того как меня столкнули с первым, я не был уверен, что готов размышлять об остальных.

— Они связаны друг с другом, — пояснил Майк.

Опять он читает мысли! И как раз тогда, когда я начал думать, что это место — нормальное кафе. Хотя, догадываюсь, на самом деле я ни разу такого не подумал.

— Что вы имеете в виду под словом «связаны»? — спросил я.

— Боитесь ли вы смерти? — подхватила Энни. — Большинство людей боятся. Между прочим, это один из самых распространенных человеческих страхов.

— Не знаю, — пожал я плечами. — В жизни многое надо сделать, и я не хочу умирать до того, как мне представится возможность испытать все, что я хочу. Но смерть — не то, о чем я думаю каждый день.

— Люди, которые ни разу не задавались первым вопросом и не предпринимали шагов к реализации своей ЦС, занимаясь тем, чем они хотят заниматься… — Энни на миг замолкла и поглядела на меня. — Эти люди боятся смерти.

Настала моя очередь помолчать. Я переводил взгляд с Энни на Майка и обратно.

— Вы хотите сказать, что большинство людей каждый день думают о смерти? Не уверен, что это так. В смысле, я уж точно не каждый день о ней задумываюсь.

Майк улыбнулся.

— Нет, это не совсем так. То, о чем мы говорим, имеет место главным образом на подсознательном уровне. У большинства людей концепция смерти не маячит на переднем плане мыслей. Но подсознательно они понимают, что с каждым прошедшим днем становятся ближе к моменту, когда у них больше не будет возможности заниматься тем, чем они хотят заниматься в жизни. Поэтому они страшатся того дня, который существует где-то в будущем, когда у них уже *не будет* этого шанса. Они страшатся того дня, когда умрут.

Я задумался над тем, что он сказал.

— Но ведь это не обязательно должно быть так, верно? Я имею в виду, если человек спрашивает себя, почему он здесь, выбирает те дела, которыми хочет заниматься и которые реализуют его ЦС, и на самом деле занимается ими, то с чего бы ему бояться смерти?

Нельзя же бояться, что у тебя не будет возможности заниматься чем-то, если ты и так занимаешься этим каждый день?

Энни улыбнулась.

— Действительно, нельзя, — мягко проговорила она и встала из-за стола. — Приятно было познакомиться с вами, Джон. Боюсь, мне нужно вернуться к моему другу, но я получила удовольствие от нашего разговора.

Я привстал, и мы снова пожали друг другу руки.

— Я тоже рад. Спасибо, что поделились со мной своими прозрениями.

Она развернулась и пошла к дальнему столу, а я сел обратно на диванчик. Мои ощущения изменились. Я не очень понимал, как именно, но чувствовал, что только что узнал нечто такое, что еще долго не утратит своей ценности.

— Вы в порядке, Джон? — спросил Майк. — Вид у вас несколько ошеломленный.

— Просто думаю, — отозвался я. — То, что говорили вы и Энни, обладает глубоким смыслом. Меня удивляет, что я не слышал этого раньше и сам об этом не думал.

— Всему свое время, Джон. Может быть, вы и думали об этом раньше, но в тот момент не были готовы прислушиваться или действовать в соответствии с этими мыслями.

Майк встал и забрал со стола две пустые тарелки.

— Давайте-ка я уберу часть посуды. Хаш-брауны будете доедать?

— Как ни удивительно, да, — кивнул я, выныривая из своих мыслей и возвращаясь к стоявшей передо мной еде. — Они слишком хороши, а я слишком голоден, чтобы от них отказываться.

Когда Майк отошел, я снова сосредоточился на том, что мы только обсудили с ним и с Энни. Переварить предстояло немало. Я размышлял об истории Энни и о воздействии рекламы. В какой степени мое определение успеха, счастья и удовлетворенности *на самом деле* определялось другими людьми, а не мною самим? Разобраться было непросто. Я решил, что впредь постараюсь лучше осознавать идеи, стоящие за словами со стороны.

Но вопрос о смерти — совсем иной коленкор, здесь требовался более глубокий уровень понимания. Нельзя сказать, что я жил в состоянии эмоционального отчаяния, только и делая, что тревожась о смерти, но я все же думал о ней, хотя и нечасто. Однако сама концепция — жить так, чтобы реализовать свое собственное предназначение, оценивая каждый прожитый день именно под таким углом зрения, — вызывала во мне более чем живой отклик.

«Нельзя бояться, что у тебя не будет возможности делать что-то, если ты уже сделал это или делаешь это каждый день», — сказал я сам себе.

Я пожалел, что не додумался до этого раньше.

«И все же, — размышлял я, — недостаточно быть просто знакомым с этой концепцией. Еще раз: смысл в том, чтобы действительно заниматься тем, чем хочешь заниматься».

ГЛАВА 14

Я снова вглядеЛся в меню.

Почему вы здесь?
Боитесь ли вы смерти?
Удовлетворены ли вы?

Эти вопросы уже не казались такими странными, как тогда, когда я в первый раз прочел их. Теперь они имели гораздо большее значение.

Удовлетворены ли вы?

«Пока не пойдешь дальше простого знания, почему ты здесь, и не начнешь работать в этом направлении, не думаю, что можно достичь удовлетворенности», — сразу пришло в голову.

— Но сделать это не всегда просто, верно? — спросила Кейси.

Я поднял взгляд. Она протягивала руку за пустым стаканом, чтобы подлить воды.

— Очень даже непросто, — согласился я. — Я тут думаю о своей собственной ситуации. Каждый день я делаю то, что умею делать. Мне за это платят. А что будет, если я спрошу себя, почему я здесь, определю, чем хочу заниматься, а потом пойму, что не умею этого делать? Или не смогу найти работу, занимаясь этим делом? Чем я буду зарабатывать на жизнь? Как я буду содержать себя, смогу ли откладывать деньги на ту же пенсию? Что, если у меня не хватит таланта на эти новые занятия, какими бы они ни были? Или если эти занятия будут вызывать у других людей только смех или неуважение?

Кейси дождалась, пока я закончу.

— Джон, как вы думаете, когда человек пройдет все этапы, стараясь выяснить, почему он здесь, и найдет верный ответ, взволнует ли его то, что он обнаружит?

Я пару секунд помолчал, стараясь представить, как это будет.

— Надеюсь, что так, — ответил я. — Если человек по-настоящему поймет, для чего он существует, думаю, это будет для него очень волнующе.

— А будет ли так же волнующе заниматься вещами, которые помогают реализовать причину существования?

Я снова помолчал. Вопросы Кейси казались мне слишком легкими. «Должно быть, я что-то упускаю», — подумал я.

— Конечно, — сказал я. — А почему нет? У человека такие занятия должны вызывать большое воодушевление, даже страсть.

— Тогда почему же вы думаете, что этот человек может потерпеть неудачу?

Я посмотрел на нее. Не успел я открыть рот, как она продолжила:

— Вы когда-нибудь встречали человека, который был бы беспредельно влюблен в то дело, которым занимается каждый день? Казалось ли вам, что ему повезло заниматься тем, чем он по-настоящему наслаждается?

Я еще немного помолчал, потом сказал:

— Встречал, хоть и нечасто. Но я действительно знаю пару-тройку людей, которые подходят под это описание.

— Хороши ли они в своем деле? — поинтересовалась Кейси.

— О да! — ответил я не без сарказма. — Учитывая, сколько времени они тратят на свое дело, еще бы они не были в нем хороши! Я имею в виду, что они читают о предмете своей страсти в свободное время, смотрят телепрограммы на соответствующие темы, ездят на всякие съезды и конференции... При таком массированном воздействии они просто обязаны быть настоящими профи.

— А разве они не устают от того, чем занимаются? — задала она вопрос.

— Нет, — помотал я головой. — Такое впечатление, что их за уши от любимого дела не оттащишь. Они словно заряжаются, занимаясь им, и... — Я запнулся на середине предложения.

Кейси улыбнулась, глядя на меня.

— И как, им действительно очень трудно найти работу?

Еще одна пауза.

— Тем, кого я знаю, — нет. Они обладают таким запасом знаний и относятся к своим занятиям с такой страстью, что все обращаются к ним за советом, а то и стремятся вовлечь их в собственные начинания.

— Я бы еще предположила, что это очень позитивные и энергичные люди, — добавила она. — Вероятно, им совершенно не нужно сбегать в отпуск, чтобы «перезарядиться».

Я помолчал, переваривая замечания Кейси. Интересный способ смотреть на вещи! Какой была бы жизнь, если бы я всегда делал то, что хотел делать? Если бы всегда тратил свое время на то, чем страстно увлечен?

— А как же деньги? — спросил я. — То, что ты хорош в какой-то сфере или много о ней знаешь, не означает, что ты будешь много за это получать. Положим, найти работу ты сможешь всегда, но хорошо ли она будет оплачиваться? — Я даже немного воспрянул духом, придумав следующий аргумент: — В конце концов, кто знает, какого рода занятия конкретный человек сочтет удовлетворительными!

— Понимаю, — кивнула Кейси. — Что ж, давайте подумаем о наихудшем возможном сценарии в том, что касается денег. Человек мог бы жить жизнью, в которой он каждый день делает то, что определил как дело, помогающее реализовать цель его существования. Однако он не зарабатывает «много» денег. Бог ты мой, какая это была бы трагедия! Вообразите себе последствия. Вы обнаруживаете, что вели такой образ жизни, который всегда реализовывал вашу ЦС. Вы провели всю свою жизнь, занимаясь тем, что хотели делать, — это следствие того, что вы выяснили для себя, почему вы здесь. Но вот вы достигаете возраста 65 лет — и не имеете достаточных сбережений... И что же тогда делать? — вопросила она, и голос ее был полон насмешливого драматизма. — Полагаю, вам все равно пришлось бы заниматься тем, чем вы хотите заниматься. Точно так же, как и раньше. Вот уж трагедия так трагедия!

Я рассмеялся.

— Кейси, когда вам того хочется, вы умеете быть неотразимо саркастичной!

Она вернула мне улыбку:

— Я просто стараюсь убедиться в том, что полностью понимаю вашу линию мышления.

— Понял, понял. Это в пару к истории про рыбака, которую поведал мне Майк. Зачем дожидаться возможности делать что хочешь, если можно заниматься этим прямо сейчас?

— И это, и кое-что еще. Помните свой разговор с Энни о том, почему некоторые люди покупают вещи?

— Конечно, мы говорили, что некоторые люди стремятся заработать больше денег, чтобы иметь возможность купить больше вещей. Они надеются, что приобретенные вещи удовлетворят их, поскольку они не занимаются каждый день тем, что хотели бы делать. Но опасность заключается в том, что чем больше они покупают, тем больше им приходится работать, чтобы оплачивать свои покупки. Если не проявить осторожность, это превращается в порочный круг.

Я умолк. Было такое ощущение, что я что-то упустил. Я взглянул на Кейси, но она лишь ответила мне прямым бесхитростным взглядом.

— Это как-то связано с наихудшим возможным сценарием, верно? — спросил я. Кейси кивнула.

Я на мгновение задумался.

— Полагаю, первый вывод — человек в наихудшем возможном сценарии всегда мог бы выбрать какое-то другое занятие.

Кейси лишь снова кивнула, так что я продолжил:

— Это ведь наихудший возможный сценарий, но, очевидно, есть и сценарий получше. Человек может зарабатывать много денег, занимаясь тем, чем хочет заниматься, и реализуя причину, по которой он здесь.

И снова Кейси кивнула.

Я все еще не добрался до звена, которого, по моим ощущениям, недоставало. Откинулся на спинку диванчика и отпил воды. Я уже был готов попросить о намеке, как тут до меня дошло:

— Может быть, деньги становятся менее значимыми? Я имею в виду, это, конечно, зависит от человека и от обстоятельств, но возвращаясь мысленно к разговору, что состоялся у нас с Энни, я вспоминаю, как недоумевал, почему люди вообще работают. Когда мы с Энни разговаривали, мы говорили о том, что отчасти причины, по которым люди работают, заключаются в поисках удовлетворенности.

— Можете привести пример? — поинтересовалась Кейси.

— Ну, причина, по которой работаю я, — это чтобы зарабатывать деньги. Деньги мне нужны, чтобы платить за то, что я покупаю. Когда я думаю обо всех тех вещах, которые покупаю, мне кажется, что я самую малость похож на тех людей, о которых говорили мы с Энни. Многое из того, что мне принадлежит, — это вещи, которые помогают мне на некоторое время сбежать от реальности, вещи, которые помогают мне расслабиться и начать лучше относиться к своему окружению. Но вот что мне интересно: сколько из них мне понадобилось бы, не будь у меня необходимости «сбегать» или «сбрасывать стресс»? Если бы я всегда занимался тем, чем хочу заниматься, то в моей жизни должно было бы быть меньше того, от чего хочется сбежать, — и, вероятно, куда меньше стресса, который надо сбрасывать. Я не говорю, что ушел бы жить в хижину в лесах, но мне интересно, варьируется ли представление человека о категории «много денег» в зависимости от того, в какой степени он живет жизнью, реализующей его ЦС.

Кейси снова кивнула:

— Так вы предполагаете, что людям следовало бы перестать хотеть больше денег?

— Нет, — помотал я головой, пытаясь найти подходящие слова, чтобы объяснить свою мысль. — Я не это имею в виду. Я просто говорю, что лично мне кажется, если бы я выяснил, почему я здесь, и занимался бы теми делами, которые, по моему убеждению, способны реализовать цель моего существования, то я, вероятно, меньше беспокоился бы о деньгах, чем сейчас. Вот и все, что я пытаюсь сказать.

Кейси поднялась из-за стола и забрала две пустые тарелки. Улыбнулась.

— Интересные мысли, Джон.

Я смотрел ей вслед, пока она шла к кухне.

— А это интересное место, Кейси.

ГЛАВА 15

Вернувшись, Кейси снова подлила мне воды и уселась напротив меня.

— Джон, когда я отнесла ваши тарелки в кухню, Майк напомнил мне о том, что может показаться вам интересным. Это связано с нашим прежним разговором о трудностях, с которыми могут столкнуться люди, пытаясь реализовать свою ЦС.

— Вы имеете в виду — с моим вопросом насчет того, как им зарабатывать на жизнь?

— Отчасти да, но не только.

Я взглянул на Кейси.

— С удовольствием послушаю.

— Чтобы все получилось, — начала она, — мне нужно, чтобы вы подумали о тех людях, о которых мы только что говорили.

— Вы имеете в виду моих знакомых, которые буквально живут своим делом? — уточнил я. — Тех людей, которые каждый день занимаются тем, что приносит им радость?

— Именно их. Вы замечали в них что-нибудь особенное?

— Ну, одна такая женщина занималась продажами в…

— Нет, Джон, — перебила Кейси, — подумайте о том, чем они занимаются, в более широком контексте. Что интересного в целом вы в них заметили? Что общего?

Я откинулся на спинку и на мгновение смежил веки. Мысленно представил тех людей, о которых думал.

— Ну, как я и говорил, все они кажутся неподдельно счастливыми. Похоже, то, что они делают, доставляет им удовольствие. Они также очень уверены в себе. И это не кажется фальшивой бравадой. Просто такое ощущение, что они знают: все будет так, как они хотят. Это может прозвучать странно, но еще одной их характеристикой является то, что все они удачливы. Я имею в виду, с ними просто случаются всякие хорошие события, неожиданные события.

— Можете привести пример?

— Ну, есть одна женщина, о которой я сейчас думаю. Она работает в рекламе, что кажется мне несколько странным после недавнего разговора с Энни. Как бы там ни было, она пыталась заключить большую сделку. Я уж даже не помню, о чем конкретно шла речь, зато помню, что сделка была по-настоящему крупной и многие другие люди пытались за нее бороться, но потерпели неудачу. Так вот, она решила, что хочет заполучить контракт. Через две недели после начала работы над материалами для презентации ей позвонила старая приятельница по колледжу, с которой они долго не общались. Они обменялись новостями, разговор зашел о работе, и моя знакомая упомянула о контракте. Оказалось, что у ее подруги по колледжу есть еще одна подруга, работающая в той самой компании, с которой хотела работать моя знакомая. Еще пара-тройка телефонных звонков — и они втроем договорились вместе поужинать. И, конечно же, через пару недель после этого моя знакомая добилась заключения желанной сделки. Вот что я имею в виду под приятными неожиданностями, которые с ними случаются. Создается впечатление, что такие люди невероятно удачливы.

— Как вы думаете, с чего бы это? — спросила Кейси.

Я глотнул воды.

— Точно не знаю. Может быть, это просто совпадение. Однако забавно, что вы попросили меня подумать о людях, которые по-настоящему наслаждаются тем, что делают. Это те люди, которые тратят свое время на вещи, согласующиеся с их ЦС. И в их жизни постоянно происходят удачные события.

Кейси улыбнулась, глядя на меня.

— А такое бывает только с этими людьми? Разве с вами никогда не случалось подобного?

Я облокотился на спину диванчика.

— Полагаю, случалось. Вот так вот, с ходу, не смогу привести конкретный пример, но помню, что бывали моменты, когда я изумлялся, видя, как что-то неожиданное случается именно тогда, когда мне это необходимо.

— Джон, что-то мне подсказывает, если бы вы смогли припомнить конкретные примеры, то нашли бы между ними общее звено.

— Например, что это были моменты, когда я занимался именно тем, чем хотел заниматься? — понимающе кивнул я. И тут же почувствовал, как по моему телу пробежала дрожь. Это ощущение появлялось у меня и раньше, когда мне казалось, что я узнал о себе нечто важное.

— Не могу говорить конкретно за вас, Джон, но работая в этом кафе, я обращаю внимание на некоторые вещи, касающиеся людей вообще. Тот, кто знает свою ЦС и делает то, что хочет, чтобы реализовать свою цель, действительно кажется редкостным счастливчиком. Неожиданные, кажущиеся совершенно случайными вещи случаются с такими людьми как раз тогда, когда им это действительно больше всего нужно. Я расспрашивала об этом кое-кого из них, и хотя все они согласны, что такое явление действительно существует, далеко не все сходятся во мнении о том, что может быть причиной. Честно говоря, большинство из них вообще не заморачиваются скрупулезным выяснением причин. Они знают, что это явление вступает в игру, когда они реализуют цель своего существования, и просто рассматривают это как часть порядка вещей.

— Странно, — отозвался я. — Звучит несколько мистически.

— Некоторые так и говорили. Другие считают это частью естественного течения Вселенной или «высшей силой за работой». Третьи просто полагают, что дело в удаче. Но все они единодушны в том, что это явление есть и что оно является одним из факторов того, что они делают.

— А что думаете вы, Кейси?

На этот раз уже ей пришлось взять небольшую паузу.

— Честно говоря, не знаю. Полагаю, значение имеют все эти причины — и, возможно, еще одна дополнительная. Вы когда-нибудь слышали о теории экспоненциальных чисел?

— Не уверен. Можете объяснить?

— Конечно, тут нет ничего сложного. Приведу вам пример. Теория экспоненциальных чисел заключается в том, что если вы кому-то что-то скажете и сможете побудить этого человека сказать об этом другим людям, а эти люди передадут ваши слова еще большему числу людей, то вскоре ваше сообщение достигнет гораздо большего распространения, чем когда вы с кем-то разговаривали лично.

— Своего рода рассылка в электронной почте, — кивнул я. — Когда рассылаешь письмо десяти людям, а потом каждый из них рассылает его еще десяти людям, и так далее.

— Точно. Та же концепция. Только теперь предположим, что вы даете людям знать о чем-то таком, что пытаетесь сделать и что поможет реализовать вашу ЦС. Если вы поделитесь этой мыслью с десятью людьми, а каждый из них поделится с еще десятью, и так далее, то очень скоро получится целая толпа людей, которые потенциально будут готовы вам помогать.

Я на миг задумался.

— Но с чего бы им захотелось помогать мне? Что стало бы мотивировать одних людей разговаривать с другими о том, что я пытаюсь сделать?

Кейси глянула на меня, но не ответила. У меня возникло впечатление, что это еще один случай, когда мне полагается самому ответить на собственный вопрос. Я стал размышлять о нашем текущем разговоре и о том, как мы добрались до темы экспоненциальных чисел. Однако решение никак не находилось.

— Не уверен, что понимаю, Кейси. Как насчет намека?

— Джон, вспомните тех людей, о которых вы подумали, когда мы начинали этот разговор, — о тех, кто работает, чтобы реализовать свою ЦС. Какие возникают ощущения, когда с ними взаимодействуешь?

— Великолепные! Невозможно не заразиться их увлеченностью и энтузиазмом по отношению к тому, что они делают. Им просто так и хочется помочь… — Я снова осекся. — Да ладно, Кейси! Вы действительно хотите дать мне понять, что это и есть ответ?! Но как это применимо к сообщению, «пущенному в народ»?

— Джон, вы только что сказали, что их увлеченность и энтузиазм вызывают в вас желание помогать. Если вы сами помочь не можете, но знаете других людей, у которых есть такая возможность, вы бы связались с ними?

— Разумеется! Это хочется сделать, потому что они кажутся такими… — Я замолчал, подыскивая верные слова.

— Идущими по верному пути? — подсказала Кейси.

— Ага, что-то вроде того. Их путь кажется настолько правильным, что просто нельзя не помочь.

— А когда вы разговариваете о них с другими людьми, которые, возможно, смогут помочь, в каком тоне вы это делаете? — продолжала Кейси.

Я улыбнулся, наполовину себе, наполовину Кейси.

— С некоторой частью того же воодушевления и энтузиазма, с которыми увлеченные люди разговаривали со мной. Это заразительно, почти как если бы эмоции были неотъемлемой частью рассказа или потребности, о которой идет речь.

— Ну вот вам и ответ, — Кейси поднялась и стала собирать со стола оставшиеся тарелки. — Я впечатлена, Джон, — заметила она, держа на весу пустую посуду. — Вы, должно быть, были ужасно голодны.

— Все дело в еде, — пояснил я. — Слишком хороша, чтобы не съесть.

Бросив взгляд в сторону кухни, я увидел Майка. Он помахал мне, и я помахал в ответ, на сей раз чуть меньше стесняясь того, что машу рукой повару в дайнере.

— Кейси, наверное, того пирога с клубникой и ревенем уже ни кусочка не осталось?..

Она рассмеялась:

— Схожу в кухню, узнаю, что можно сделать.

ГЛАВА 16

Через пару минут к столу подошел Майк. В руке он держал тарелку с куском пирога, которого хватило бы на четверых.

— Кусочек клубнично-ревеневого пирога? — спросил он.

— Майк, это похоже не на кусочек, а на половину пирога! Не уверен, что со всем этим справлюсь.

Он положил на салфетку и чистую вилку вместе с тарелкой.

— А вы не торопитесь, потихоньку... Как там ваша дискуссия с Кейси?

К этому моменту я уже отщипнул вилкой большой кусок пирога и был занят прожевыванием. Потом я глотнул воды и только после этого ответил:

— Интересно, очень интересно. Мы говорили о людях, которые, похоже, нашли ответ на модифицированную версию вот этого вопроса. — Я показал на меню.

На мгновение вопрос преобразовался в «Почему я здесь?» — и вернулся к прежней форме. Я даже не стал задумываться над этой переменой.

— Да, именно вот этого, — продолжил я. — У таких людей, похоже, есть общие характеристики. Они прекрасно знают, почему они здесь; они выяснили, чем хотят заниматься, чтобы реализовать причину, по которой они здесь; они совершенно уверены, что смогут заниматься любимыми делами. И когда занимаются ими, происходят всякие события, помогающие им добиться успеха. Кейси объясняла мне теории, которые, оказывается, есть на этот счет.

Майк широко ухмыльнулся.

— О да, на этот счет имеется немало домыслов. Причем издавна, наверное, еще со времен древнейших философов.

— Майк, меня кое-что смущает. Почему не все стремятся к своей ЦС? Что людей удерживает? И прежде чем вы начнете отвечать, — знаю, мне следовало бы задать этот вопрос самому себе. Я как раз этим и занимался, когда вы подошли. Мне любопытно разобраться, существует ли более масштабная, более всеобъемлющая причина, чем та, какая может найтись лично у меня.

Майк отпил глоток из кружки, которую держал в руке, и поставил ее на стол, усаживаясь напротив меня.

— Разумеется, у каждого из нас есть свои собственные причины, — начал он. — И с этими причинами каждому человеку приходится разбираться самостоятельно, поскольку они уникальны для его ситуации. Однако да, есть и общие моменты, которые, похоже, доминируют.

— Например?..

— Ну, для одних это такая простая причина, как то, что они никогда не сталкивались с вопросом о цели существования. Другие не уверены, что у них есть ЦС.

Есть еще третьи, которые в силу своего воспитания, давления среды или, скажем, религиозных убеждений не верят, что у них есть право попробовать реализовать свою ЦС.

Даже те люди, которые приходят к мысли о ЦС и которые не сомневаются, что имеют полное право реализовать ее, порой не верят в то, что на самом деле все так просто — знать, что ты можешь, а потом делать, что хочешь.

Это возвращает нас к тому, о чем вы разговаривали с Энни. Многие люди убеждают других в том, что то, что они производят или продают, является ключом к удовлетворенности. Представьте себе их трудности, когда другие люди приходят к осознанию, что могут сами управлять своим уровнем удовлетворенности. Таким образом те, первые, пытающиеся убедить других, теряют свою власть. Потеря власти для них — не самая привлекательная идея.

— Это напоминает мне об одном из сегодняшних разговоров с Кейси, — вставил я. — Она помогла мне понять, что, когда человек узнает свою ЦС, он получает возможность делать то, что хочет, и стать тем, кем хочет. Ему больше не нужно чье-то стороннее разрешение или согласие.

— Правильно. И, сверх того, никто не может помешать человеку — или, наоборот, дать ему возможность — заниматься тем, чем он хочет. Каждый из нас — хозяин собственной судьбы.

Я задумался об этом и о своих прежних разговорах с Кейси и Энни.

— То, что вы говорите, сильно отличается от того, что я вижу и слышу в своей повседневной жизни. Понимаю, почему людям так трудно хотя бы познакомиться с идеей определения причины собственного существования и власти над собственной судьбой, — не говоря уже о том, чтобы совершить конкретные шаги в этом направлении.

— Абсолютно верно, — согласился Майк. — Но это вполне реально — сделать такие шаги. Между прочим, пару недель назад один посетитель нашего кафе рассказал нам с Кейси интересную историю о том, как он узнал о возможности контролировать собственную судьбу. Если вам интересно, могу поделиться.

— Еще бы мне было неинтересно! Речь снова пойдет о рыбаках?

Майк рассмеялся.

— На этот раз не о рыбаках, но о спорте. Многие годы этому мужчине снился один и тот же сон, как он готовится совершить очень трудный бросок в гольфе. В реальной жизни он был не слишком хорошим гольфистом, так что сталкиваться с подобным испытанием во сне ему было особенно неприятно. Во сне мяч, который ему нужно было забросить, лежал то на подоконнике, то на обрывистом утесе, то еще в каком-нибудь месте, столь же абсурдном и трудном.

Он снова и снова пытался занять правильную позицию и обеспечить хороший замах, но все время что-то было не так, и он понимал, что бросок не удастся. Чем больше он совершал пробных замахов, тем больше росли его тревога и стресс.

Когда его разочарование во сне достигало пика, он наконец чувствовал, что готов совершить бросок. Однако стоило ему начать замах, как мяч перемещался и снова позиция была трудной. Начинался еще один цикл нарастания тревожности. Этот цикл все повторялся и повторялся, пока мужчина не просыпался с сильно бьющимся сердцем.

Однажды ночью ему приснился тот же сон, но в тот момент, когда раньше был пик безысходности, он внезапно осознал, что может просто поднять мяч и переложить его в другое место. Ничто не стояло на карте, и никому, кроме него самого, не было дела до того, откуда он будет забрасывать этот мяч.

Проснулся этот мужчина с невероятно сильным ощущением, что его наконец-то настигло озарение. Причем озарение насчет чего-то такого, что в общем-то было совершенно очевидным, но раньше от него ускользало.

В завершение нашего разговора он объяснил мне:

«Несмотря на все то, во что нас учили верить, несмотря на то, что мы порой доводим себя до стресса, поступая так, как от нас ждут, каждый из нас способен контролировать свою жизнь. Я позабыл об этом и пытался приспосабливаться к чужим влияниям. Но на самом деле никому не было дела до того, откуда я буду забрасывать мяч, кроме меня самого. Точно так же и в жизни — только ты сам знаешь, что тебе нужно от своего существования. Никогда не позволяй другим людям или ситуациям доводить себя до той точки, когда чувствуешь, что больше не имеешь власти над собственной судьбой. Активно выбирай свой собственный путь, иначе его выберут за тебя. Просто переложи на другое место мячик для гольфа».

Майк договорил и посмотрел на меня.

— Вот видите, никаких рыбаков.

— Действительно, никаких рыбаков, но история тем не менее отличная. Мне нравится ее идея.

— Она и тому парню понравилась. Он сказал, что идея, пришедшая из этого сна, изменила его жизнь. Он осознал, что впредь он сам будет в ответе за выбор собственной судьбы. Теперь всякий раз, как он сталкивается с чем-то и не знает, что делать, он просто приказывает себе переложить мяч для гольфа. Он признался, что уже само озвучивание этих слов — «переложи мяч» — помогает ему не бояться и просто делать то, чего он хочет.

ГЛАВА 17

Я посмотрел на часы. Было четверть шестого утра.

— Не могу поверить, — вымолвил я. — Мне уже почти пора снова заказывать завтрак!

Майк улыбнулся.

— Возможно, вначале вы захотите закончить со своим пирогом.

— С удовольствием, — отозвался я и отщипнул еще один кусок. Прожевал, запил водой. — Майк, есть еще один момент, в котором я до сих пор не уверен. Я говорил об этом и с вами, и с Кейси, но пока не нашел ответа.

Майк кивнул.

— Валяйте, спрашивайте. Если только речь не о рецепте пирога. Это одна из немногих областей информации, которую мы держим в секрете. Рецепт мамин, и я обещал ей, что никогда никому его не выдам.

Я ухмыльнулся.

— Понимаю... К счастью, я ищу совсем другой ответ. Мы с Кейси говорили о людях, задающихся вопросом «Почему я здесь?», обсуждали и последствия, когда человек задается этим вопросом, и то, что он будет делать, найдя ответ. Но я до сих пор не знаю...

— Как следует искать этот ответ, — подхватил Майк.

— Точно!

— Думаю, мне стоит позвать Кейси. Вероятно, мы с ней вместе сможем помочь вам лучше, чем поодиночке.

Майк поднялся и пошел в дальний конец ресторана, где Кейси сидела и беседовала с Энни и ее другом. Я задумался, не обсуждают ли они примерно те же вопросы, что и я.

Минуту спустя Кейси встала, и они с Майком вернулись ко мне.

— Как вам пирог? — поинтересовалась Кейси, усаживаясь.

— Превосходно, — заверил я с широкой улыбкой. — Я почти сыт.

— Кейси, Джон спрашивал насчет того, как люди ищут ответ на первый вопрос, — заговорил Майк. Он указал на строчку «Почему вы здесь?» на обороте меню, которая снова превратилась в «Почему я здесь?». — Я подумал, что мы вдвоем, пожалуй, могли бы ему ответить.

Кейси кивнула, потом взглянула мне прямо в глаза. И очень серьезным тоном спросила:

— У вас есть почтовый ящик, Джон? Обычный, не электронный?

— Конечно.

— Тогда в первое полнолуние, которое выпадет на седьмой день месяца после того, как вы зададитесь этим вопросом, в ваш почтовый ящик придет конверт. В этом конверте будет документ, на котором, если подержать его над свечой, проявится скрытое сообщение от тех, кто знает ответ. Это послание можно прочесть лишь однажды в жизни и только при свете свечи, и прочесть его вы должны седьмого числа.

Я оторвался от стакана с водой и наклонился вперед, чтобы не упустить ни слова из того, что она говорила.

— Вскрыв конверт, вы поймете, что это то самое послание, потому что ленточка будет красной и завязанной двойным узлом...

В этот момент я заметил, что стол двигается — он, кажется, даже вибрировал. Я отшатнулся.

— Что происходит, Кейси? — удивленно пробормотал я. — Что...

Кейси продолжала, словно не замечая, как трясется стол:

— ...причем большая петля будет как минимум вдвое больше меньшей и расположена в верхнем левом углу конверта.

Я бросил взгляд на Майка. К моему удивлению и легкому смущению, до меня дошло, что пляска стола вовсе не была паранормальным явлением, как я уже начал было думать. Ее причиной оказался Майк. Он слушал Кейси и, чтобы не расхохотаться, зажал себе рот рукой и облокотился на стол. Он смеялся так сильно, что все его тело вздрагивало, сотрясая стол.

Я тоже начал посмеиваться. Кейси повернулась к Майку и шутливо стукнула его кулаком в плечо.

— Да уж, сообщник из тебя никакой, — с улыбкой пожурила она.

— Прости, — покаялся Майк. — Просто ты была так убедительна! Я никак не мог сдержаться.

— Ладно-ладно, — проворчала Кейси, — может быть, я позволила себе маленькую творческую вольность касательно ответа на ваш вопрос, Джон...

— Маленькую! — фыркнул Майк. — Я бы сказал, что это вымысел чистой воды. Причем завязанный двойным узлом… — передразнил он Кейси, и мы все вместе расхохотались.

— У вас талант отличного рассказчика, Кейси, — похвалил я. — Однако, боюсь, вы так и не ответили на мой вопрос.

— Вдобавок к веселью, — с улыбкой ответила она, — я старалась вложить в свои слова и смысл. Некоторые люди задают вопрос и желают узнать ответ, но при этом хотят, чтобы этот ответ поднес им в готовом виде кто-то другой или что-то другое.

— В конвертах, которые прибывают по седьмым числам, — кивнул я и улыбнулся.

— Верно, по седьмым. Дело в том, Джон, что точно так же, как мы обладаем свободой воли, решая, чем будем заниматься после того, как узнаем ответ, так и в самих поисках ответа ответственность лежит на нас.

— Так, значит, вы говорите, — начал я, — что нельзя просто сделать первый шаг, а потом ждать, что будет дальше? Если человек по-настоящему хочет понять, почему он здесь, он должен искать этот ответ самостоятельно, так?

— Именно так, — подтвердил Майк. — И люди делают это по-разному. Некоторые медитируют. Другие слушают любимую музыку и отмечают, куда уводят их собственные мысли. Многие проводят время в одиночестве на природе, а еще кто-то беседует об этом с друзьями и незнакомыми людьми. Некоторых подводят к ответу идеи и истории, которые они вычитывают в книгах.

— А у вас есть какие-нибудь рекомендации по поводу способа, который работает лучше всех? — поинтересовался я.

Кейси повернулась ко мне.

— На самом деле это зависит от человека, Джон. Главное — помнить, что мы сами, каждый человек, — единственные, кто может определить, каков *наш* ответ. Вот по этой причине некоторые и прибегают в поисках к временному отшельничеству, пока ищут его.

— Могу их понять, — хмыкнул я. — Трудно сосредоточиться на чем-то, когда тебя со всех сторон бомбардируют информацией и идеями.

— Верно, — отозвался Майк. — Когда люди, не торопясь, медитируют или проводят время в одиночестве на природе, они, как правило, стараются уйти от внешних помех, чтобы сфокусироваться на том, что думают на самом деле *они сами*.

— И это все? — спросил я.

— Не совсем, — ответила Кейси. — Джон, вы помните, мы говорили о ценности воздействия других идей, культур, точек зрения и прочего в том же духе?

— Конечно — когда мы обсуждали, как человек может узнать о том, чем он может заниматься, чтобы реализовать цель своего существования.

— Точно, — подтвердила Кейси. — Та же идея применима к людям, которые пытаются выяснить, в чем состоит их ЦС. Некоторые выясняют, что, когда они испытывают новые ощущения и знакомятся с новыми мыслями, определенная часть познаваемого вызывает в них отклик. Многие даже ощущают физическую реакцию. Их знобит, по позвоночнику пробегает дрожь, они плачут слезами радости, когда наталкиваются на то, что действительно трогает их. На других волной накатывает ощущение знания. Это могут быть подсказки, помогающие людям идентифицировать ответ на вопрос, почему они здесь.

— Я знаю, о чем вы говорите, — заявил я и улыбнулся. — Со мной такое случалось прежде, когда я читал или слышал что-то и просто понимал, что это как раз то, что мне подходит. Между прочим, сегодня у меня было несколько таких моментов.

Кейси улыбнулась в ответ.

— Мы ответили на ваш вопрос, Джон?

— Думаю, да. Если я правильно вас понимаю, не существует одного-единственного ответа для всех, но один из возможных способов — поставить себя в такое положение, в котором можно сосредоточиться на этом вопросе. Другой путь, который может помочь, — знакомство с различными переживаниями и идеями и отслеживание своей личной реакции на них.

— Точнее не скажешь, — кивнул Майк.

Кейси поднялась.

— Пойду присмотрю за остальными гостями. Вам что-нибудь еще нужно, Джон?

— Не думаю, Кейси, спасибо. Если только не получу нежданный конверт с красной ленточкой, доставленный после полнолуния... Тогда у меня, вероятно, появятся еще кое-какие вопросы.

Она засмеялась и подмигнула Майку:

— Справедливо! Дайте нам знать.

ГЛАВА 18

— Джон, а куда вы направлялись, когда завернули сюда? — спросил Майк, когда Кейси отошла от стола.

— У меня начинается отпуск. Мне казалось, что необходимо на некоторое время убраться от всего подальше — получить возможность подумать, пусть я и не понимал, о чем конкретно хочу размышлять. Должен сказать, за последние… — я бросил взгляд на часы, — ...за последние восемь часов у меня появилось немало неплохих идей на этот счет. Майк, вы не будете против, если я задам вам личный вопрос?

— Вовсе нет, спрашивайте.

Я посмотрел на него в упор.

— Что заставило *вас* задать этот вопрос прямо в меню?

Майк придвинулся к спинке сиденья, и по его лицу расплылась улыбка.

— А что вселило в вас уверенность, что это сделал я?

— Вы, ваша манера держаться, само это место. Я не знаю наверняка, но у меня возникло ощущение, что вы делаете именно то, что хотите делать. Полагаю, вы в какой-то момент задавались тем же вопросом, и результатом стало это заведение.

Майк снова улыбнулся и отпил из кружки.

— Много лет назад я жил довольно беспорядочной жизнью. По вечерам учился в университете, днем работал, а все остальные минуты заполнял тренировками и попытками состояться как профессиональный спортсмен. На протяжении двух с половиной лет почти каждое мгновение моей жизни было строго расписано.

Получив диплом, я оставил прежнюю работу и устроил себе летние каникулы, поскольку к этому времени уже подобрал другую работу, которая должна была начаться в первых числах сентября. Мы с одним моим приятелем решили поехать в Коста-Рику, чтобы отпраздновать там получение дипломов. Он тоже только что окончил университет.

Несколько недель мы путешествовали по стране, бродя по тропическим лесам, наблюдая за жизнью дикой природы и погружаясь в новую для нас культуру. А потом мы как-то раз сидели на бревне, ели свежие манго и наблюдали, как волны разбиваются о невообразимо прекрасный пляж. Мы провели весь день, занимаясь серфингом в теплой, как парное молоко, воде, а теперь расслаблялись и смотрели, как небо меняет цвет с ярко-голубого на розовый, оранжевый и красный, по мере того как солнце клонилось к закату.

— Звучит весьма впечатляюще, — заметил я.

— Так и было. И я помню, как смотрел на все это и приходил к осознанию, что в то время, как я в последние два с половиной года планировал каждую секунду своей жизни, эта сцена повторялась здесь каждый день. Рай был от меня всего в нескольких часах полета на самолете и нескольких часах пути по местным дорогам, а я даже не догадывался о его существовании. И, понял я, этот рай существовал не только в те два с половиной года, когда я был так занят; солнце садилось, а волны набегали на пляж на протяжении миллионов, если не миллиардов лет.

Когда на меня нахлынуло это осознание, я почувствовал себя очень маленьким. Мои проблемы, те моменты, на которые я делал особый упор, мои тревоги о будущем — все это стало казаться совершенно несущественным. Я знал, что, как бы много или мало я ни сделал в своей жизни, будут ли мои решения верными, неверными или «ни так ни сяк», все вот это будет продолжаться еще долго-долго после того, как меня не станет.

Я сидел там, лицом к лицу с невероятной красотой и величием природы, и все больше осознавал, что моя жизнь — бесконечно малая частица чего-то намного большего. А потом меня настигла мысль: так *почему же я здесь*? Если все те вещи, которые я считал такими важными, на самом деле не важны, тогда что важно? Какова цель моего существования? *Почему я здесь?*

Как только в моей голове появились эти вопросы, я прошел через некий вариант того, что описывала в разговоре с вами Кейси. И они неотступно оставались со мной, пока я не нашел ответы...

Я тоже откинулся на спинку диванчика. До этого, пока Майк говорил, я, сам того не сознавая, наклонялся вперед, чтобы не упустить ни единого слова.

— Спасибо, Майк. Это изумительная история.

— Жизнь — вот изумительная история, Джон. Просто дело в том, что некоторые люди не осознают, что они и есть авторы и могут писать ее так, как захотят.

Майк поднялся из-за стола.

— Пойду-ка я к себе, начну понемногу прибираться в кухне. Вам что-нибудь еще нужно, Джон?

— Нет, думаю, я скоро уже поеду. Кстати говоря, к тому времени, как я увидел ваше заведение, я напрочь заблудился. На самом деле даже не представляю, в каком направлении мне теперь надо двигаться.

Майк улыбнулся.

— Ну, это зависит от того, куда вы хотите попасть.

Он хотел было сказать что-то еще, но умолк, словно передумал. Когда же он снова заговорил, это явно была другая мысль.

— Если проедете еще пару миль по этой дороге, доберетесь до перекрестка. Поверните направо — и эта дорога снова выведет вас на скоростное шоссе. Прямо перед въездной эстакадой будет заправочная станция. У вас хватит топлива, чтобы добраться туда.

Не знаю, откуда ему стало известно, что в моем баке достаточно бензина, чтобы добраться до заправки, но что-то мне подсказывало: в итоге он окажется прав. Я встал и протянул руку.

— Спасибо, Майк. У вас здесь необыкновенное заведение.

Он пожал протянутую руку.

— Добро пожаловать, Джон. Удачи вам в пути.

С этими словами он развернулся и пошел прочь.

ГЛАВА 19

Я посмотрел на меню.

Почему вы здесь?
Боитесь ли вы смерти?
Удовлетворены ли вы?

Это были серьезные вопросы. Если бы кто-нибудь задал мне их на день раньше, я подумал бы, что этот человек малость сдвинулся. Теперь же, сидя и перечитывая оборотную сторону меню, я не мог представить, что не задумался бы о них.

Кейси подошла к столу, положила на него чек и протянула мне контейнер.

— Это последний кусок клубнично-ревеневого пирога. Прощальный подарок от Майка. А это от меня, — прибавила она и протянула мне меню. На лицевой стороне обложки, под словами «Кафе “Почему вы здесь”» Кейси написала пару строк для меня. Я прочел их, потом перечитал еще раз.

— Маленький сувенир, чтобы вы о нас не забывали, — пояснила она и улыбнулась.

— Спасибо, Кейси. Спасибо вам за все.

— Всегда рада помочь, Джон. Для этого мы здесь.

Я оставил на столе деньги, забрал меню и контейнер с пирогом и вышел из кафе в начало нового дня.

нце только начинало подниматься над деревья- в поле напротив гравийной парковки. Воздух еще хранил последние остатки той особой неподвижности, предваряющей начало нового дня, и в то же время в нем слышались звуки этого дня, уже пришедшего в движение.

Я чувствовал себя отдохнувшим и живым. Переложил контейнер из правой руки в левую и открыл дверцу машины.

«Почему я здесь? — думал я про себя. — Почему я здесь?..»

Это действительно был совершенно новый день.

ЭПИЛОГ

После той ночи в кафе многое для меня изменилось. Эти перемены не походили в своем проявлении на гром с ясного неба, но были, по крайней мере, столь же динамичны в своем воздействии на мою жизнь.

Как и Энни, я начинал постепенно. Я покинул кафе, гадая, почему я здесь, и продолжал обдумывать этот вопрос до самого конца своего отпуска. Ответы не посыпались на меня сразу. Выяснение цели моего существования, или ЦС, как называла ее Кейси, требовало не просто провести отпуск, обдумывая ее. Как и большая часть того, что стоит знать, этот вопрос подразумевал некоторые усилия для нахождения ответа.

После отпуска я вернулся к своим привычным делам, и только комбинация методов, о которых я узнал от Кейси и Энни, в конечном счете помогла мне разобраться. Я начал с малого: каждый день посвящал занятиям, которые мне нравились, — аналогично примеру Энни. Затем я постарался воспользоваться преимуществом возможностей, о которых говорила Кейси, и стал искать шансы учиться и пробовать новое. Это помогло мне расширить мою вселенную возможных причин, по которым я здесь, так что она стала уже не такой маленькой, какой была, когда я начал свой путь.

Со временем, далеко не сразу, моя ЦС и способы, которыми я хотел ее реализовать, прояснились. Никакой иронии, но для меня это было трудным испытанием. Когда взвешиваешь два варианта: жить жизнью, которая реализует твою ЦС, или просто жить, — не думайте, что решение дается просто.

Я заметил, что именно на этом большинство людей и спотыкаются. Они заглядывают в дырку в заборе, отчетливо видят жизнь, какую хотели бы для себя, но по любой из длинного ряда причин не открывают врата и не уходят в эту жизнь.

Поначалу это меня сильно печалило. Но, как сказал Майк и как уверовал я сам, люди совершают выбор в разные моменты своей жизни. Одни приходят к нему еще в детстве, другие позже, а третьи вообще никогда. Торопить никого нельзя, и решение может принять только сам человек.

Лично мне распахнуть эти врата помогла одна важная мысль. Нельзя бояться, что ты потеряешь возможность делать то, что ты делаешь каждый день или уже сделал. Ныне это один из философских принципов, по которым я живу.

Не проходит ни дня, чтобы я не подумал о чем-то, связанном с этим кафе. Я вспоминаю Кейси и ее историю о зеленой морской черепахе всякий раз, когда открываю свой почтовый ящик и вижу, что он завален рекламными листовками с предложениями всевозможных вещей, которые мне не нужны. Набегающие волны никуда не делись, они всегда готовы поглотить мое время и энергию. Но теперь я знаю, что существуют и другие, я приберегаю силы для волн, которые способны нести.

Также я часто вспоминаю рассказанную Майком историю о том, как он сидел на пляже в Коста-Рике. Действительно, если смотреть с точки зрения вечного, то наши стрессы, тревоги, победы и потери мало чего стоят.

Однако именно перед лицом своей кажущейся незначительности мы и находим смысл.

Если у меня и появляются какие-то сожаления о переменах, которые я осуществил в своей жизни, то только из-за того, что я не сделал этого раньше. Полагаю, я просто не был к ним готов до той ночи в кафе.

Теперь, выяснив, почему я здесь, и проживая жизнь так, чтобы это реализовать, я ни за что не вернусь к тому, что осталось по ту сторону врат.

ВОПРОСЫ ДЛЯ РАЗМЫШЛЕНИЯ

1. Как бы вы ответили на три вопроса из меню — «Почему вы здесь?», «Боитесь ли вы смерти?», «Удовлетворены ли вы?» — до и после прочтения этой книги? Остались бы ваши ответы прежними? Если нет, почему?

2. Насколько всепроникающим вам кажется чувство, которое Стрелеки аллегорически описывает как блуждание в ночи «на темном, безлюдном участке дороги»? Что могло послужить причиной ощущения потерянности и отсутствия направления?

3. Случались ли у вас переживания, подобные тому, с какими столкнулся в кафе Джон? Если да, изменили ли они вашу жизнь и жизнь близких вам людей?

4. Кейси замечает, что порой бывает полезно взглянуть на вещи с иной точки зрения. Было ли такое, чтобы взгляд с другой стороны помог вам изменить вашу жизнь? Помогли ли вопросы, прозвучавшие в книге, вам взглянуть на свою жизнь по-другому?

5. В связи с вопросом «Почему вы здесь?» Кейси говорит Джону: «Если у вас получится изменить вопрос так, чтобы он перестал быть вопросом, который вы задаете кому-то другому, и превратился в вопрос, кото-

рый задаете самому себе, то вы больше не будете прежним человеком». Как вы думаете, что она имеет в виду?

6. Насколько важно прислушиваться к себе, а также знакомиться с новыми идеями и занятиями в процессе реализации цели своего существования?

7. Кейси говорит Джону: «Все мы ограничены своим текущим опытом и знанием». Как вы это понимаете? В какой мере вы ограничены вашим текущим опытом и знанием? До какой степени мы сами навязываем себе эти ограничения?

8. Вспомните историю Кейси о зеленой морской черепахе. Вам приходилось испытывать на себе влияние набегающей, или встречной, волны? У вас есть идеи относительно того, как перестать бороться с «набегающими волнами» и приберечь свою энергию, чтобы воспользоваться преимуществами «попутных волн»?

9. Энни замечает в разговоре с Джоном: «Часть ответа на ваш вопрос, почему мы тратим столько времени, готовясь делать то, что хотим, вместо того чтобы просто делать это, кроется в сообщениях, которые подсовывают нам под нос изо дня в день». Насколько сильно телевидение, газеты, журналы, Интернет влияют на использование времени, имеющегося в нашем распоряжении?

10. Джон задается вопросом: «В какой степени мое определение успеха, счастья и удовлетворенности на самом деле определялось другими людьми, а не мной самим?» Как бы вы ответили на этот вопрос применительно к самому себе? Какие действия вы могли бы предпринять, чтобы изменить положение вещей?

11. В какой-то момент Джон спрашивает Кейси: «Зачем дожидаться возможности делать что хочешь, если можно заниматься этим прямо сейчас?» Как бы вы ответили на этот вопрос?

12. Что отличает знакомых вам людей, страстно увлеченных своим делом? Похоже ли это на описание Джона в разговоре с Кейси или нет?

13. Каким образом, давая людям «знать о чем-то таком, что вы пытаетесь сделать и что поможет реализовать вашу ЦС», вы повышаете свои шансы на получение неожиданной помощи и поддержки?

14. Джон спрашивает Майка: «Почему не все стремятся к своей ЦС? Что людей удерживает?» Как Майк отвечает на этот вопрос? Как бы вы ответили на него?

15. Как вы могли бы ответить на вопрос «Почему я здесь?» и определить цель своего существования? Какие занятия, по вашему мнению, способны реализовать вашу ЦС?

16. Перед тем как Джон покидает кафе, Кейси вручает ему меню, на котором она написала для него сообщение. Как вы думаете, что это за сообщение? Что бы вы написали Джону на месте Кейси?

17. В эпилоге Джон замечает: «Когда взвешиваешь два варианта: жить жизнью, которая реализует твою ЦС, или просто жить, — не думайте, что решение дается просто». Как по-вашему, почему это непростое решение? Почему «именно на этом большинство людей и спотыкаются», завершая свои поиски?

ВОЗВРАЩЕНИЕ В КАФЕ

ПРОЛОГ

Порой, когда меньше всего этого ожидаешь — и, пожалуй, больше всего в этом нуждаешься, — вдруг оказываешься в новом месте, с новыми людьми и учишься чему-то новому. Так случилось и со мною однажды вечером много лет назад, в одном маленьком заведении, которое люди знающие любовно называют *кафе «Почему»*.

Проведенная там ночь направила мою жизнь по пути, которого я и представить не мог. Я узнал об истинной свободе и пришел к осознанию, что это и есть мое призвание.

Я так и не понял, почему мне довелось попасть в это кафе именно тогда. Я просто был благодарен за эту возможность.

А потом однажды — при самых невероятных обстоятельствах — я снова очутился перед этим кафе. И опять проведенное в нем время повернуло мою жизнь в новом направлении, за которое я буду вечно благодарен.

Это история моего возвращения в *кафе «Почему»*.

ГЛАВА 1

Был прекрасный день. Небо радовало царственной синевой, воздух окутывал теплом, но без давящего зноя. Мне казалось, что я попал в рай. Да собственно, в некотором роде так и было. Гавайи создают именно такое ощущение.

Мои планы на день состояли из велосипедной прогулки — и только-то. Ничего больше. Никакого расписания, никакого заранее согласованного маршрута, никакой программы. Только долгий путь: знай, жми на педали, колеся по случайно подвернувшимся дорогам, куда поведет интуиция. Только я, мой велосипед и рай вокруг — исследуй вволю.

Как раз этим я и занимался пару часов кряду и уже не представлял, где именно нахожусь. Чего я, собственно, и добивался.

В памяти мелькнула строка одной из моих любимых песен. Ее исполняет певица по имени Дженна Стэнфилд. А вот та самая строчка: «Я не заблудилась, я в разведке». Она идеально подходила к моей прогулке. Во многих отношениях она так же идеально подходит к большинству моих приключений.

Вдруг мое сознание мгновенно переключилось на воспоминания о той случайной ночи много лет назад. Только в тот раз я совершенно не ощущал себя ни исследователем, ни разведчиком. Тогда я просто заблудился. Это была ночь, которая переменила мою жизнь. Ночь, проведенная в маленьком придорожном заведении под названием *кафе «Почему вы здесь»*. Известном среди его гостей под ласковым прозвищем *кафе «Почему»*.

Сколько же всего изменилось после той ночи! Мне даже припомнить ту, прошлую свою жизнь удавалось с трудом. Словно это было иное существование. И иной я.

Я заложил вираж, следуя рисунку дороги, и на мгновение увидел гладь океана. Какая же невероятная синева! Мне вспомнилась морская черепаха. Еще одна связь с той ночью в кафе…

Странное дело! Образ того кафе никогда меня понастоящему не покидал. Однако уже давненько он не мелькал в моих мыслях с такой неотступностью.

Еще два поворота дороги. Еще два живописных вида.

Гавайи — это невероятное смешение красок. Поскольку эти острова имеют вулканическое происхождение, здесь повсюду, куда ни глянь, лавовые скалы глубокого черного тона. Потом, когда вулканический процесс успокоился, природа словно пожелала создать идеальный контраст, и в разломах лавового камня возникла ярчайшая зеленая растительность. Прибавьте к этому бирюзу океанских вод и буйно разросшиеся повсюду цветы оранжевых, красных и самых разных других оттенков — о, какое потрясающее пиршество для глаз!

«Восхитительно, — думал я про себя. — Как же это восхитительно!»

В последних десяти месяцах моей жизни *восхитительного* было немало. Наблюдение за китами у побережья Южной Африки, поездка на сафари в Намибию, помощь новорожденным морским черепашкам, стремящимся благополучно добраться до воды в Центральной Америке. Венцом этих странствий стало трехмесячное путешествие на велосипеде по Малайзии и Индонезии. И вот, направляясь домой, я еще на пару недель решил задержаться на Гавайях.

В конце концов, коль скоро ты оказался так близко к раю, грех не понежиться в нем хоть немного.

Это была не первая моя исследовательская вылазка. Тогда, **после той давнишней ночи в кафе, я усвоил новый подход к жизни: год работаю, потом год путешествую.**

Еще год работаю — еще год путешествую. Большинству людей такая система кажется странной. Их беспокоят вопросы социальной безопасности. Но мне она подходит. Я обнаружил, что, если ты хорош в своем деле, спрос на тебя есть всегда. Найти новую работу никогда не было для меня проблемой.

Те люди, которым моя жизнь кажется странной, часто говорят, что с удовольствием попробовали бы жить так, как я. Однако никто из них не отваживается на попытку — за редким исключением. Даже те, кто вздыхает — мол, как здорово было бы присоединиться ко мне хоть на пару недель, — ни разу этого не сделали.

Догадываюсь, что это слишком уж большой прыжок в неведомое.

Кручу педали дальше. Новые невероятные виды. Воздух сладок от цветочных ароматов. Вот что мне особенно нравится на Гавайях — так это запах цветов. Словно не дышишь, а пьешь нектар. Природа в своем чистейшем виде.

Еще две мили — и я оказался в той части острова, где ни разу не был. Местность там была более пологой. Откуда-то справа доносился шум прибоя. Впереди показалась развилка. Куда — вправо или влево?

Выбирай самую нехоженую дорогу, подумал я. Всегда самую нехоженую. Такой оказалась та, что справа. По ней я и направился. Асфальтовое покрытие уступило место гравию, и я почувствовал, как напрягаются мои мышцы, справляясь с новым испытанием. Мне нравится это ощущение — не важно, возникает оно в уме или в ногах. Благодаря ему-то я и понимаю, что да, вот оно, приключение. Когда появляется что-то новое, что-то возбуждающее, что-то такое, что меня подталкивает.

По дороге я то и дело ловил взглядом промельки воды между стволами деревьев. «Может, потом спущусь искупаться», — решил я.

Еще примерно через двадцать минут езды по гравийной дороге я внезапно поймал себя на странном чувстве дежавю. Надо же! Я совершенно точно ни разу не был в этой части острова. И все же…

Я как раз пытался разобраться с этим чувством, когда увидел *его*. Чуточку дальше по дороге, справа. Маленькое белое зданьице с гравийной парковкой перед ним и голубой неоновой вывеской на крыше.

Я едва не свалился с велосипеда. *Не может этого быть,* подумал я. Но, конечно же, не бывает ничего невозможного, если речь идет о кафе «Почему».

Я подъезжал все ближе, и по моему лицу расплывалась улыбка. Сколько воспоминаний! Сколько озарений обрел я в этом месте! Но что это кафе делает здесь и сейчас? В прошлый раз я совершенно точно обнаружил его в другом месте.

Я бросил взгляд назад через плечо. На дороге никого не было, и я поднажал на педали, увеличивая скорость.

Я хотел поскорее добраться до кафе, чтобы оно не исчезло раньше, чем у меня будет возможность войти внутрь.

Мог бы и не беспокоиться. Не прошло и пяти минут, как я был у порога, и оно никуда не делось. Мои глаза не могли насытиться этим зрелищем.

— Не могу поверить… — пробормотал я.

Подле входной двери нашлась стойка для велосипедов, и я поставил в нее свой велик. Мои мысли кипели жгучим интересом: *как это кафе оказалось здесь?*

ГЛАВА 2

Я торопливо взбежал по ступеням и, на миг замешкавшись, потянул на себя дверную ручку. На двери были колокольчики. Те же колокольчики, что и в прошлый раз. Они зазвенели, возвещая о моем прибытии.

Я шагнул внутрь и огляделся. Словно вернулся назад во времени… Кафе выглядело точь-в-точь как тогда — почти десять лет назад. Красные кабинки, серебристый хром барных стульев, стойка для завтраков… И по-прежнему все новое-новехонькое.

— С возвращением, Джон!

Я развернулся влево. Еще секунду назад тут никого не было. А теперь — пожалуйста! Кейси, официантка, которая обслуживала меня, когда я был здесь в прошлый раз. Я тогда проговорил всю ночь напролет — с Кейси, с владельцем кафе и одной из посетителей, Энни. Именно их идеи изменили мою жизнь.

Кейси улыбалась.

Я улыбнулся в ответ:

— Привет, Кейси!

Она подошла ко мне и с чувством обняла.

— Сто лет не виделись.

Я кивнул, по-прежнему изумляясь всему — и месту, где очутился, и своей собеседнице.

— Прекрасно выглядишь, — сказал я. Теперь было даже как-то неловко обращаться к ней на «вы». — В смысле, не меняешься.

И это была чистая правда. Она ни капельки не постарела.

Кейси снова сверкнула улыбкой и тоже перешла на «ты».

— Да и ты отлично выглядишь, Джон.

Я обвел взглядом кафе.

— Не могу поверить, что я здесь! Вот только сегодня утром вспоминал ваше кафе — все думал и думал о нем, просто покоя не давало. Но чтобы обнаружить его, да еще здесь...

— Ага, мы порой переезжаем с места на место, — подтвердила она. Словно это объясняло, каким образом кафе, в котором я побывал много лет назад, вдруг оказалось на Гавайях, за тысячи миль от тех мест, где я наткнулся на него впервые. Не говоря уже о том, что оно ничуть не изменилось с виду.

— А может быть, мы продаем франшизу, — продолжила Кейси и заговорщицки подмигнула.

Я рассмеялся, сообразив, что она подначивает меня.

Кейси указала на кабинку.

— Присесть не хочешь?

Я скользнул на сиденье и огладил ладонями обивку. Так и есть — новенькая, как говорится, муха не сидела.

— Принести тебе что-нибудь? — Кейси положила на стол меню.

Улыбка возникла сама собой. Я помнил это меню. То

самое, с волшебным текстом, который появляется и исчезает. Я взял его в руки.

Когда я был в кафе в прошлый раз, на обороте было три вопроса.

Почему вы здесь?
Боитесь ли вы смерти?
Удовлетворены ли вы?

Я перевернул меню. Да вот же они, как и были. Насколько иной стала моя жизнь благодаря этим трем вопросам!

— Теперь в твоей жизни кое-что изменилось, верно? — поинтересовалась Кейси.

Я поднял на нее глаза и улыбнулся.

— Верно. И очень сильно. И в очень хорошую сторону.

— Например?..

Я покачал головой:

— Ух, даже не знаю, с чего бы начать!

Кейси опустилась на диванчик напротив меня. Потянулась вперед и накрыла мою руку ладонями.

— Может, с того утра, когда ты вышел из кафе десять лет назад?

ГЛАВА 3

Я мягко сжал ладонь Кейси. Она была теплой. Она была реальной. Я *на самом деле* вернулся в это кафе.

Я качнул головой и снова улыбнулся.

— Что ж, дай-ка вспомнить. Наверное, так. Вооруженный меню, которое ты подарила мне, куском клубнично-ревеневого пирога от Майка и совершенно новым взглядом на жизнь, я вышел отсюда и попал в абсолютно новую для меня реальность. Та ночь сделала меня другим. И по сей день то, что я услышал здесь, волнами расходится по очень многим сторонам моей жизни. История о зеленой черепахе, рассказ о рыбаке, разговор с Энни о том, что надо быть тем, кто выбирает собственную версию реальности... Все это составило бóльшую часть моего нынешнего способа жить так, как мне нравится.

Кейси улыбнулась и откинулась на спинку сиденья. Кивнула в сторону входа в кафе.

— Когда ты в прошлый раз вошел в эту дверь, ты был не такой счастливый.

Я охотно вернул ей улыбку.

— Да уж, сейчас я как-то счастливее. Если на то пошло, настолько счастливее, что с трудом вспоминаю, какой была моя прежняя жизнь. В смысле, мне приходится усердно сосредоточиться, чтобы вспомнить, насколько иной она была.

— Итак, ты вышел из кафе, и что же все-таки случилось потом?

— Все переменилось, — пожал я плечами. — Переменился я сам. Переменились мои убеждения, поступки, подходы. Что-то было сущей мелочью, что-то оказалось очень серьезным. Вскоре после той ночи я ушел со своей работы и решил отправиться посмотреть мир.

— Правда?

Я кивнул.

— Я уже давным-давно мечтал о чем-то в таком роде. Но мне это всегда казалось недостижимым, и вот... Наверное, все дело в том, что я стал более открытым. Прежде, встречая людей, которые занимались чем-то необычным, я находил миллион причин, по которым сам никогда не смог бы этим заняться, а если бы и смог, то не сейчас. Побывав у вас, я стал по-другому смотреть на тех же самых людей. Теперь они стали моими проводниками. Полагаю, мне — такому, каким я был, — недоставало уверенности в себе. Я настолько боялся выглядеть глупо или сгореть со стыда, если выяснится, что я чего-то не знаю, что задать вопрос для меня было целой проблемой. Мне казалось, это ужасно — поставить себя в положение ученика. Как бы там ни было, вернувшись из вашего кафе, я стал все чаще пересекаться с интересными людьми, которые вовсю путешествовали по миру. Так что, подкопив деньжат, я решился и тоже пустился в путь.

Кейси кивнула.

— И как тебе?

Я улыбнулся.

— Изумительно! Невозможно описать и за пятьдесят жизней! Я имею в виду, что путешествия полностью изменили мою жизнь. На этой планете *так много* невероятных мест! Плюс к тому — столь же потрясающий опыт. Не говоря о жизненных уроках, которые усваиваешь по ходу дела.

ГЛАВА 4

Мы с Кейси проговорили почти час. Я рассказал ей о местах, в которых побывал, о некоторых своих приключениях. Сафари в Африке, восхождение на Великую Китайскую стену, поход по джунглям на Борнео, осмотр античных древностей в Риме. У меня сложилось впечатление, что Кейси были знакомы многие из тех мест, о которых я говорил. Что-то подсказывало мне, что она тоже заядлая путешественница. Однако вопросы у нее не переводились.

— А как ты? — наконец спросил я. — Что-то только я один все говорю да говорю. А что ты поделывала?

— Ну, как ты, вероятно, заметил, мы сегодня не в том месте, где ты навестил нас в прошлый раз.

— Да-да, и, честно говоря, пребываю в недоумении.

Она кивнула.

— На то есть свои причины. Сегодня кое-что произойдет.

— И что же?

Как раз в эту минуту на парковку въехала белая машина.

Кейси глянула на нее в окно.

— Ты хорошо разбираешься в кулинарии, Джон?

— Да не особо. В смысле, стандартные штучки для завтрака еще кое-как осилю. А что?

— Майк сегодня немного задерживается. Мне не помешала бы помощь на кухне. — Она кивком указала на подъехавшую машину. — Похоже, у нас есть первый посетитель.

Была масса причин, по которым я мог бы сказать «нет». Я никогда прежде не готовил в кафе. Я умел готовить всего пару блюд. Я у них не работал. Но по какой-то причине ее предложение показалось мне абсолютно нормальным.

Я улыбнулся.

— Что ж, если гость закажет блинчики с голубикой или французские гренки с ананасом, то мы будем на высоте. Помимо этого, я не так-то много могу обещать.

Кейси ответила улыбкой.

— Будем надеяться на что-то из этих вариантов. — Она снова бросила взгляд на машину, припаркованную снаружи. — Не хочешь пойти в кухню, чтобы осмотреться? Я загляну к тебе через пару минут.

ГЛАВА 5

Кейси смотрела, как из машины выбирается женщина.

По гавайским стандартам она была… чересчур одета. Деловой костюм, туфли на каблуке, высокая прическа. И затмевающий все это напряженный, даже какой-то загнанный взгляд. Женщина пыталась одновременно захлопнуть дверцу машины, убрать ключи и говорить по телефону.

Дверцу захлопнуть удалось, а вот ключи она нечаянно уронила на гравий. Кейси услышала восклицание: «Черт!» — когда женщина наклонилась подобрать их. Все дело в том, что, наклоняясь, она уронила заодно и телефон.

Справившись с ключами и телефоном, женщина направилась к входу. Телефон был снова прижат к ее уху. Поднимаясь по ступенькам, она вспомнила, что не заперла дверцу машины. Стала перебирать ключи и снова их уронила. На ее лице отразилось раздражение. Подняв ключи, она заперла машину, которая издала громкий писк.

Наконец женщина распахнула дверь кафе и плотнее прижала к уху телефон, словно пытаясь лучше расслышать собеседника.

— Я тебя не слышу, — громко сказала она. — Здесь ужасная связь. Я не могу, не могу. — Она посмотрела на телефон, потом с удрученным вздохом выключила его.

— Здравствуйте, — безмятежным тоном промолвила Кейси, до этого молча наблюдавшая всю эту сцену.

Женщина удивленно подняла голову.

— Здравствуйте. Прошу прощения. Я просто?.. Я имею в виду. — Она кивнула на телефон. — Я пыталась закончить разговор, но совершенно внезапно связь стала просто ужасной, а потом оборвалась.

Кейси кивнула:

— Да, здесь такое случается, — и с улыбкой добавила: — Я могу вам чем-нибудь помочь?

Женщина осмотрелась. Она явно оценивала обстановку. Остаться? Уехать? Ее наряд и манеры указывали, что она рассчитывала на что-то другое. Не на какой-нибудь там *дайнер.* Ее глаза и выражение лица транслировали: это кафе — не мой уровень.

Но потом Кейси увидела *это.* Коротенькую вспышку интереса в глазах. Словно *нечто* подсказывало даме: «Задержись здесь на какое-то время».

— Если вы поедете дальше и не будете никуда сворачивать с дороги, то минут через двадцать найдете немало других заведений, — сказала Кейси. — Там мобильная связь будет получше.

Она ненавязчиво давала женщине возможность уйти. Та замешкалась. Рациональное эго подталкивало ее вернуться к машине. И все же это неясное чувство...

— Но вы можете на какое-то время задержаться

здесь, — договорила Кейси. — Закажите что-нибудь — и увидите, понравится ли вам.

Она легким кивком указала на кабинку у окна:

— Вон там есть неплохое местечко.

Женщина вгляделась в лицо Кейси. Кейси ответила ей прямым взглядом.

— Ладно, — через пару секунд решила гостья, потом чуть тряхнула головой, словно пытаясь прояснить мысли. — Ладно, спасибо.

Она села в предложенной кабинке.

— Я дам вам несколько минут, чтобы осмотреться, — проговорила Кейси. — А пока хотите что-нибудь выпить?

— Кофе. Черный.

— Я мигом, — пообещала Кейси и развернулась к кухне. На ее губах расцветала улыбка.

ГЛАВА 6

Я все еще знакомился с обстановкой, когда вошла Кейси.

— Как дела? — спросила она.

— Ну, я уже нашел гриль, холодильник и всякие кастрюльки-сковородки.

— И фартук, — добавила Кейси.

— И фартук, — согласился я, бросив взгляд на собственное тело, прикрытое фартуком. — Надеюсь, Майк не будет против. Я увидел эту штуку на обратной стороне двери, и она мне понравилась.

— Уверена, он совершенно не будет против, — заверила Кейси.

— И что за история приключилась с нашей гостьей?

Кейси одарила меня заговорщицкой улыбкой:

— Пока слишком рано судить. Не расслабляйся. Но ей хочется чашку черного кофе. Можешь передать мне кофейник?

— Я никак не могу найти кофе, — признался я. — Как раз его и искал, когда ты вошла.

Кейси ткнула пальцем куда-то мне за спину, и я развернулся. На столе стоял новехонький кофейник с только что сваренным кофе — *я точно знал,* что еще двадцать секунд назад там ничего не было.

— Ты уверена, что тебе нужна моя помощь? — усомнился я, берясь за ручку кофейника. Теперь мне вспомнилось, что в этом кафе не все бывает таким, каким кажется.

— Абсолютно! — отозвалась Кейси, забирая у меня кофейник и одновременно подхватывая пустую чашку с ближайшей полки. Улыбнулась. — Подожди здесь. Я вернусь через минуту.

ГЛАВА 7

Кейси подошла к столику. Женщина продолжала возиться с телефоном, хотя сигнала не было. Привычка.

— Вот, пожалуйста. Чашка свежесваренного кофе. Черный. Наш особый гавайский бленд, — прокомментировала Кейси. Она поставила чашку на стол и наполнила ее. — По-прежнему нет сигнала?

— Нет, — обеспокоенно подтвердила женщина.

Кейси поставила на стол кофейник и протянула руку:

— Я — Кейси. Вы ведь здесь впервые, так?

Женщина с некоторой опаской пожала ее ладонь.

— Да, верно. Боюсь, я немного заблудилась. Я никогда раньше этой дорогой не ездила. Меня зовут Джессика.

— Что же, я рада видеть вас здесь, Джессика. Добро пожаловать.

Кейси протянула руку и взяла меню со столика, где мы с ней до этого сидели.

— На случай, если вы решите немного задержаться, — пояснила она и положила меню рядом с локтем Джессики.

Джессика бросила взгляд на обложку. Под крупными буквами «Добро пожаловать в кафе “Почему вы здесь"» бежало примечание мелким шрифтом: «Прежде чем сделать заказ, пожалуйста, проконсультируйтесь с нашим обслуживающим персоналом насчет того, что может означать для вас проведенное здесь время».

Джессика указала на этот параграф и посмотрела на Кейси.

— Что-то я не понимаю.

Кейси улыбнулась.

— За минувшие годы мы заметили, что люди чувствуют себя несколько иначе, после того как проведут здесь какое-то время. Так что теперь мы стараемся облегчить им вхождение в опыт, связанный с кафе «Почему вы здесь». Помогаем им понять, чего стоит ожидать.

Джессика метнула в Кейси растерянный взгляд.

— И все равно не понимаю.

— Порой вы приходите куда-то, заказываете кофе — и получаете кофе, — стала объяснять Кейси. — Но порой вы заказываете кофе — и в конечном счете получаете гораздо больше того, на что рассчитывали. Это как раз такое место.

Выражение растерянности не сходило с лица Джессики.

— Присмотритесь и дайте мне знать, если что-то придется вам по вкусу, — проговорила Кейси и легонько коснулась меню. — Я оставлю вас на пару минут.

Она развернулась и пошла прочь, а Джессика тем временем раскрыла меню.

Вот уж странное местечко, — подумала она. Снова глянула на телефон. Сигнала по-прежнему не было. — Невозможно даже выйти в Сеть, чтобы узнать, есть ли на это кафе отзывы посетителей.

— Да, в этом отношении мы, можно сказать, в стороне от хоженых путей!

Это снова была Кейси. Она собрала посуду с другого столика и теперь шла мимо Джессики к кухне.

— Однако это дает шанс нашим гостям подключить интуицию. В любом случае она работает надежнее, — добавила Кейси и улыбнулась.

Джессика нерешительно дернула уголком рта в ответ, не вполне понимая, о чем говорит официантка.

И как она только догадалась, о чем я думаю?

ГЛАВА 8

— Ну как, разобрался?

Я поднял глаза. В этот момент я изучал содержимое холодильника, знакомясь с имеющимися в наличии продуктами.

— Полагаю, в общих чертах — да. Но не уверен, что я к этому готов.

— Если бы ты не был готов, тебя бы здесь не было.

— Как там наша гостья?

— Очень напоминает тебя, когда ты впервые попал сюда. Не понимает, что ей делать: то ли остаться, то ли уйти.

Я кивнул. Я помнил, каково это — сидеть в кафе и пытаться уговорить себя уйти. Пусть даже все внутри так и кричит: «Останься!»

— Вот именно! — подтвердила мои мысли Кейси. — Она сомневается в своей интуиции, точь-в-точь как ты тогда.

Я подошел к полке, на которую закинул свой рюкзак, и вынул из наружного кармана блокнот.

— Забавно, что ты это сказала. Когда я только начал осматриваться на кухне, какая-то часть меня была совершенно убеждена, что мое место — не здесь, а там. — Я кивнул в сторону зала с кабинками.

— Но?..

— Но **одним из главных навыков, которые я усвоил, пока странствовал, было умение доверять своей интуиции.** Когда попадаешь в места, где никогда прежде не бывал, общаешься на языках, которых не понимаешь, и буквально все вокруг непривычно и незнакомо, оказывается, что у тебя не так много опыта, на который можно опереться, принимая решения. Но **всякий раз, когда я доверялся интуиции, она меня не подводила.** Мне просто приходилось на минутку приглушить рациональное мышление — и я получал ответ.

Кейси кивнула.

— Ага. Правда, здорово, что мы созданы с этакой встроенной системой навигации? Как жаль, что большинство людей ее отключают!

Она глянула на блокнот, который я держал в руках.

— Что там у тебя?

— Идеи, мысли, озарения. Мои «ага»-осознания. С тех пор как я отсюда уехал в тот раз, я разработал собственную систему. Когда набредаю на что-то важное — сталкиваюсь с очередным «ага»-моментом, — записываю его в блокнот. И делаю это сразу, «не отходя от кассы». — Я хмыкнул. — Я на собственном горьком опыте убедился, что, если не записывать мысли сразу, как только они ко мне приходят, я их забываю.

— И что же ты там собираешься записать на этот раз?

— На этот раз я собираюсь нарисовать кружок.

— Кружок?

Я кивнул.

— Как я и говорил, в путешествиях я научился доверять своей интуиции. Я заметил это уже давно. А нынче утром, когда меня одолевали сомнения насчет того, стоит ли занять место Майка, я не сразу доверился своей интуиции. Так что пора нарисовать кружок.

Я раскрыл блокнот и стал листать странички, пока не нашел то, что искал. А потом нарисовал большой круг.

Кейси присмотрелась к тому, что я делаю.

— Ты обвел кружком слова «доверяй своей интуиции». — Она засмеялась. — И, судя по всему, делаешь это не в первый раз.

Я тоже хмыкнул.

— Да уж, и даже не во второй!

Эти слова — «доверяй своей интуиции» — были обведены примерно двадцать раз.

— И зачем ты это делаешь?

— Прекрасный способ напоминать себе о важном. По вечерам или в свободную минуту я перелистываю свой блокнот. Густо обведенные кружками мысли всегда цепляют мое внимание. Это здорово помогает закрепить те прекрасные навыки, которые я усвоил. Со временем многократно обведенные мысли входят в привычку, и я ловлю себя на том, что обвожу их уже не так часто.

— И что же случилось сегодня?

Я улыбнулся.

— Даже лучшие из мыслей время от времени забываются, верно?

Она рассмеялась.

— Вероятно, отчасти дело в том, что я вернулся сюда, — продолжил я. — И я до сих пор удивляюсь тому, что оказался здесь. Возвращение немного напомнило мне о том, каким я был, когда впервые попал сюда. Я так благодарен за ту ночь десять лет назад и за то, к чему она меня привела! В то же время я уже не тот человек. Так что я вроде как пытаюсь приспособить их друг к другу: новую реальность возвращения сюда и то, что я теперь другой. Как тебе кажется, это звучит хоть сколько-то осмысленно?

Кейси выглянула в окно раздачи.

— Осмысленнее не бывает. И это хорошо, что ты помнишь свои ощущения от первого пребывания здесь, поскольку кое-кому необходимо об этом услышать.

— Кому же?

— Нашей гостье. Она готова уйти, потому что боится остаться.

Я тоже выглянул в зал кафе через окошко раздачи. И действительно, женщина начала собирать свои вещи.

— Понял, — проговорил я.

— Ты уверен?

Я улыбнулся и постучал пальцем по раскрытой странице блокнота.

— Доверяй своей интуиции.

ГЛАВА 9

— Здравствуйте!

Джессика уже начала выбираться из кабинки. Но уронила — уже в который раз — свои ключи и теперь пыталась достать их из-под стола.

Она подняла голову.

— Ой, здравствуйте, — пробормотала она, явно сгорая от смущения.

— Давайте я помогу, — сказал я, наклонился и выудил ее ключи. — Вы надумали уйти?

Она не знала, что ответить. Это было видно.

— Ну, я… я просто…

— Если хотите, можете уехать. Ничего страшного, — улыбнулся я и взглянул ей в лицо. — Однако у меня есть ощущение, что в данный момент именно здесь вам и нужно быть. Вы тоже это чувствуете?

Она уставилась на меня во все глаза. Как она была растеряна! Я видел это по ее взгляду. Столько страха, но при этом и кое-что еще. Может быть, надежда? Она отвела взгляд.

Я снова улыбнулся.

— Я — Джон, — бодрым тоном сказал я и протянул руку. — Здешний повар. — *По крайней мере, на данный момент,* добавил я про себя. — Что-то подсказывает мне: если вы задержитесь и позволите мне приготовить для вас один из моих особых завтраков, то примерно через час у вас появится совершенно новый взгляд на жизнь.

Я проговорил все это с шутливым апломбом — как приглашение на *по-настоящему-без-дураков* классный завтрак. Мне не хотелось спугнуть ее осознанием того, что, вероятно, у нее *действительно* появится совершенно новое представление о жизни к тому моменту, когда она уйдет отсюда.

Женщина замешкалась. Она по-прежнему планировала уйти — я это видел.

Я понизил голос и чуть наклонился к ней, включив все доступное мне обаяние на полную мощность:

— Вы умеете хранить тайны?

Она против воли улыбнулась:

— Конечно!

— Сегодня мой первый рабочий день на этом месте. А вы — моя самая первая гостья. Если вы уйдете, боюсь, наниматели могут во мне усомниться. — Я улыбнулся и притворился обеспокоенным: — Возможно, я даже сам в себе усомнюсь!

Она снова улыбнулась. Кажется, сработало!

— Вы ведь не поступите так со мной, верно? Я знаю, что могу достичь в поварском искусстве настоящих высот. И если вы останетесь, я прямо-таки чувствую, что это будет мой большой прорыв!

Она посмотрела на меня. Я сиял улыбкой во всю мочь. Она медлила. Потом все же вернула свои вещи на столик.

— Спасибо, — поклонился я. — Вы об этом не пожалеете. Обещаю!

Она уселась и взяла в руки телефон. Опять-таки по привычке.

— Здесь отвратительная мобильная связь, — заметил я. — Однако беседы ведутся великолепные, поверьте мне. — Я кивнул в сторону меню, лежавшего на столе: — Просмотрите пока, а через минутку Кейси подойдет, чтобы взять у вас заказ. Договорились?

Она кивнула.

Я развернулся и направился в сторону кухни.

— Джессика, — вдруг сказала она.

Я повернулся.

— Что, простите?

Она улыбалась. Хорошей такой, настоящей улыбкой. Улыбкой, которую не подделаешь. Было ясно: она решила остаться не из-за моего красноречия. Просто доверилась интуиции, и теперь все ее существо говорило ей, что это правильное решение.

— Меня зовут Джессика, — повторила она.

Я улыбнулся ей в ответ.

— Рад знакомству, Джессика. Спасибо за то, что остались. Вы порадуетесь своему решению.

ГЛАВА 10

— Твоя очередь, — бросил я, пройдя сквозь распашную дверь в кухню.

Кейси рассмеялась.

— Кажется, кто-то там наводил чары?

— Пока они еще держатся. Но если она закажет что-то кроме французских гренок с ананасом, ну, или блинчиков с голубикой, от этих чар останется один пшик.

Кейси улыбнулась и вышла.

— Итак, вы определились? — спросила она, подойдя к столику.

Джессика кивнула.

— Я решила ненадолго остаться. Только что разговаривала с вашим поваром.

— Как он вам?

Улыбка.

— Забавный.

— И что же он такого сказал, что убедил вас?

— Знаете, наверное, все это время я пыталась уговорить себя уехать. Признаться, я не очень-то понимаю, что здесь делаю, ведь мне сегодня надо столько успеть. Но его слова каким-то образом напомнили мне о некоторых обещаниях, которые я то и дело даю самой себе, а потом постоянно нарушаю.

— Что за обещания?

— Больше отдыхать. Наслаждаться жизнью. А когда в чем-то не уверена, доверять интуиции.

Кейси улыбнулась.

— Он специально для вас обвел это в кружок.

— Что-что? — непонимающе переспросила Джессика.

— Позже объясню. Или он сам объяснит. — Кейси кивком указала на меню. — Вы что-нибудь выбрали?

Через пару минут Кейси подошла к окошку раздачи. Выдернула из блокнотика листок, на котором записала заказ Джессики, и прикрепила его к «карусели». Посмотрела на меня через окошко и улыбнулась.

— Есть заказ!

Она отошла, а я потянулся к стойке и развернул «карусель» к себе, чтобы видеть текст.

— О, ей здесь точно понравится! — тихонько воскликнул я и выложил листок на разделочный стол рядом с плитой. — *Одна порция французских тостов с ананасом уже в пути…*

ГЛАВА 11

Джессика смотрела, как Кейси несет блокнот с ее заказом к кухне. *И все равно это место кажется мне немного странным,* подумала она. Снова взялась за телефон, но вспомнила, что связи нет.

Отложив телефон в сторону, снова подтянула к себе меню. Название кафе, рекомендация посоветоваться с работниками заведения, а дальше, в самом низу, обнаружилась нарисованная стрелка, рядом с которой мелкими буквами было написано: «*Переверни меня*».

Она послушно перевернула меню. На обороте ничего не оказалось, кроме трех вопросов.

Почему вы здесь?
Играете ли вы на своей площадке?
Есть ли у вас МУЛ?

Ну вот, все страннее и страннее, решила она.
Снова перечитала вопросы.

Понятия не имею, почему я здесь, с самого детства не играла ни на каких площадках... и что это за непонятный МУЛ такой?

Опять схватилась за телефон. Нет сигнала. Она же знает это. Но почему же тогда то и дело берется за него?

— Иногда с привычками приходится долго расставаться. — Это подошла Кейси. — Подлить вам кофе?

Джессика кивнула:

— Да, пожалуйста. — Она взглянула на телефон и пожаловалась: — Кажется, у меня зависимость от этой штуки: я брала ее в руки раз десять с тех пор, как пришла сюда. Должно быть, я постоянно так делаю и даже не замечаю этого. — Она огляделась. — Здесь всегда так пусто?

Кейси покачала головой:

— Только когда это необходимо.

Джессика не поняла. Потянулась за телефоном, потом одернула себя. Ей не хотелось выглядеть глупо, поэтому она притворилась, что хочет взять меню, и опять его перевернула. Перед ней снова возникли те же три вопроса.

— А, вижу, вы их нашли, — кивнула Кейси.

— Пару минут назад, — отозвалась Джессика.

— И как вам?..

Джессика не знала, что сказать.

— Э-э, интересно.

Она надеялась, что на том разговор и кончится. Она вдруг почувствовала себя не в своей тарелке. Словно здесь ей было не место. На какой-то миг захотелось придумать подходящий предлог и уйти.

Кейси ободряюще улыбнулась.

— Это нормально. Большинство людей не знают, что и думать, когда впервые видят эти вопросы.

Паническое чувство начало отступать. Кейси казалась ей такой спокойной. Такой понимающей. Это одновременно и раздражало, и утешало.

— Но что они означают? — поинтересовалась Джессика.

— Как я уже говорила, порой заходишь куда-то выпить кофе — и получаешь кофе. Однако порой получаешь намного больше. Так вот, судя по этим вопросам, я сказала бы, что вы пришли сюда за чем-то намного большим.

Джессика подняла на нее глаза. Своими загадочными репликами эта официантка приводила ее в крайнюю растерянность.

— Разве у вас не всем дают одно и то же меню? — удивилась она.

— Всем, — отозвалась Кейси и улыбнулась. — Только вопросы оказываются не одни и те же.

Как раз в этот момент звякнул колокольчик в кухне, оповещая, что заказ готов. Обе женщины взглянули в ту сторону.

— Быстро же он, — прокомментировала Кейси. — Давайте посмотрим, что приготовил для вас Джон.

Она отошла от столика и направилась к кухне.

Джессика тихонько вздохнула. Странный получился разговор. И ощущение странное. Словно она попала в какую-то пьесу и не знает, какими должны быть следующие слова ее роли. Она снова вгляделась в меню.

Почему вы здесь?
Играете ли вы на своей площадке?
Есть ли у вас МУЛ?

ГЛАВА 12

Кейси подошла к окошку раздачи. На нем стоял поднос, а на подносе — миска с фруктами. Свежая папайя, дольки лайма, только что натертая кокосовая стружка, и все это увенчано листьями мяты.

— Интересно нынче выглядят французские гренки, — отметила она, улыбаясь мне.

— Небольшая закуска к завтраку, чтобы взбодрить аппетит. Комплимент от шефа, — пояснил я.

— Как ты узнал, что она любит папайю?

Я улыбнулся.

— Интуиция подсказала. В холодильнике было с десяток вариантов, которые я рассматривал, но что-то подсказало мне остановиться на папайе.

— А, тогда ладно.

Кейси подхватила поднос и понесла его к столу Джессики.

— А вот и ваши французские гренки, — объявила она и водрузила тарелку перед Джессикой.

Джессика ошеломленно уставилась на папайю. У нее не было слов.

— Шучу, — пояснила Кейси и улыбнулась. — Маленькая прелюдия к основному завтраку. Специально для вас. Комплимент от Джона.

Джессика бросила взгляд в сторону кухни. Я заметил, что она смотрит на меня, и помахал ей рукой. Она помахала в ответ — несколько скованно. Я чуть не расхохотался. Когда я был здесь впервые, мне тоже было чуточку неловко махать незнакомому повару.

— Если будет вкусно, скажите, ладно? — попросила Кейси Джессику. — Я голодная как волк, так что попрошу Джона приготовить и мне порцию, если вам понравится.

Джессика выжала сок лайма на папайю, отломила кусочек вилкой и накрыла его сверху листиком мяты. Пока она жевала, ее лицо озарилось.

— Отлично, — сказала она, проглотив. — Просто замечательно!

Взглянув на тарелку и повинуясь какому-то внезапному импульсу, Джессика проговорила:

— Мне ни за что не справиться одной. — Она обвела кафе взглядом. — Знаю, это прозвучит странно, но раз уж больше некого сейчас обслуживать, то почему бы вам не разделить это блюдо со мной?

Кейси улыбнулась.

— Вы уверены?

Уверена Джессика не была. Но все равно утвердительно кивнула.

Кейси взяла с буфета, стоявшего у нее за спиной, тарелку и вилку и села напротив Джессики. Джессика рассеянно отметила, что тарелка с вилкой стояли наготове. Словно Кейси заранее знала, что последует приглашение.

Невозможно, решила она про себя.

— Что именно? — спросила Кейси и улыбнулась.

На миг Джессикой овладела неуверенность: может быть, она произнесла слово «невозможно» вслух? Она была убеждена, что это не так. Но.

— Ого, вы правы! Действительно отлично, — сказала Кейси, сняв пробу.

Они съели еще по кусочку, потом Кейси постучала пальцем по меню.

— Когда я пару минут назад подходила к вам, мне показалось, что вас заинтересовали эти вопросы.

— Да уж, в меню таких пунктов обычно не ждешь, — отозвалась Джессика. — Даже не уверена, что понимаю их смысл.

Кейси кивнула.

— Ага, они не из тех вопросов, которыми задаешься ежеминутно. — Она откусила еще кусочек папайи. — Однако вопросы-то серьезные.

Джессика взглянула на оборот меню. Внезапно у нее возникло жгучее желание обо всем рассказать этой официантке. О своих печалях, разочарованиях, о том, что ей кажется, будто она живет чужой жизнью. Нет, это было бы смешно. Она ведь совсем не знает эту женщину. Кроме того, людям обычно наплевать на других. Держи все в себе и продолжай проталкиваться вперед.

Но желание не уходило. Этакое саднящее ощущение, словно исходящее из ниоткуда и расползающееся по всему телу.

— Что я здесь делаю? — тихо спросила она.

Кейси отвлеклась от тарелки. Ее взгляд сфокусировался на лице Джессики.

— Хороший вопрос. И хорошая отправная точка, — мягко поддержала она собеседницу.

Джессика снова оглядела кафе.

— Где я? Что это за место?

Кейси улыбнулась.

— Вы в необычном месте, полном необычных возможностей.

Джессика растерянно глянула на нее.

— Не понимаю, что это значит. Звучит как-то таинственно.

— Так и есть.

Джессика снова ощутила потребность излить душу. Это была боль, рвущаяся из самых глубин. Сама не понимая почему, она заплакала, глядя на стол.

— Я заблудилась, — тихо проговорила она после нескольких минут молчания, а слезы продолжали бежать по ее щекам. — Я по-настоящему заблудилась.

Кейси кивнула.

— Знаю.

Джессика пальцами смахнула с лица слезы. Но они все равно лились.

— Что вы имеете в виду, говоря «знаю»?

— Это место, куда приходят заблудившиеся люди, чтобы найтись.

ГЛАВА 13

Я выглянул из окошка и посмотрел на столик, за которым сидели Кейси и Джессика. Кажется, Джессика плакала. Она выглядела смущенной и растерянной.

Добро пожаловать в кафе «Почему», подумал я.

Мне показалось, что Джессика в любую минуту может уйти. Было что-то такое в ее взгляде. Намекавшее, что, возможно, для нее все это чересчур.

— Задержись еще немного, — прошептал я себе под нос. — Тебе будет лучше. Обещаю.

За моей спиной уютно скворчала еда. Пора переворачивать французские гренки.

Я повернулся к плите. Воспоминания о моем собственном первом знакомстве с этим кафе продолжали вспыхивать в памяти. Я ведь тоже подумывал уйти. Но не ушел. Да, это место казалось мне странноватым. Да, вопросы из меню ошеломили меня. Однако что-то такое здесь все-таки было — что-то очень правильное. И я остался. Это был выбор, который изменил всю мою жизнь. И я отчего-то знал, что если Джессика останется, то и с ней будет то же самое.

Я снова бросил взгляд в сторону столика и поймал

взгляд Кейси. Она кивнула и улыбнулась. Словно знала, о чем я думаю. Я улыбнулся в ответ и снова отвернулся к плите, пробормотав:

— Добро пожаловать в кафе «Почему».

Джессика вытирала слезы салфеткой. Она больше не плакала.

Кейси посмотрела на нее.

— **Слезы — сильный знак. Они означают, что что-то для нас важно.** Порой это единственный известный сердцу способ донести до остального нашего существа, что его что-то тревожит.

Джессика кивнула. Слова Кейси казались ей верными, хотя она не до конца поняла их.

— Думаю, ваше сердце советует вам остаться.

Джессика снова кивнула.

— Я тоже так думаю, — тихо проговорила она.

Меню по-прежнему лежало на столе, стороной с тремя вопросами.

Кейси постучала пальцем по первому, и Джессика посмотрела на него.

Почему вы здесь?

— Что говорит ваше сердце в это мгновение? — мягко спросила Кейси.

Джессика подняла голову.

— В моем сердце пусто. И оно устало от этой пустоты. Оно говорит мне, что в жизни должно быть нечто большее, на самом деле сердце не должно чувствовать себя пустым.

Кейси улыбнулась.

— Мудро сказано. — Она на миг умолкла, потом продолжила: — Пару секунд назад вы задались почти таким же вопросом, который значится в меню. Вы спросили: *что я здесь делаю?* Что вы под этим подразумевали?

Джессика покачала головой:

— Право, не знаю. Просто вырвалось. — Она замешкалась. — Но. Разве жизни не положено быть веселой, или интересной, или волнующей?.. Но у меня все не так. Во многих аспектах своей жизни я только и делаю, что проталкиваюсь да пробиваюсь. И вот теперь сижу здесь, бог знает в каком захолустье, и плачу, разговаривая с совершенно незнакомым человеком. И меня неотступно преследует чувство, что я где-то что-то упустила. — Она отвела взгляд. — Потому что я не получаю никакого удовольствия, и это все неинтересно, и жизнь меня совершенно не волнует.

Кейси улыбнулась.

— Вам нравится океан?

Джессика снова взглянула на нее.

— Когда-то нравился. Он и был одной из главных причин моего переезда на Гавайи. Я хотела, чтобы меня окружал океан, хотела ощущать его каждый день.

— И?..

— Я теперь его даже не замечаю.

Кейси вновь улыбнулась.

— Следуйте за мной. — Она поднялась, взяла поднос со стойки и составила на него тарелки, приборы, бокалы и блюдо с оставшимися с фруктами. — Ну же, идемте, — повторила она, кивком указывая на дверь, обнаружившуюся в дальнем конце кафе.

ГЛАВА 14

Они с Кейси вышли.

— Всякая дверь куда-нибудь да ведет, — пояснила Кейси. — Куда — узнаешь, только когда пройдешь в нее.

Эта определенно вела *куда-то.*

От открывшегося вида у Джессики перехватило дух. Она работала в очень дорогом офисном здании с видом на первоклассный отрезок гавайского побережья. Но этот же был само совершенство. Воплощенная сущность того, что пытаются передать открытки и о чем мечтают искатели приключений.

Джессика в жизни не видела такого красивого пляжа. Вода была великолепного бирюзового оттенка, и можно было наблюдать, как формируются и вырастают волны; прежде чем обрушиться вниз, прозрачная толща воды приобретала радужное сияние. Песок был восхитителен. Сверкающий, желтовато-белый. Джессика нагнулась и набрала его в горсть. Какой чистый! Крохотные песчинки, нежные на ощупь. Она дала им просыпаться сквозь пальцы и снова огляделась. Как раз это она и воображала себе, когда решила перебраться на Гавайи. Гигантские кокосовые пальмы покачивались под легким бризом.

— Где мы? — удивленно спросила Джессика, всей грудью вдыхая запах океана.

— В раю, — ответила Кейси. — А еще на заднем дворе кафе «Почему». Мы здесь оборудовали особую площадку — специально для того, чтобы сидеть и любоваться океаном.

Джессика обернулась. Видны были только задняя стена здания, дверь, в которую они только что вышли, и песок.

Она бросила растерянный взгляд на Кейси.

— Не понимаю.

Кейси кивком указала на кафе.

Джессика снова обернулась. Теперь, откуда ни возьмись, появились бамбуковые столики и кресла под тростниковой крышей, тянувшейся от стены кафе.

— Как это... — начала она.

— Чуть не забыла, — перебила ее с улыбкой Кейси. — Надо сказать Джону, что мы здесь.

Официантка подошла к стене, протянула руку к задвижке, которой, Джессика могла поклясться, еще пару секунд назад здесь не было, и через миг часть стены опустилась, открыв стойку для заказов, такую же, как внутри кафе. Только она выходила не из кухни в зал кафе, а из кухни на чудесный океанский пляж.

— Я что-то пропустил? — удивленно осведомился я, когда задняя стена кухни вдруг сложилась у меня на глазах.

— Уже нет, — с улыбкой ответила Кейси.

Я выглянул и увидел пляж и волны.

— Ого! Ничего себе вид!

— Я так и думала, что тебе понравится. Как тебе идея обслужить Джессику здесь, а не внутри? Думаю, немного свежего воздуха ей не повредит.

— Совершенно согласен. Ее заказ почти готов.

Я снова выглянул наружу. Замечательное зрелище! Океан, пальмы, песок. В отдалении я скорее угадал, чем увидел, двух серфингистов, качающихся на волнах, они сидели на своих досках. В те несколько мгновений, что я наблюдал за ними, один из них помахал мне рукой. Я заслонил глаза от солнца и пригляделся снова, но теперь серферы уже мчались к берегу по скату волны.

Не может быть, подумал я.

ГЛАВА 15

Кейси забрала поднос с ананасовыми французскими гренками со стойки, куда я его выставил, и отнесла к столу, за которым сидела Джессика. На этом пляжном дворике попросту не было ни одного неудачного столика. Однако Джессика почему-то выбрала не тот, с которого открывался наилучший вид.

— Если хотите, можете перебраться за один из этих, — сказала Кейси и указала на два других, лучше расположенных столика.

Джессика коротко глянула на них. Неуверенно замешкалась.

— Нет-нет, все нормально, — ответила она через минуту. — Мне и этот подойдет.

Кейси улыбнулась.

— Точно?

Джессика снова замешкалась. Во второй раз взглянула на те два стола.

— Нет, правда, все нормально. Все в порядке, — проговорила она, как бы убеждая саму себя.

Кейси покачала головой.

— Нормально — хотеть большего, чем просто «в порядке».

Джессика промолчала, видимо, внутри ее разворачивался внутренний диалог.

Кейси стояла и терпеливо ждала. Через пару секунд она добавила:

— Может быть, все-таки попробуете присесть за один из этих столиков — вдруг вам там больше понравится? Если нет, вы всегда можете вернуться сюда.

Это был как раз тот «направляющий пинок», которого ждала Джессика. Она поднялась и сделала пару шагов к столику, с которого открывался самый роскошный вид на пляж. Кейси последовала за ней, держа в руках поднос.

Джессика села.

— Ну и как вам?

Джессика улыбнулась. Это была первая по-настоящему открытая улыбка, которую Кейси увидела на ее лице с момента приезда.

— Да, этот действительно лучше, — сказала она. — Спасибо!

Кейси поставила поднос на столик. В это время Джессика обронила:

— Не понимаю, почему я это делаю.

— Что вы имеете в виду?

— Соглашаюсь на то, что просто «в порядке». Я видела этот столик. Я действительно хотела сесть сюда. Я просто... — Джессика умолкла.

— Иногда это бывает не так важно, — вклинилась в ее мысли Кейси. — Что мы имеем, то для нас на самом деле нормально. Однако **порой мы застреваем в готовности мириться с меньшим, чем то, чего на самом деле хотим.** Люди, которым случалось бывать в этом кафе, выяснили для себя: если все время так поступать, то в конечном счете оказываешься не больно-то счастливым.

— Выясняется, что ты просто «в порядке», — пробормотала Джессика.

Кейси кивнула:

— Вот именно, — и стала снимать с подноса тарелки и бокалы. — Вот, пожалуйста, — сказала она. — Французские гренки с ананасами, наше фирменное блюдо. А также домашний кокосовый сироп — если вы готовы попробовать что-то новенькое.

Джессика ничего не имела против.

— И наконец, свежевыжатый ананасовый сок! — договорила Кейси.

Сверху бокал с соком был накрыт маленьким зонтиком из бумаги. Джессика вытащила его и улыбнулась. Зубочистка, служившая тростью зонтика, была воткнута в кусочек ананаса. Джессика съела его, потом несколько раз сложила и раскрыла зонтик.

— Они так нравились мне, когда я была маленькой девочкой! — задумчиво проговорила она. — У моей мамы было пять штук таких, и каждое утро она вставляла один из них в мой сок. — Джессика вздохнула. — Она мыла их, должно быть, не меньше сотни раз, но они каким-то образом не разваливались. Даже не знаю, откуда она их взяла. Мы жили в таком бедном районе. Моим братьям не было до них дела, но я эти зонтики обожала. Такая мелочь, казалось бы, но почему-то... — Она примолкла. — Почему-то они рождали во мне желание с нетерпением ждать каждого дня.

Она снова раскрыла и сложила зонтик, потом положила его на столик, отодвинув подальше от себя.

— Это было давным-давно, — сказала она, и все эмоции мгновенно исчезли из ее голоса. Улыбка тоже увяла.

— Приятно, когда есть повод с нетерпением ждать каждого дня. Понимаю, почему это так много для вас значило. — Кейси переставила поднос на соседний столик и села напротив Джессики. — Можно мне кое о чем вас спросить?

Джессика подняла голову.

— Конечно.

— Вам нравится помогать людям?

— Что вы имеете в виду?

— Вам нравится помогать людям? Делать что-то для других? Оказывать им помощь?

— Да, — ответила молодая женщина.

— Что для вас легче — помогать другим или позволять помогать вам?

Джессика чуть склонила голову набок и улыбнулась.

— Первое.

Кейси мгновение помолчала, а потом огорошила вопросом:

— Почему вы такая эгоистка?

Поза Джессики мгновенно изменилась. Она отодвинулась в кресле, словно отгораживаясь от Кейси.

— Что вы под этим подразумеваете? Я вовсе не эгоистка! — резко возразила она.

Кейси продолжала глядеть на нее с мягкой улыбкой на лице.

— Скажите, почему вам нравится помогать людям?

Джессика замешкалась с ответом. Когда она заговорила, голос ее по-прежнему звучал резко:

— Может, потому, что им *нравится,* когда им помогают? Это, это... — Она запнулась. — Это *помогает* им!

— Уверена, так и есть.

Джессика отвела взгляд, потом снова посмотрела на Кейси. Ее голос чуточку смягчился:

— Мне это приятно.

Кейси окинула ее испытующим взглядом.

— Мне это приятно, — повторила Джессика. — Когда я помогаю людям, мне от этого приятно. Вот почему я это делаю.

Кейси приняла ее ответ.

— Думаю, то же самое могут сказать о себе большинство людей, которые любят помогать другим.

Больше она ничего не сказала.

Джессика смотрела на океан. Ее лицо постепенно смягчилось.

— Я эгоистка, да? Я не даю всем остальным получать то, что так люблю получать сама, — шанс ощутить удовольствие.

Она повернулась и посмотрела на Кейси.

— Я всю жизнь была такой. Никогда не хотела ничего навязывать другим. Не хотела причинять неудобства. Поэтому я всегда спасаюсь бегством, когда люди предлагают помочь. — Она опустила глаза. — Я и не представляла, чего их лишаю.

Кейси понимающе кивнула.

— **Часто тем, кто больше всех отдает, труднее всего принимать,** — сказала она и улыбнулась. — Пока они не приходят к тому выводу, к которому только что пришли вы.

Джессика взглянула на Кейси.

— Почему вы все это мне рассказываете?

Кейси улыбнулась.

— Есть у меня такое предчувствие, что это вам пригодится еще до того, как кончится этот день.

ГЛАВА 16

Теплый бриз проникал через окно в кухню. Я с удовольствием вдохнул свежий воздух и вгляделся в волны.

Ох, как же мне нравятся Гавайи! — подумал я.

Кейси и Джессика сидели за столиком и беседовали. Других посетителей не было, и я стоял, задумчиво отправляя в рот гренки.

Серферов нигде не было видно. Я скользил взглядом по волнам, но так и не смог отыскать их. Волны здесь были просто идеальные, и я задумался, нельзя ли взять где-нибудь напрокат доску.

— Можешь позаимствовать мою, — проговорил знакомый голос.

Я оглянулся на стойку, хотя уже и так знал, кого увижу.

— Майк! — воскликнул я с улыбкой. Тот факт, что он прочел мои мысли, был мгновенно забыт. Я был так рад его видеть! Ведь в последний раз мы виделись, когда я побывал в этом кафе десять лет назад.

Рядом с Майком стояла маленькая девочка.

— Это ты Джон? — прямо спросила она.

Я перегнулся через стойку и посмотрел на нее.

— Да, верно, — ответил я и улыбнулся. — А ты откуда это знаешь?

— Папа сказал мне, что ты сегодня здесь.

Но ведь даже я сам не знал, что сегодня здесь буду, — подумал я. — *Как же он…*

— Я — Эмма, — представилась девочка.

— Рад познакомиться с тобой, Эмма.

Она ухватила Майка за руку.

— Можно мне пойти поздороваться с Кейси?

Майк кивнул, и девчушка побежала туда, где сидели Кейси и Джессика. Он посмотрел ей вслед, потом снова повернулся ко мне и широко улыбнулся.

— Приятно видеть тебя, Джон, — сказал он и протянул мне руку через стойку.

Я пожал ее.

— Мне тоже приятно вернуться к вам, — искренне признался я и кивнул в сторону океана: — А вы переехали.

— Что-то вроде того, — согласился Майк и снова улыбнулся. — Нас тут, знаешь ли, вдохновил один посетитель, который увлекательно рассказывал о франчайзинге. А дальше сам понимаешь...

Он имел в виду то замечание, которое я обронил, когда впервые был в этом кафе.

Я рассмеялся:

— Интересно, и что же это был за посетитель?

— О, отличный парень, — поддержал шутку Майк. — И знаешь, он был на пороге по-настоящему классного приключения.

От столика, за которым сидели Кейси с Джессикой, донесся взрыв смеха. Мы с Майком обернулись и увидели, что их развеселила Эмма. Малышка, похоже, изображала какое-то морское животное: изо всех сил таращила глаза и прыгала вокруг столика.

— Похоже, я не единственный, кто пережил большое приключение после нашей прошлой встречи, — заметил я.

— Это лучшее из всего, что я сделал за свою жизнь, — подтвердил Майк. — Не стану тебе врать, такое приключение — далеко не для всех. Однако для меня ничего лучше и быть не может.

— Сколько ей?

— Только что семь исполнилось.

— Для семи лет она очень уверена в себе. Хотя, учитывая, с кем она общается, меня это не удивляет.

— Она изумительная девочка. Правда-правда!

— Постой-ка. Это вас я видел чуть раньше на досках?

— Нас. И, прокатавшись целое утро, мы более чем готовы к грандиозному плотному завтраку. Итак, что у нас сегодня в меню?

Я подмигнул ему:

— Когда я был здесь в прошлый раз, шефом в этом заведении был ты. Теперь не так?

Он ответил улыбкой:

— Ну, раз уж ты ничего не имеешь против, побудь сегодня за повара. Пора переводить тебя на следующий уровень.

Я даже не нашелся, что ответить. Меня вряд ли можно было назвать профи в кулинарии. Однако такое решение почему-то казалось мне верным. Что-то во всей этой сцене словно говорило: так и должно быть.

— Ладно, — ответил я. — Но при условии, что я смогу при необходимости попросить у тебя совет.

— Договорились!

Я взял со стойки меню и протянул Майку.

— Уверен, ты и без того знаешь, какие блюда тут значатся. Тем не менее взгляни и подскажи, что я могу для тебя приготовить.

Майк перевернул меню оборотом кверху.

— Как насчет вот этого? — спросил он и указал на три вопроса.

— О, это хорошая основа для беседы, меняющей жизнь, — отозвался я и улыбнулся.

ГЛАВА 17

Кейси и Джессика смотрели, как Эмма бежит обратно к Майку. Эмма пересказала им события этого утра. Как они с Майком видели выпрыгивающего из воды пятнистого ската. А когда катились по одной из волн, мимо пронеслись дельфины.

— Она полна жизни, — вздохнула Джессика.

— Ага, — с улыбкой отозвалась Кейси.

— Она всегда такая?

— Почти всегда. Майк замечательно справляется со своей задачей — позволяет ей играть именно на ее площадке.

— Майк — он кто? Ее папа?

— Да, вон он стоит. — Кейси указала на Майка.

— Они часто сюда захаживают?

Кейси рассмеялась.

— Очень часто. Он владелец этого заведения.

— О!

Джессика с минуту наблюдала за отцом и дочерью, потом снова повернулась к Кейси.

— Прошу прощения, — сказала она, тряхнув головой. — Я слышала ваш ответ, но отвлеклась. Что вы сказали, когда я спросила, всегда ли Эмма такая энергичная девочка?

Кейси улыбнулась.

— Я говорила, что Майк замечательно справляется со своей задачей — позволяет ей играть на ее игровой площадке как ей хочется.

Кейси бросила быстрый взгляд на меню, которое по-прежнему лежало на столе. Джессика проследила за ее взглядом. Меню лежало оборотной стороной кверху. Той, на которой было три вопроса, уже виденные ею прежде.

Почему вы здесь?
Играете ли вы на своей площадке?
Есть ли у вас МУЛ?

— Ладно, — наконец сдалась она. — Вы раздразнили мое любопытство. Что там такое с этой площадкой?

— Вы ведь в детстве играли? — ответила вопросом на вопрос Кейси.

— Ну, это было сто лет назад. Мне придется немного подумать. Я имею в виду...

Кейси наклонилась и вгляделась в лицо Джессики. Ее движение заставило молодую женщину умолкнуть.

— Помните, — проговорила Кейси, — мы говорили о людях, которым легче помогать другим, чем принимать помощь? Вот один из аспектов, в которых это проявляется: они неохотно говорят о себе. — Кейси помолчала, дав собеседнице осмыслить сказанное. — Я спрашиваю потому, что искренне хочу знать.

— Поняла. — Джессика покачала головой. — Не так уж много я играла. — Она запнулась. — У меня было довольно трудное детство.

Кейси ждала, но Джессика не спешила пускаться в дальнейшие объяснения.

— Вы помните какое-нибудь занятие, которое вам по-настоящему нравилось?

Джессика устремила взор на океан. Казалось, она мысленно просеивает старые воспоминания.

— В детстве мне нравилось кататься на качелях, — наконец выговорила она и снова повернулась к Кейси. — В конце нашей улицы был парк. Когда дома становилось совсем невмоготу, я убегала в парк и каталась на качелях. Иногда часами. Там меня всегда и находили.

— Почему именно там?

— Не знаю. Наверное, это было мое убежище. Там была пара качелей, подвязанных к гигантскому дереву. В этом парке почти никто не гулял, так что качели были в моем распоряжении. Дерево было огромным и прятало меня под своей сенью. Я старалась раскачаться как можно выше и раскачивалась до тех пор, пока внутри не возникала пустота. Вам знаком этот момент, когда оказываешься в высшей точке маятникового движения? — Джессика помолчала. — Я жалела, что нельзя остановить этот момент и просто воспарить. Я представляла, что я маленькая тучка, что я сейчас рождаюсь. И если только научусь свободно парить хотя бы пару секунд, то смогу улететь в небо… И тогда оставлю все это позади. Навсегда. — В уголке глаза Джессики начала наливаться слезинка. Она быстро смахнула ее. — Но это оказалось невозможно. Как бы я ни старалась, как бы высоко ни раскачивалась, я всегда снова летела вниз. Мне всегда приходилось возвращаться вниз.

— Но больше не приходится, — полуутвердительно промолвила Кейси.

— Нет, больше не приходится. Я уехала, когда мне было семнадцать, и ни разу не возвращалась.

— И с тех самых пор вы стараетесь изо всех сил.

Джессика невидяще вгляделась в волны.

— С тех самых пор.

ГЛАВА 18

— Привет, Кокосик!

Майк подхватил Эмму и усадил ее на барный стул рядом с окошком раздачи и стойкой.

— Это меня папа так прозвал, — пояснила мне Эмма. — Он говорит, это потому, что, когда я была маленькая, я была размером с кокос.

Я улыбнулся.

— Ты поздоровалась с Кейси? — спросил ее Майк.

— Ага. И с Джессикой тоже. Это ее подружка, которая там с ней. Я рассказала им про ската и дельфинов, которых мы видели сегодня утром.

— О, здорово! Итак, знакомься: Джон — наш приглашенный шеф-повар на этот день. Как ты, хочешь позавтракать?

— Ага!

— Чего бы тебе хотелось?

Я надеялся, что она закажет французские ананасовые гренки.

— Хм-м. Может, омлет и блинчики с фруктами?

Майк кивнул:

— Звучит неплохо. Почему бы тебе не сообщить об этом нашему повару?

Эмма развернулась на стуле и посмотрела на меня:

— Можно я помогу тебе готовить?

Я глянул на Майка.

— Я только за, — сказал он, — если ты сам не против.

Я повернулся к Эмме.

— Это замечательно! Заходи, и будем готовить вместе.

Эмма спрыгнула со стула и направилась к двери.

— А тебе, Майк? — окликнул я.

Он улыбнулся.

— Ну, хорошо бы французские гренки. И если ты не против, то, пока вы с Эммой заняты готовкой, я пойду ополоснуть доски.

— Никаких проблем. Мы позовем тебя, когда все будет готово.

Я подошел к холодильнику и начал собирать ингредиенты. Секунду спустя дверь отворилась и вошла Эмма. Я сразу же обратил внимание на ее походку. В ней были легкость и энергия, какие нечасто заметишь у взрослых. Что-то вроде ходьбы, танца и прыжков одновременно. Словно она так и горела желанием попасть именно туда, куда шла.

— С чего начнем? — спросил я.

— Я могу перенести продукты на стол, — ответила она. — Резать я не люблю, может быть, ты этим займешься?

— Конечно. Давай я буду резать, а ты — смешивать.

— Ладно.

Мы начали подготавливать все для омлета, блинчиков и гренок для Майка.

— Папа говорит, что ты пустился в приключение. Это правда? — спросила Эмма.

Я кивнул:

— Типа того.

— И что это за приключение?

— Ну, когда мы с твоим папой виделись в прошлый раз, я вроде как не очень хорошо понимал, что хочу делать со своей жизнью.

— Тебя это огорчало?

— Не то чтобы огорчало. Скорее мне казалось, что моя жизнь проходит мимо, что у меня совсем нет времени заниматься теми приятными и интересными вещами, которыми я хочу заниматься.

— И тогда ты пустился в приключение?

— Ну, для начала я стал думать о том, в какое приключение мне хотелось бы пуститься. Потом, когда понял это, стал копить деньги и копил пару лет, а накопив, отправился в путь.

— И куда ты поехал?

— Вокруг света.

Эмма удивленно воззрилась на меня.

— Ты повидал *весь* мир?!

Я улыбнулся.

— В общем, я объехал вокруг света. Видел не все, просто не успел за одну эту поездку. Однако побывал во многих местах.

— А в другие поездки ты ездил?

Я снова улыбнулся. Какая же энергия в ней была!

— Ездил. Кстати, как раз сейчас возвращаюсь из одной такой поездки. Я путешествовал по Африке, Центральной Америке и Юго-Восточной Азии.

— А ты вообще работаешь?

Я рассмеялся.

— Иногда. После первой поездки мне так понравилось путешествовать, что захотелось еще, да побольше. Так что с тех самых пор я год работаю, потом год путешествую. Еще год работаю, потом еще год путешествую.

— Должно быть, ты хорошо умеешь копить деньги, — похвалила Эмма. — Папа дает мне карманные деньги каждую неделю. Иногда я коплю на что-нибудь, что мне очень хочется. А иногда сразу трачу.

— Что же, думаю, в таком случае ты уже усвоила великий жизненный урок.

— Какой такой урок?

— **Когда знаешь, чего хочешь, на это гораздо легче копить.**

— Точно! Была одна доска для серфинга, которую мне очень-очень хотелось. Папа заключил со мной договор. Он сказал, что, если я накоплю половину денег на нее, он добавит остальную половину.

— И у тебя получилось?

Она с энтузиазмом кивнула.

— Это та голубая, которую я несла, когда мы шли сюда.

— Трудно было на нее копить?

— Иногда. В смысле, мне хотелось купить и другие вещи, например маленьких пластиковых лошадок, которые мне ужасно нравятся, и еще другие игрушки. Но я все время сравнивала их с доской — и доску хотела больше. К тому же однажды сестра моей подружки дала мне на время свою доску, точно такую, как я хотела. После этого копить стало гораздо легче. Потому что, можешь мне поверить, как только попробуешь эту доску, сразу понимаешь, чего тебе больше хочется.

Я улыбнулся. Девочка была так оживлена, говоря об этом, и так честна!

— Вот и у меня с путешествиями то же самое, — сказал я. — Когда я пытался разобраться с собой, я поехал в Коста-Рику.

— Мой папа обожает Коста-Рику! — перебила Эмма.

Я опять улыбнулся.

— Да, помню. Так вот, Коста-Рика была одним из первых дальних мест, куда я отправился. И я так здорово провел там время, что по приезде домой мне стало гораздо легче собирать деньги на следующую поездку.

— Типа как у меня с доской.

Я кивнул:

— Ага. Точь-в-точь так же.

Я сложил ингредиенты для блинчиков в миску и вручил ее Эмме.

— Кто у нас тут главный специалист по взбиванию и смешиванию? Поработать готова?

— Готова! — Она ухватила венчик и начала быстро-быстро крутить. Брызги полетели во все стороны.

Я рассмеялся.

— Может быть, стоит все-таки сбавить темп и погрузить венчик чуть глубже?

Эмма тоже рассмеялась и последовала моему совету.

— Теперь правильно! — удовлетворенно объявила она.

ГЛАВА 19

Кейси одарила Джессику долгим взглядом.

— Спасибо, что рассказали мне о качелях. — Она помолчала. — Но может быть, пора вернуться на вашу игровую площадку?

Джессика затрясла головой.

— Ну уж нет, я туда не вернусь! Никогда. С этим покончено.

— Я не имею в виду — отправиться в те же места или к тем же людям, — сказала Кейси. — Может быть, пора навестить вашу *личную* игровую площадку?

Джессика приподняла брови.

— В каком смысле?

— Чуть раньше вы восхищались тем, какая Эмма энергичная. Как она полна жизни. Во всех нас это есть. Просто мы порой об этом забываем. Думаю, дело в том, что просто мы закрыли свои игровые площадки.

По лицу Джессики было видно, что она растеряна.

— Посмотрите на это вот с какой стороны, — начала Кейси. — У детей есть врожденное чувство того, что им нравится и что не нравится. К примеру, им нравится кататься с горки, но не нравится забираться по лесенке. Или нравятся качели, но не шведская стенка. Они просто *знают* это. Не нравится, и все. **И в их**

мире совершенно нормально заниматься тем, что нравится. Если тебе не нравится, ты этого не делаешь.

— Если бы только они знали правду.

— Какую?

— Ну, что потом все меняется, — вздохнула Джессика.

— В том-то и дело. Может быть, дети-то как раз *знают* правду, здесь и сейчас. А меняемся со временем мы.

Джессика подняла голову. Что-то в словах Кейси задело ее. Затронуло нужную струнку. Она обняла себя руками за плечи и поежилась.

— Что такое? — спросила Кейси.

— О, ничего. Простите. Просто...

— Что же?

— Ну, когда вы это сказали, насчет того, что дети знают правду, а мы меняемся, меня почему-то дрожь пробрала. Нет, это ничего.

— А может быть, это как раз *что-то,* — мягко предположила Кейси. — Может быть, это *вы* говорите с *собой.* Говорите себе: «Эй, кажется, я только что поняла кое-что важное».

Джессика не ответила.

— Будучи детьми, мы точно знаем, что нам нравится, — продолжила Кейси. — И мы изо всех сил стараемся занимать бóльшую часть каждого дня такими делами.

— А потом? Что случается потом?

— Это уже зависит от ребенка. Фигурально выражаясь, некоторые никогда не закрывают свою игровую площадку. Становясь старше, они могут менять предпочтения, но при этом никогда не теряют контакта с мыслью о том, что **можно проводить свою жизнь, играя. Или, если серьезно, занимаясь тем, что нравится.**

— А другие?

— О, подавляющее большинство людей подпадают под категорию «другие».

— И что с ними происходит?

— Ну, опять-таки, у каждого по-своему. Кто-то позволяет указывать им, что играть больше не следует, что надо взрослеть. Их мир становится миром «надо», «должен», «не могу» и еще множества слов и выражений, которые их ограничивают. Иногда они даже самостоятельно составляют такой словарь.

— А их игровые площадки?

— Со временем они пользуются ими все реже и реже, и площадки зарастают сорняками. Вымахивает высокая трава. Горки скрываются из виду. Бывают и так, что люди обносят свою площадку высокими стенами.

— Стенами?

— Ну да. Причем мотивация у всех разная. Кто-то говорит: «Я слишком взрослый», кто-то: «У меня нет времени». Есть даже такое: «Я недостаточно хорош» или «Я недостаточно умен». Все это — стены, которые не пускают на площадку. Со временем даже стены зарастают, по ним ползут лианы, вокруг колючие кусты. Такая непролазная чаща, что человек даже не помнит, где они были, эти стены, не говоря уже о том, что когда-то за ними была площадка, на которой они могли играть, выбирая то, что нравится. — Кейси поглядела на Джессику. — А еще порой на площадку навешивают замки.

Джессика отвела взгляд.

— Иногда хочется бежать от своего прошлого как можно дальше, — сказала Кейси. — Воспоминания о том, что когда-то у человека была площадка для игр, что он о чем-то мечтал, очень болезненны. Чтобы отогнать от себя эту боль, он не только возводит стены вокруг своей площадки, но однажды подходит к калитке и навешивает на нее большой замок. «Хватит, — говорит он. — Я больше никогда не поверю. Я больше никогда не позволю себе играть».

— И что случается с этими людьми? — спросила Джессика шепотом. Она боролась с подступающими слезами.

— В некоторых случаях они озлобляются. Гнев, разочарование, напряжение от того, что хочешь, но не позволяешь себе поверить, — все это гложет изнутри. Становится ядом, воздействию которого человек подвергается каждый день. Такие люди запираются от мира, потому что не хотят больше боли. Но они еще больше ранят самих себя.

Джессика начала всхлипывать. Ее плечи вздрагивали.

— Я больше не понимаю, что мне делать, — выговорила она.

От притворства не осталось и следа. Одежда, внешность, машина... Все эти красивые приманки, прикрывавшие внутреннюю боль, больше не имели значения.

— Я навесила замок на свою площадку очень давно. И поклялась, что больше никогда не позволю сделать себе больно. Но я устала удерживать эти стены, я устала постоянно бежать прочь. Я просто хочу быть... — Она замешкалась.

— Свободной? — договорила за нее Кейси.

Джессика кивнула.

— Свободной, — прошептала она. — Только не знаю, как освободиться.

Кейси посмотрела на нее.

— Большинство людей стараются заглушить боль кратковременными попытками обрести свободу. Они пьют. Они употребляют психотропные вещества. Они покупают себе вещи, которые им не нужны. Они создают в своей жизни ненужные драмы. Они хотят чувствовать себя живыми и свободными и поэтому делают все это. Но в итоге приходят лишь к еще большей боли.

— Я это знаю, — тихо ответила Джессика. — Я так и жила. Я *до сих пор* так живу.

— Тогда, может быть, вы станете одной из тех, кто выбирает иной путь.

— Какой путь?

— Некоторые люди, как вы сказали, устают держать стены. Они устают от того, что не видят свою площадку. И устают от усталости, которую приносят кратковременные попытки обрести свободу, ведущие всего лишь к возведению новых и новых стен. Поэтому однажды они решают совершить один из самых больших на свете прыжков веры. Они решают пойти и заново отстроить свою площадку.

— Это возможно?

Кейси кивнула:

— Да. Это возможно всегда. Не важно, сколько человеку лет, какова его жизненная ситуация. Это возможно всегда.

Джессика несколько секунд сидела молча. Потом взглянула на Кейси.

— И как мне начать?

— Постепенно. Мягко. Или же как гигантский бульдозер, который сносит все на своем пути. У каждого бывает по-своему. Это личный выбор. А общее во всех случаях — то, что однажды человек решает срезать замок со своей площадки. Это первый шаг — позволить себе вернуться. Потом, мало-помалу, он убирает со стен лианы. И видит стены такими, каковы они в действительности. Не защитные барьеры, гарантирующие безопасность, а иллюзии, созданные им же, иллюзии, которые с момента создания держат в плену. Часто в тот миг, когда человек позволит себе увидеть стены такими, каковы они есть, они просто исчезают.

— Это трудно вообразить, — заметила Джессика.

— Знаю, — отозвалась Кейси. — Однако это так. Но, как только стены исчезнут, вы ощутите связь с тем, что когда-то было на вашей площадке. Это вдохновит вас скосить высокую траву и вырубить подлесок. У вас появится возможность разглядеть, что делало вас счастливой. Возможно, не все вам понадобится. Или будет по-прежнему нужно, но как-то по-другому. А потом вы начнете перестройку. Новое место, новая площадка.

— Новая жизнь, — дополнила Джессика.

Кейси кивнула.

— Но почему вы так уверены, что это возможно? — допытывалась Джессика.

Кейси поднялась и, собирая тарелки, посмотрела на Джессику.

— Потому что я сама прошла через все эти фазы. В моей жизни тоже был день, когда я устала прятаться, и бежать, и притворяться. И это был день, когда я срезала замок со своей площадки и начала отстраивать ее заново.

ГЛАВА 20

Я бросил взгляд в окно. Кейси только что встала из-за столика, где сидела с Джессикой. До этого я заметил, что они очень увлеченно о чем-то беседуют.

Добро пожаловать в кафе «Почему», снова подумал я.

— Блинчики пора переворачивать, — напомнила мне Эмма.

— Верно, сейчас сделаю.

Я схватил лопатку и перевернул блинчики.

— Почти готово. Еще минутку поджарятся с этой стороны, а потом тебе и твоему папе можно приниматься за еду.

— А как же мой омлет?

Честно говоря, я надеялся, что Эмма забудет об омлете. Я виновато взглянул на нее:

— Эмма, прости, но я не умею готовить омлет.

— Не умеешь? — недоверчиво спросила она.

Я кивнул:

— Представь себе.

— Ну, ничего страшного.

Я тихонько вздохнул от облегчения: не хотелось ее огорчать.

— Тебе просто нужен *кто,* — продолжила она.

— Что?

Она хихикнула.

— Не что, а кто!

Я выложил блинчики на тарелку, и Эмма разложила по ним нарезанные фрукты.

— Когда не знаешь, как что-то сделать, нужно просто найти того, кто это знает. Потом попросить его о помощи. Потом он тебе покажет, и тогда ты тоже будешь знать. Это *суперпросто!* Я так научилась почти всему, что умею делать.

Я улыбнулся. Если вам надо снести один из самых непреодолимых для большинства людей барьеров, превратив его в нечто настолько простое, что можно объяснить за считаные секунды, — предоставьте это семилетнему ребенку.

— Кто тебя этому научил? — поинтересовался я.

— Папа.

— Он хороший «кто»?

Она с готовностью кивнула.

— Ага! Он много чего знает. Именно он научил меня кататься на доске.

— Действительно. А что самое главное в том, что ты узнала о серфинге?

Она встала в позу, уткнув руки в бока.

— Невозможно научиться кататься на доске, если не залезть в воду.

Я рассмеялся:

— Вот уж истинная правда!

Как раз в этот момент вошел Майк.

— Как продвигается завтрак?

— Джону нужен «кто», пап! Ты можешь показать ему, как готовить омлет?

Я улыбнулся и пояснил:

— Эмма рассказала мне о том, что, когда я не знаю *как*, мне нужен *кто*.

— О, в этом она настоящий мастер.

Майк взял сковороду с длинной ручкой.

— Итак, проще не бывает.

Пока Майк вводил меня в курс тонкостей приготовления омлета, вошла Кейси.

Она похлопала Майка по плечу и похвалила:

— Как вкусно пахнет!

— Мы приготовили блинчики и французские гренки, а папа учит Джона готовить омлет, — отчиталась Эмма.

Кейси сгрузила принесенные тарелки в раковину.

— Как там Джессика? — спросил я.

— Думаю, ей не повредит провести пару минут с тобой, — ответила Кейси.

Я глянул на нее через плечо.

— Правда? Мне казалось, у вас там происходит бурное обсуждение.

— Так и было. А теперь, думаю, ей было бы на пользу поговорить с тобой. Полагаю, ей нужно услышать твою историю.

— Давай, валяй, — поддержал Майк. — Я тут закончу сам. Все равно уже почти готово.

— Хорошо, — нерешительно пробормотал я. На самом деле я не был вполне уверен, что это так уж хорошо. В первый раз я просто послушался интуиции, пошел и поговорил с Джессикой. Однако в данный момент я не ощущал никаких интуитивных озарений.

— Почувствуешь, когда подойдешь, — подбодрила Кейси и кинула мне полотенце.

Я вытер руки и кинул полотенце ей обратно.

— Эмма, мы сможем закончить наш разговор чуть позже? — спросил я. — Мне интересно, что еще ты узнала о серфинге.

Она взглянула на меня, потом занесла над своими блинчиками склянку с сиропом.

— Сиропный вулкан! — объявила она и опрокинула ее.

Я улыбнулся.

— Приму это как «да» в ответ на свой вопрос.

Эмма ухмыльнулась.

— Ладно.

ГЛАВА 21

Я пошел туда, где сидела Джессика. Она смотрела на океан.

— Как вам завтрак?

Оказалось, она плакала и теперь стерла слезы с лица ладонью.

— Вы ведь не в такие кафе привыкли ходить, верно? — спросил я

Она подняла на меня взгляд и улыбнулась, снова вытирая щеку.

— Да, определенно не в такие.

— У вас все нормально?

Она снова стала смотреть на океан.

— Думаю, да.

— Вы не против, если я присяду?

— Пожалуйста, — проговорила Джессика и указала на кресло напротив.

Я сел.

— Что это за место? — спросила она через пару секунд.

— Это? Странное, необычное заведение, которое, вероятно, навсегда изменит вашу жизнь.

— О, конечно, это все объясняет, — отозвалась она, не удержавшись от улыбки.

Пару минут мы сидели в молчании.

— Кто вы? — спросила она.

— Что вы имеете в виду?

— Кто вы такой? Кейси упомянула, что Майк — владелец этого заведения. Эмма сказала мне, что обычно здесь готовит он. Так кто же такой вы? Вы действительно здесь работаете?

Я улыбнулся.

— Ну, сегодня — да.

Она непонимающе взглянула на меня.

— Вам какую историю — длинную или короткую? — спросил я.

— Вы начните, — предложила она, — а я попрошу подробностей, если понадобится.

— Справедливо.

Я на миг задумался. С чего бы начать и как далеко зайти?

— Лет десять назад я впервые побывал в этом заведении, — начал я. — Я имею в виду, в кафе..

Я не стал говорить ей, что оно располагалось в совершенно иной географической точке и каким-то образом оказалось здесь, на Гавайях. Причем нисколько не изменившись. Не было смысла запутывать ее еще больше.

— В тот раз я пытался разобраться со своей жизнью.

— Что вы имеете в виду? Вы были несчастливы?

— Не то чтобы именно *несчастлив.* Я просто не был *счастлив.* Было такое ощущение, что я застрял на этаком общем «все в порядке». Моя работа была «в порядке», мои дела вне работы были «в порядке», мои отношения были «в порядке». Но что-то внутри твердило мне, что в жизни должно быть нечто большее, чем просто «в порядке». А потом возникла цепочка событий, которые заставили меня по-настоящему задуматься.

Джессика вопросительно посмотрела на меня.

— Что с вами случилось?

— Однажды вечером я сидел дома, и мне позвонили родители. Они сказали, что мой 82-летний дедушка только что умер.

— Сочувствую.

— Спасибо. Это было уже давно. Дело в том, что мы даже не были близки. Мои родители жили далеко от своих родителей, так что, хоть он и был моим дедом, на самом деле я плохо его знал. Однако по какой-то причине его кончина потрясла меня. Повесив трубку, я пригляделся к своей жизни и подумал: «Если я буду продолжать жить так же, если я пойду дальше тем же путем… »

— То буду ли я счастлив в свои 82 года? — договорила за меня Джессика.

Я кивнул:

— Именно так. И ответ оказался отрицательным. Я не был бы счастлив. Я просто был бы «в порядке». По какой-то причине в момент, когда я понял, что ответ на этот вопрос отрицательный, мне вспомнилось то, что случилось пятью годами раньше. Тогда я только-только окончил колледж и пытался вступить в «реальный мир» трудоустройства. Меня пригласили на собеседование. В компанию, чей офис располагался в центре большого города, где я жил. Итак, я надел костюм, повязал галстук на крахмальную рубашку, натянул неудобные туфли. Потом взял свою новехонькую сумку с компьютером и сел в поезд, направлявшийся в центр города. Я никогда раньше не ездил этим маршрутом и, когда вышел из поезда, нечаянно повернул не в ту сторону. Вот только, как оказалось, «не та сторона» была именно что правильной.

— В смысле? — удивилась Джессика.

— Повернув не в ту сторону, я остановился. Стоял и смотрел на толпу людей, которые выходили из вагонов и шли к выходу. Тысячи людей направлялись на работу. Старики, люди средних лет, пара почти что моих ровесников. И глядя на эту толпу мужчин и женщин, я обратил внимание на кое-что.

— На что же?

— Никто из них не улыбался. Ни один человек.

Джессика понимающе кивнула.

— В тот день, — продолжил я, — увидев всех этих людей, которые не были счастливы, я поклялся, что никогда не буду таким. Моя жизнь будет иной.

Джессика снова кивнула.

— И что, вы сделали ее иной?

Я покачал головой:

— На самом деле нет. Именно это я и понял тем вечером, когда родители позвонили мне с вестью о смерти деда. Я хотел сделать ее иной. Я поклялся, что сделаю ее иной. Однако в реальности вот они прошли, эти пять лет, и я осознал, что моя жизнь почти ничем не отличается.

— И что вы сделали?

— Я решил уехать, чтобы на некоторое время убраться от всего этого подальше. Я сел в машину, но в результате ряда неудачных обстоятельств безнадежно заблудился. И, заблудившись, наткнулся на крохотное кафе с хорошей кухней, милыми людьми и очень необычными вопросами в меню.

— Вы наткнулись на это кафе, — догадалась Джессика.

— Ага.

— И?

— Я провел в этом кафе всю ночь. Просто разговаривая с людьми. С Майком, Кейси, еще одной женщиной, которая была там. Я выслушал их истории. Я рассказал собственную историю — о том, что со мной происходило.

— А разве вам не кажется странным вести такого рода разговоры с незнакомцами?

Я пожал плечами.

— Пожалуй, нет. Я достиг той стадии, когда «в порядке» меня больше не устраивало. Это сделало меня открытым для вещей, которые в иной ситуации вызвали бы у меня отторжение. — Я рассмеялся. — А теперь я только и делаю, что разговариваю с незнакомцами. Стоит однажды попробовать — и понимаешь, что это, в конце концов, не так уж и странно.

— И что было дальше? — спросила Джессика.

— Та ночь в кафе изменила мою жизнь. Я узнал кое-что такое, что никогда прежде не осознавал. Я увидел мир так, как никогда прежде его не видел. Я заглянул в такую жизнь, которая была больше чем просто «в порядке». И решил начать жить этой жизнью.

— И начали?

Я кивнул.

— Начал.

ГЛАВА 22

Майк откусил кусочек гренка и кивнул в сторону площадки:

— Кажется, Джон и Джессика неплохо нашли общий язык.

Эмма отпила сок.

— Джон забавный. И он хороший.

Кейси погладила Эмму по волосам.

— И Джессика хорошая.

— Почему она тогда плакала?

— Она забыла, как это — играть, — объяснила Кейси.

— Не хочешь помочь ей вспомнить? — предложил Эмме Майк. — У тебя-то играть отлично получается.

— Ладно. А во что она хочет играть?

— Точно не знаю, — пожала плечами Кейси. — Думаю, она и сама не знает. Правда, она говорила, что ей когда-то нравилось качаться на качелях.

— Может, отведем ее на качели у лагуны? Это просто *потрясные* качели! На них можно даже закручиваться, а когда они раскручиваются, то делают это быстро-быстро.

Майк улыбнулся.

— Похоже, отличная идея. Думаю, ей придется по душе.

— А можно пойти прямо сейчас?

— Почему бы тебе вначале не закончить завтрак? А потом вы с Кейси сможете взять ее с собой. Я останусь здесь с Джоном и помогу ему прибраться в кухне.

— Ладно.

Эмма торопливо доедала блинчики.

— Пап, у меня вопрос.

— Что за вопрос?

— Как можно разучиться играть?

Майк снова улыбнулся. Он не уставал восторгаться тем, как маленькие дети перерабатывают информацию. Они слушают, они спрашивают, они думают. А потом, если не поняли, снова и снова спрашивают, пока полностью не поймут.

— Думаю, что касается Джессики, у нее была не очень-то счастливая жизнь в детстве, — проговорила Кейси. — У нее не было рядом человека вроде твоего папы, который мог бы научить ее радостям игры.

Эмма на минуту задумалась.

— Это грустно.

— Да, грустно, — согласилась Кейси.

— Как ты думаешь, она научится играть снова? — спросила Эмма.

Кейси улыбнулась.

— Думаю, да. И радость должна вернуться. Вот представь, что у тебя была игрушка, потом она попала под кровать и ты долго-долго с ней не играла. А потом вообще забыла, что она у тебя была. И вот ты находишь ее и снова начинаешь с ней играть, и все вдруг возвращается. Ты вспоминаешь, какая замечательная это игрушка.

— Один раз такое случилось с моим плюшевым дельфином, — взволнованно подхватила Эмма. — Его зовут Дольфи. Я потеряла его и везде искала, но не могла найти. Мне было ужасно грустно. Потом я о нем забыла и не вспоминала, пока мы не стали разбирать вещи, чтобы покрасить стены в моей комнате. Оказалось, Дольфи *все это время* прятался за шкафчиком! Так что теперь я снова много с ним играю.

Кейси улыбнулась.

— Вот-вот, очень похоже. Думаю, если ты отведешь Джессику на качели, она начнет вспоминать, как это здорово — играть.

— Ха, с Дольфи же все получилось! — с энтузиазмом воскликнула Эмма.

ГЛАВА 23

Мы с Джессикой все еще разговаривали. Она отпила из своей чашки.

— И каково это?

— Что именно?

— Выбрать другую жизнь.

Я улыбнулся.

— Всячески рекомендую. Особенно если ваша жизнь — просто «в порядке», а вам хотелось бы чего-то большего.

Джессика ответила улыбкой.

— Как вы думаете, почему вы снова вернулись сюда? — спросила она. — Почему именно сейчас? Вы ведь уже со всем разобрались, верно? Вы уже более чем в порядке.

— Да, моя жизнь определенно более чем «в порядке». — Я пожал плечами. — Не знаю, почему я здесь на этот раз. Может быть, чтобы научиться чему-то еще? Может быть, поделиться тем, что я уже знаю? Не уверен.

— Чем вы можете со мной поделиться?

Я улыбнулся.

— А что вы хотите знать?

Джессика чуть наклонилась вперед.

— Кейси, она потрясла мой мир.

— Да, я видел, что вас обуревают эмоции. Что произошло?

Джессика рассказала, какой у них с Кейси вышел разговор, в том числе и об игровой площадке.

— Не знаю, почему это так потрясло меня, — призналась она.

— Вероятно, потому, что это имеет отношение к вашей жизни.

Я увидел, как по лицу Джессики мелькнула тень печали.

— Расскажите хотя бы об одном, чему вы научились с тех пор, как были здесь в прошлый раз, — попросила она.

Я рассмеялся.

— Только об одном?

— Ну, для начала.

Я на пару мгновений задумался.

— Хотите историю о поезде?

Она улыбнулась.

— Итак, еще одна история о поезде.

— Когда я в тот раз уехал из этого кафе, до меня дошло, что я больше не хочу жить той жизнью, которой жил. А еще я не знал, какой жизнью *на самом деле* хочу жить. — Я посмотрел на меню. — В тогдашнем меню некоторые вопросы отличались от этих. **Наверное, вопросы оказываются разными для каждого.**

Джессика кивнула.

— Кейси говорила что-то об этом. Я не поняла, что она имеет в виду.

— Догадываюсь, — сказал я. — В моем меню первым вопросом был «Почему вы здесь?».

— Но и в моем точно такой же. Я не очень хорошо разобралась, что он значит.

— Я тоже не понимал, когда впервые попал в это кафе. Но со временем стало ясно. Это не о том, почему ты в этом кафе или почему ты на Гавайях. Это так надо понимать: почему ты существуешь? Почему ты живешь? Какова твоя ЦС, то есть цель существования?

Джессика откинулась на спинку кресла.

— А я-то думала, что только вопрос об игровой площадке здесь со смыслами.

— Не только. Ну, на самом деле вопросы не так уж далеки от реальности, когда начинаешь проникаться. Потому что я понял вот что: **если я задам этот вопрос самому себе** — почему я здесь? — **мой ответ станет хорошим указателем на то, чем стоит заниматься каждый день.** Или так мне, во всяком случае, казалось.

— Что вы имеете в виду?

— Из-за того положения, которое я занимал в своей тогдашней жизни, этот вопрос был слишком велик для меня. Руками не обхватишь.

— И поэтому вы сели в поезд?

Я рассмеялся.

— Да. Чтобы ехать на работу. Я думал об этом первом вопросе все время — постоянно. Особенно по дороге на работу. А потом однажды встретил в поезде того парня. Просто случайного человека во время очередной поездки на работу.

— И?

— Он казался счастливым. По-настоящему, обоснованно счастливым. И я сказал ему: «Понимаю, это может показаться безумием, но мне кажется, что вы счастливы, — в чем же ваш секрет?»

Джессика засмеялась.

— Вы правда это сделали?

Я кивнул.

— И что он ответил?

— Вначале он стал расспрашивать о моей жизни. Я рассказал ему о том, что со мной в тот момент происходило, о том, как я побывал в этом кафе, и о том, что хочу большего, чем просто «в порядке».

— История про кафе не показалась ему странной?

Я покачал головой:

— Нет. Думаю, он жил в таком мысленном пространстве, где нужные события происходят как раз тогда, когда им положено произойти. И нужные люди пересекаются с тобой как раз тогда, когда это больше всего нужно. Так что в моем приключении с кафе он не увидел ничего абсурдного.

— А что случилось потом?

— Он, в частности, рассказал мне о двух вещах, которые здорово меня встряхнули. Первой из них было то, что он зарабатывал на жизнь, путешествуя по миру и преподавая на разных курсах. Это сразу же зацепило мой интерес. Я всегда хотел путешествовать, но среди моих знакомых не было никого, кто бы так жил. А еще он рассказал мне, что сам пережил подобный период в жизни, когда пытался во всем разобраться.

— И что же он сделал для того, чтобы разобраться?

— Судя по всему, его здорово выручил один друг. Кажется, этого друга звали Томас. Он надоумил моего собеседника поразмыслить о пяти вещах, которые тот больше всего хотел бы сделать, увидеть или испытать до того, как завершится его жизненный срок. Потом сосредоточить свои время и энергию в первую очередь на них. А остальное само приложится. Томас назвал их «Большой пятеркой для жизни». Он сказал, что **порой эта задача — выяснить свою цель в жизни — может слишком подавлять. Поэтому начинать надо с малого** — с этих пяти пунктов.

Пока занимаешься их реализацией, постепенно познаешь *самого себя*. А когда узнаешь *себя* лучше, становится легче разобраться со своей целью.

— Вы поддерживаете контакт с этим человеком?

Я улыбнулся.

— Нет. В этом-то и заключается вся странность. Я встретился с ним всего однажды, в том самом поезде. Он рассказал мне об этой концепции в тот день, когда мне это было по-настоящему нужно. И больше я никогда его не видел. В моей памяти он остался просто как Джо. Джо из поезда.

— Вы воспользовались его советом?

— Воспользовался. Я решил, что одним пунктом из моей «Большой пятерки» будут путешествия. Так что два года я копил деньги, а потом пустился в странствия по миру. И мне понравилось. Понравилось настолько, что я начал делать это попеременно, чередуя год путешествий с годом работы. Потом еще год путешествий и еще год работы. И так продолжается с тех самых пор.

— А разве вас не беспокоит то, что вы можете по возвращении не найти работу?

— Поначалу беспокоило. Теперь — нет. **Большинство людей не любят свою работу, поэтому делают ее спустя рукава. Но если ты вкладываешь в работу всего себя, то ты выделяешься на общем фоне, и тогда множество людей готовы нанять тебя.**

— Что, даже всего на год?

— Ну, поначалу я не говорил нанимателям, что собираюсь проработать у них всего год. Однако сейчас меня все время берут на работу те же компании, на которые я уже работал в прошлом. Им известно, что я знаю свое дело, поэтому с нетерпением ждут, когда же я вернусь. — Я пожал плечами и пояснил: — У каждой компании есть пара-тройка особых проектов, которые они с удовольствием воплотили бы в жизнь. Вот только нет под рукой человека, который мог бы эти проекты осуществить. А нанимать кого-то для выполнения только одного проекта они не хотят. И поэтому радуются, когда я приезжаю и беру проект на себя и при этом не ищу постоянную работу.

— И вы собираетесь делать так всегда? Год работать, год путешествовать?

— Не знаю. Пока мне это подходит. Первый раз был самым трудным. Что делать со своими пожитками, как оплачивать счета, когда я не дома. Как только разберешься с этим, все становится очень просто. Полагаю, если я в какой-то момент устану от такой жизни, то остановлюсь. Однако пока это…

— Намного лучше, чем «в порядке»? — договорила за меня Джессика.

Я рассмеялся.

— Да, определенно лучше, чем «в порядке».

Джессика перевела взгляд на океан.

— Что такое? — спросил я.

— Вас послушать, так это кажется таким простым.

— Это действительно просто.

— Для вас.

— Для кого угодно.

— Но что, если у человека есть семья? Он же не может просто взять и уехать вот так.

— У вас есть семья?

— Нет.

— Тогда почему вас это беспокоит?

— Я просто говорю. Не каждый может поступать так, как вы.

— Но почему это беспокоит *вас*?

Она помолчала.

— Не знаю.

Я улыбнулся.

— **Наши дни слишком коротки, чтобы рассчитывать свою жизнь, анализируя то, что может или не может подойти кому-то другому.** Ограничьте анализ своей персоной и своей ситуацией. Чтобы внести полную ясность, хочу сказать: я встречал немало людей с семьями, которые делали то же, что и я. Просто другие никогда с такими людьми не пересекались и не слышали их историй, ведь большинство людей сидят на одном месте и работают. А те люди, о которых я говорю, путешествуют. Только когда тоже начинаешь путешествовать, выясняешь, что для тебя возможно, а что нет. Кстати, как я узнал, это верно не только для путешествий. **Почти все кажется новым и странным, пока не начнешь это делать.** И единственный способ начать делать — это...

— Начать делать, — подхватила Джессика.

— Именно! И тогда то, что вы делаете, уже не кажется ни новым, ни странным. К тому же в процессе начинаешь встречать других людей, которые многое об этом знают. **Если хочешь научиться танцевать бальные танцы, не тусуйся на бейсбольном стадионе. Если хочешь научиться играть в бейсбол, не ходи на занятия в студию бальных танцев.**

Джессика рассмеялась.

— Расскажите мне о чем-нибудь еще, что вы узнали.

Я задумался.

— Вы разговаривали об игровой площадке, не так ли?

— Ага.

— Живите *своей* игровой площадкой.

— Не поняла. Что это значит?

— Ваша площадка — это муж, двое детей и дом с большим патио? Или вы позаимствовали эту идею из рекламы? Ваша площадка — ехать на пляж в кабриолете с тремя подругами, во все горло подпевая песне, льющейся из радио? Или это тоже из рекламы, которую вы видели? — Я улыбнулся. — Ваша площадка уникальна, Джессика. Оценивайте ее не по тому, насколько она соответствует стандартным мечтам. Исходите из того, насколько она соответствует *вашим* мечтам.

ГЛАВА 24

— Ну как, тебе нравится, Джессика? — спросила Эмма.

Они были в гроте, недалеко от кафе.

— Да, здесь здорово, — ответила Джессика.

Втроем они пришли сюда по тропинке, которую со всех сторон обступала буйная тропическая растительность, и теперь качались на качелях у края маленькой красивой лагуны. Изумительный аромат Гавайев витал повсюду. Цветы, цветы и еще раз цветы.

Черный вулканический камень, из которого сложена столь значительная часть береговой линии, здесь был изъеден океанскими волнами. В результате появился тропический рай внутри другого тропического рая.

Лагуну наполняла океанская вода, настолько чистая, что видно было проплывавших внизу ярких рыбок. А на суше — темно-зеленая кромка растений с огромными, в человеческий рост листьями.

— Это одно из моих самых любимых мест, — заявила Эмма. Она лежала на животе на перекладине и кружилась, закручивая веревки в тугой жгут. — Глядите!

Девочка оторвала ноги от земли, и веревки начали раскручиваться, завертев ее волчком.

— Можешь попробовать, если хочешь, — предложила Эмма Джессике. — Это здорово. И не очень-то страшно после того, как пару раз так сделаешь.

Джессика улыбнулась.

— Действительно, выглядит забавно.

— Попробуй, — снова предложила Эмма.

— Ну, я не уверена, что мне это будет легко.

— Все нормально, это же просто попытка, — настаивала Эмма.

Джессика медлила.

— Ладно, — наконец сказала она и устроилась на качелях так, как делала Эмма.

— Просто крутись вокруг себя, пока не закрутишь веревки очень-очень туго, а потом поднимай ноги, — командовала Эмма.

Джессика последовала инструкциям. Подняв ноги, она закружилась — точь-в-точь как Эмма.

— У тебя получилось! — радостно воскликнула девочка. — Я же говорила, что ты сможешь!

Джессика поднялась, улыбнулась и снова уселась на доску сиденья.

— Ты хорошая наставница, Эмма.

— Ну, Кейси говорила, что ты раньше любила качаться на качелях, когда была маленькой, и что ты вроде как забыла про это. Так что я подумала, что помогу тебе вспомнить.

Джессика снова улыбнулась.

— Спасибо тебе.

— Эй, гляньте, вон София! — воскликнула Эмма, указывая пальцем.

Девочка, по виду ровесница Эммы, плыла через лагуну на пэдлборде — доске, которой управляют веслом.

— София! София! — закричала Эмма и замахала руками.

Девочка на доске услышала крики и помахала в ответ.

— Пойду поиграю с ней в приливных заводях, — объявила Эмма и помчалась к воде. — Буду или там, или здесь! — крикнула она через плечо.

— Ладно, — отозвалась Кейси.

— С ней все будет в порядке? — спросила Джессика.

— С ней все будет хорошо. Эти две девочки знают лагуну как свои пять пальцев. Иногда мне кажется, что они то ли полурыбы, то ли получерепахи.

— Что она имела в виду под «там или здесь»?

— У них с Майком постоянно действующий уговор. Он отпускает ее исследовать округу вместе с ее друзьями. Она просто должна выбрать, где будет играть, и предупредить его.

— Но разве это не опасно?

— Нет, нисколько. Он приучил ее к этому, когда она была совсем маленькой. Тогда не имело значения, в каком месте она решит играть, поскольку Майк следил, чтобы она была на виду и до нее можно было быстро добраться. Он не по пятам ходил за ней, а учил доверять своим инстинктам и интуиции. Майк все сделал правильно, и на данный момент у Эммы, я сказала бы, отлично настроенная внутренняя навигационная система. Она защищает девочку, когда та исследует территорию.

— Все равно, мне кажется, для ее возраста это немного опасно — уходить далеко одной.

— Если бы вы заранее знали, что может случиться, казался бы вам мир опасным? — спросила Кейси.

Джессика задумалась.

— А что, у нее есть такая способность — знать заранее?

— Она есть у каждого. Эмму учили пользоваться внутренней навигацией с малых лет, так что для нее это привычка. А привычка — вторая натура, вы ведь слышали это выражение. Но, увы, большинство людей довольно рано перестают пользоваться этой способностью. Так что, когда она включается, для них это как гадание на кофейной гуще.

— Понятно.

Кейси услышала сомнение в голосе Джессики и прибавила:

— Но я не могу не отметить, вы сегодня своей способностью воспользовались.

Джессика недоумевающе посмотрела на нее.

— Вы вошли в наше кафе, хотя для этого не было никаких рациональных причин. Однако что-то уговорило вас это сделать. Каким-то способом, в какой-то форме ваша внутренняя навигационная система дала вам намек на то, что это правильное решение.

— Откуда вы это узнали?

Кейси вгляделась в лагуну и улыбнулась.

— Так все и находят это кафе.

ГЛАВА 25

— У тебя изумительная дочь, Майк.

Мы с Майком занимались уборкой кухни.

Он улыбнулся.

— Спасибо. Она замечательный ребенок.

— Тебе нравится быть отцом?

Майк сгрузил на стол стопку тарелок.

— Это лучшее, что только есть на свете, — *для меня.*

Я улыбнулся.

— На словах «для меня» было во-от такое ударение.

— Родительство — опыт не для всех. Если это твое, то будет море удовольствия и гора ответственности. Если не твое, то будет море трудов и гора ответственности.

— Кажется, я таких слов еще ни от кого не слышал.

Он улыбнулся.

— Это потому, что, когда у тебя появляются дети, ты уже не можешь вернуть их обратно.

— Значит, говоришь, это не для всех?

— Нет. Определенно нет. И это не означает, что кто-то лучше, а кто-то хуже, потому что у одних дети есть, а у других нет. Просто родительство подходит не каждому.

— И что же в этом подходит лично тебе?

— К тому времени, как у меня родилась Эмма, я уже заботился о самом трудном на свете человеке.

Я хмыкнул.

— О ком это?

— О себе.

— О себе?

— Родительство подразумевает даяние. Немногие люди честно говорят об этом. В рекламе ты видишь прелестного младенчика, уютно прижавшегося к отцовскому или материнскому плечу. Или идеальный семейный момент, когда все отдохнувшие и улыбчивые, а ребенок делает что-то невероятно милое. Так вот, реклама показывает получение. Передачу любви от ребенка родителю.

— Ты хочешь сказать, что это неправда?

— Почему же, правда — иногда. И намного чаще это смена подгузников, одевание, приготовление еды, утешение, когда малыш плачет, укачивание, обучение его тому, что ты знаешь сам. Особенно когда дети малы, родительство — это в основном даяние. — Он задумчиво помолчал. — Многие люди заводят ребенка потому, что хотят получать. И спустя некоторое время переживают крушение иллюзий.

— Но не ты?

— Ну, как я и говорил, к тому времени, как появилась Эмма, я уже заботился о себе. Я повидал то, что хотел увидеть. Я участвовал в приключениях, которые хотел пережить. Я был готов отдавать.

— А ты что-нибудь получаешь?

— О, полным-полно всего! Каждый день. Однако

это проявляется в мелочах. До рождения Эммы я ни разу в жизни не сменил ни одного подгузника ребенку. Понятия не имел, как это делается, и с ужасом ждал худшего. Потом родилась она — и вот перед тобой крохотный человечек, которому нужна твоя помощь. Она не может справиться самостоятельно. Так что ты помогаешь, и это приятно. Ты получаешь.

Я улыбнулся.

— Никогда не думал, что смена подгузников может быть чем-то бо́льшим, чем просто смена подгузников. Хотя, если честно, я тоже ни разу их никому не менял.

Майк кивнул.

— Если ты уже позаботился о собственных потребностях, то, когда появляется ребенок, ты видишь в нем дар, коим он и является. Крохотный человечек дает тебе шанс помочь ему. Смена подгузников — это не обязанность, это шанс вручить подарок, — Майк вдруг расхохотался, — который ты вручаешь раз по десять на дню, пока дети совсем маленькие!

— Значит, ты получаешь, потому что отдаешь?

— Именно. Источник радости — твоя помощь. Некоторые люди к этому не готовы. Они хотят вначале получить, а потом — может быть — дать. В воспитании детей все совсем не так.

— И все же ты сказал, что это лучшее, что есть на свете.

— Для меня — да, — подтвердил Майк.

Он повесил полотенце, которым вытирал посуду.

— В каждом дне есть лишь ограниченное количество часов, Джон. Даже до появления детей большинство людей заняты своими хлопотами до безумия. Когда появляется ребенок, надо чем-то жертвовать. Ибо ребенку больше, чем что-либо иное, нужны время, любовь и внимание. — Майк помолчал, а потом спросил: — Ты запомнил с того раза, когда был здесь впервые, концепцию ЦС?

— Конечно, цель существования. Я только недавно рассказывал о ней Джессике.

— Прекрасно. Так вот, если человек выяснил свою цель, и для того, чтобы ее осуществить, его жизнь должна быть целиком и полностью посвящена карьере... — Он не договорил. — Как он будет втискивать в свое расписание время, любовь и внимание, необходимые ребенку?

— Так, может быть, цель его существования не включает рождение ребенка, — предположил я.

— Вот именно! Или, может быть, не включает в данный конкретный момент. И такому человеку не стоит из-за этого переживать или поддаваться давлению друзей, родственников или общества. Он реализует свою ЦС по-другому. Здесь, в кафе, я встречал многих посетителей, которые хотят иметь ребенка, потому что хотят «полной» жизни. Так вот, это — миф. Ведь наличие ребенка делает полной ее «детную» часть, но означает, что другая ее часть будет не так уж полна. К примеру, ты уже вдохновляешь меньшее число людей, или придумываешь меньше изобретений, или не так развиваешь свой бизнес. Я веду к тому, Джон, что все люди разные, и уникальные, и особенные. Цель их существования может включать родительство и все, что с ним связано, — или не включать. И это нормально.

— Однако в обществе это не считается нормальным, — возразил я. — Во внешнем мире.

— Я знаю. Особенно применительно к женщинам. Но на самом деле, если бы рождение ребенка было гарантированным ключом к невероятному покою, довольству и счастью, ты видел бы вокруг намного больше спокойных, довольных и счастливых взрослых.

— И все же ты сказал, что это лучшее, что есть на свете.

— Потому что это — часть моей ЦС. И я пребывал в том моменте своей жизни, когда был готов позаботиться об Эмме, а не требовать, чтобы она заполнила *мою* эмоциональную цистерну.

ГЛАВА 26

— Кажется, они хорошо проводят время, — сказала Джессика и указала на Эмму и Софию.

— Как и всегда, — отозвалась Кейси. — У них похожие игровые площадки, и девочки любят играть на них вместе.

— Что вы имеете в виду?

— Им нравятся одни и те же вещи. Они обе обожают воду. Любят животных. Они живут ради таких занятий, как плавание с маской, пэдлбординг, серфинг.

— И, как я вижу, занимаются исследованием приливных заводей, — добавила Джессика.

Кейси улыбнулась:

— Да, это тоже.

Они немного помолчали.

— У меня когда-то была такая подруга, — наконец сказала Джессика.

— Когда вы были маленькой?

— Когда мне было двенадцать. Эшли Джессинс. Ее семья переехала на ту улицу, где жила я. Мы с ней все делали вместе.

— Вы поддерживаете с ней контакт?

Джессика покачала головой:

— Нет. Когда я решила уехать, я бежала так далеко и так быстро, как только могла.

— И все еще бежите?

Джессика перестала раскачиваться.

— Что вы имеете в виду?

— Вы все еще продолжаете спасаться бегством?

Джессика на минуту задумалась.

— Не знаю. Я уже совершенно точно не тот ребенок. У меня есть карьера, своя жизнь.

— Но это не означает, что вы не убегаете, — перебила Кейси. — Когда дела идут скверно, мы уходим, бежим. Для этого требуется мужество. Выбраться из ситуации, которая не такова, как хочется, особенно если каждый день испытываешь боль, — это мужественный поступок.

Джессика согласно кивнула.

— Однако **иногда мы настолько привыкаем бежать, что забываем: пора перестать убегать** от **и начать бежать** к.

— Не уловила вашу мысль, — призналась Джессика.

— Вы проделали долгий путь с материка. Та жизнь, от которой вы бежали, имела место давным-давно. Но она по-прежнему составляет значительную часть вас. Правда ведь? То, что вы делаете, о чем думаете, вы все еще пытаетесь бежать от нее.

По лицу Джессики покатилась слеза.

— Вы не понимаете, — сказала она. — Та моя жизнь была плохой. — Джессика стерла слезу, но вслед за ней побежали другие. — Она была очень плохой.

— Однако это больше не так. — Кейси потянулась и накрыла руку Джессики своей. — Может быть, пора перестать вкладывать такое количество времени, энергии и эмоций в бегство от жизни, которую вы не создавали? И приложить все то же самое к созданию жизни, какая вас устроит? — Кейси выпустила руку Джессики. — Вы работаете?

Джессика кивнула.

— У вас прекрасная машина, очень дорогая одежда, телефон последней модели, — продолжала Кейси. — Заметьте, я спрашиваю не с осуждением, но ради объективности. Зачем вам все это?

Джессика повернулась к ней. Помедлила.

— Я не говорю, что в этом есть что-то неправильное, — пояснила Кейси. — Все это очень хорошо. Я просто спрашиваю, почему вам так важно всем этим владеть?

— Просто я хочу доказать свою принадлежность... — ответила Джессика после долгой паузы.

— К чему?

Молодая женщина покачала головой и рассмеялась против воли:

— Не знаю. Наверное, я не хочу, чтобы люди увидели во мне ту, какой я была когда-то.

— А какая вы на самом деле? — спросила Кейси.

— Какая я? Простите, не поняла. Что вы имеете в виду?

— Ну, некоторые люди любят машины. Им нравится это ощущение, когда сидишь в хорошей машине. Им нравится устройство машины, нравится гул двигателя, когда они нажимают педаль газа. Они ценят симметрию дизайна, красоту автомобиля. Вы такая?

Джессика помотала головой:

— Нет.

— Другим нравится одежда. Их приводят в восторг последние веяния моды, они восхищаются креативностью дизайнеров. Такие люди умеют определять нюансы, которые делают каждый предмет одежды уникальным. Им нравится ощущение, которое создает каждый отдельный предмет. Это вы?

Джессика снова мотнула головой:

— Нет.

Кейси улыбнулась.

— Иногда, даже не сознавая этого, мы пытаемся доказать миру, что мы здесь не чужие. Вначале нам хочется, чтобы окружающие нас любили или признавали, видели в нас какую-то ценность. Потом в какой-то момент мы осознаем истину: мы всеми силами пытаемся принадлежать к клубу, в котором на самом деле не хотим состоять. А на самом деле мы хотим — больше всего на свете! — быть принятыми в наш собственный клуб. Да, мы хотим признания. Но в самой сокровенной глубине души мы не ждем, чтобы кто-то сказал, что мы — особенные. **Нам нужно, чтобы мы** сами **признавали, что** мы — **особенные.** И как только мы это сделаем, потребность в признании со стороны исчезает. Мы знаем, что мы особенные — совершенно независимо от других.

Джессика кивнула.

— Что заставило вас приехать сюда? — спросила Кейси. — На Гавайи?

— Я хотела научиться кататься на доске.

— Правда?

Джессика кивнула.

— Однажды я смотрела фильм об одном серфере. Он говорил о том, какую ощущаешь свободу, когда скользишь по волнам. И что, когда занимаешься серфингом, весь мир исчезает. Все, что ты чувствуешь, — это волны, доска и ощущение гармонии. — Она пожала плечами. — Наверное, это глупо.

— Вы катаетесь на доске?

Джессика помотала головой:

— Нет. Когда я сюда приехала, все было так дорого. Денег у меня было в обрез, так что я сразу пошла работать, чтобы платить за съемную квартиру и еду. Но все равно не могла свести концы с концами. Поэтому я взяла еще одну вечернюю работу. А потом не знаю. Просто в какой-то момент это стало казаться глупостью.

— Серфинг?

— Просто вся эта идея, что серфинг может означать свободу, гармонию и все такое.

— Вы по-прежнему бедны?

Джессика снова помотала головой:

— Нет. Я не имею в виду, что я богата, но ни в коем случае и не бедна.

Кейси улыбнулась.

— Мне все еще неясно, кто вы.

— В каком смысле?

— Ну, вы не та девочка, которая бежала от тяжелого детства. Вы не та бедная девушка, которая приехала сюда. Машина, одежда тоже не определяют вашу личность. Так кто же вы?

Улыбка сползла с лица Джессики.

— Я не знаю.

Кейси кивнула.

— Вот поэтому вы продолжаете бежать *от*, вместо того чтобы бежать *к*.

ГЛАВА 27

Мы с Майком по-прежнему были в кухне, занятые уборкой и беседой.

Он хмыкнул:

— Мы основательно поговорили на тему родительства, Джон. А ты не хочешь рассказать мне какие-нибудь новости?

— Ой, нет. Я, я... — Я улыбнулся. — На самом деле не знаю. Последние несколько лет были изумительными. По-настоящему. Я так рад, что нашел тогда ваше кафе! Оно изменило мою жизнь. И я хочу поблагодарить тебя за это.

Майк приложил руку к груди и шутливо поклонился.

— А теперь я вернулся и не очень понимаю почему, — договорил я.

— А как ты думаешь?

— Не знаю. Полагаю, мне нужно еще чему-то научиться или есть какая-то область, в которой мне следует развиваться.

Майк улыбнулся.

— Может быть. Или, может быть, на сей раз ты здесь, чтобы учить.

— Джессику?

— Возможно. Или Кейси, или Эмму, или меня.

Я рассмеялся.

— Не уверен, что смог бы научить вас тому, чего вы еще не знаете.

— Не будь так уверен. Ты жил изумительной жизнью с тех пор, как был здесь в прошлый раз. Я уверен, что ты многому научился по ходу дела.

Я согласно кивнул:

— Научился. И меня теперь гораздо больше устраивает моя жизнь и моя роль в общей картине, но...

— Но — «кто я такой, чтобы...», — подхватил Майк.

Я пожал плечами:

— Вроде того.

— Джон, первая фаза — это обрести достаточный комфорт в общении с самим собой, поверить в *себя*. Получить ясность относительно цели своего существования и начать реализовывать ее. Ты это сделал. И не только это. В какой-то момент любой на этом пути осознает, что **главным образом наш рост происходит благодаря вдохновенным моментам общения с другими. Кто-то говорит что-то такое, что ты запоминаешь навсегда.** Кто-то рассказывает тебе о концепции, которой ты пользуешься до конца своих дней. Когда это происходит, ты также начинаешь видеть, что чем большее согласие устанавливается между тобой и твоей ЦС, тем больше люди тянутся к тебе. Ты излучаешь такую энергию, какую нельзя подделать. Твоя аутентичность и ясность привлекают окружающих. В какой-то момент — это может быть случайный разговор, беседа с другом, который приходит к тебе за советом, — ты делишься своими знаниями с другим человеком. И видишь, как это меняет его жизнь. Так же как изменилась твоя жизнь, когда кто-то поделился чем-то с тобой. В этот момент приходишь к одному из великих озарений. Вопрос не в том, «кто я такой, чтобы учить, делиться, делать мир лучше, открыть свой бизнес, путешествовать по свету, влюбиться, написать песню». Можешь заменить это на любую свою сокровенную мечту. Вопрос в другом: *кто ты такой, чтобы этого не делать?*

ГЛАВА 28

Кейси улыбнулась Джессике.

— Вы когда-нибудь пользовались устройством *GPS* для водителей? Таким, которое автоматически определяет ваше местоположение? Потом вы вводите название места, куда хотите попасть, и оно дружелюбным голосом направляет вас туда.

Джессика рассмеялась.

— Конечно!

— Я выяснила, что именно так работает Вселенная.

— Что вы имеете в виду?

— Мы в своей жизни принимаем решения. Мы пробуем что-то сделать. Поворачиваем налево, поворачиваем направо, ходим кругами. — Кейси засмеялась.

Джессика улыбнулась в ответ, а Кейси продолжила:

— Порой у нас возникает ощущение, что мы настолько отклонились от курса, что никто и ничто не сможет вернуть нас обратно. — Она посмотрела на Джессику. — Понимаете, что я имею в виду?

— Пожалуй, что да.

— А теперь подумайте о навигаторе *GPS*. Сколько бы вы ни кружили, делая одно и то же, совершая одни и те же ошибки, сколько бы ни поворачивали налево, в то время как этот вежливый голос говорит вам повернуть направо, без всякого осуждения он, этот голос, продолжает гнуть свое: «Перестройка маршрута», а потом выдает вам все, что нужно знать, чтобы попасть туда, куда вы хотите попасть.

Джессика рассмеялась.

— Ой, правда, так и есть!

— Правда, — повторила за ней Кейси. — И точно так же работает Вселенная. — Она перестала раскачиваться на своих качелях и посмотрела на Джессику. — **Вы здесь ради чего-то важного. Ваша жизнь — не ошибка, не случайность, не нелепый результат совпадения. У вас есть цель, иначе вас бы не было здесь.** И хотя временами может казаться, что вы безнадежно заблудились и ни за что не смогли бы выбраться, помощь всегда наготове.

Что-то в словах Кейси задело Джессику за живое.

— Бывают моменты, когда мне кажется, что я забралась куда-то совершенно не туда, — тихо призналась она. — Даже теперь я часто чувствую себя такой потерянной.

Кейси улыбнулась.

— Пора включить вселенский навигатор *GPS*. — Она посмотрела на Джессику. — Слово «Бог» вам нравится?

Джессика непонимающе взглянула на нее.

— Нравится ли мне слово «Бог»?

— Угу.

— Не знаю. А что?

— Некоторым людям нравится так это называть. Им это больше подходит, чем «Вселенная».

— Это важно?

— Зависит от вас. Пока мы с вами разговариваем, я буду пользоваться словом «Вселенная». Это своего рода родовой термин. После того как у вас появится возможность подумать об этом, вы сможете выбрать любое слово, которое вам больше подходит. Их полно. Люди из разных мест, с разной биографией, говорящие на разных языках пользуются разными словами. Со временем слова тоже меняются, так что вы сможете выбирать из целого словаря.

— И что, одно из них чем-то лучше другого?

Кейси улыбнулась.

— Для некоторых людей — да.

— А для вас?

— Сущность того, о чем мы говорим, — сила столь могущественная, что она является частью любого живого создания. И не только на нашей планете, но и повсюду в глубинах космоса — насколько хватает космоса. И она существует не только сейчас, но и существовала так далеко в прошлом, насколько простирается прошлое. — Кейси улыбнулась. — С моей точки зрения, трудновато поверить, что что-то столь могущественное можно было бы объять одним-единственным названием. Думаю, скорее имеет значение намерение, стоящее позади запроса.

— И как пользоваться этой вселенской системой *GPS*?

— Тоже по-разному. От многого зависит.

— От чего, например?

— Например, от того, насколько вы заблудились. — Кейси бросила взгляд через лагуну. — Вы помните первый вопрос в меню нашего кафе?

Джессика кивнула:

— *Почему вы здесь?*

— Да, верно.

— Но что это значит? — спросила Джессика.

— Каков ваш первый шаг, когда вы пользуетесь системой *GPS*?

— Для начала я ее включаю.

Кейси рассмеялась.

— Отлично сказано! А следующий?

Джессика призадумалась.

— *GPS* определяет мое местоположение.

— Это она знает всегда. Следующий?

— Ввожу название места, куда хочу попасть.

— Это и есть ваш ответ на этот вопрос: «Почему вы здесь?» — или, если выразиться иначе, «В чем моя цель?», которую мы в этом кафе называем ЦС, целью существования. Это то же самое, что сказать Вселенной: «Вот куда я хочу попасть».

Джессика на пару секунд задумалась.

— Я просто теряюсь. Откуда мне знать, в чем состоит моя цель?

— Используйте функцию поиска.

— Что?

— Вы знаете. В навигаторе *GPS* есть функции поиска. Если вы не знаете точно, куда хотите попасть, можно задать тематический поиск. «Итальянские рестораны», «Интересные места», «Национальные парки».

Джессика засмеялась.

— Вот-вот, — подтвердила Кейси и улыбнулась. — Жизнь именно так и устроена.

— Понимаю, но не понимаю.

— Ладно. Представьте себе, что ведете машину. Уже довольно долго. Что может заставить вас прекратить движение?

Джессика задумалась.

— То, что я устала вести машину? — предположила она.

— Хорошо. А еще что?

— Я принимаю решение остановиться?

— Верно, но что происходит до этого?

Джессика растерялась.

— Просто задумайтесь на минутку, — предложила Кейси. — Что происходит прямо перед тем, как вы решаете остановиться?

— Я о чем-то думаю. Думаю о чем-то таком, чего хочу больше, чем вести машину. В моей голове возникает мысль или идея — и это намек: надо остановиться, — взволнованно протараторила Джессика.

Кейси кивнула.

— Вот и здесь то же самое. **Каждую секунду каждого дня мы получаем намеки.** Кто-нибудь вроде Джона упоминает о путешествии вокруг света, как он и сделал. Мы либо не испытываем интереса к подобным вещам, либо что-то внутри нас говорит: «Останови машину, давай отправимся туда! Мы же всегда хотели это сделать! Почему бы не сделать это прямо сейчас?»

— Так это тема — или какое-то конкретное место?

— Зависит от конкретного человека. Может быть, это не совсем ваша цель существования, но каким-то образом, в каком-то плане это по-настоящему важно.

— Когда мы с Джоном разговаривали, он рассказал мне о концепции ЦС и признался, что поначалу она его ошеломила, — проговорила Джессика. — Он начал с пяти вещей, которые больше всего хотел осуществить в своей жизни. Он сказал, что этот объем ему было легче охватить. А потом, пока он занимался их реализацией, его цель стала яснее.

Кейси кивнула:

— Для некоторых людей это отличный способ начать.

— А для других?

— Некоторые рождаются с готовым чувством своей цели. Они знают ее столько, сколько себя помнят. — Кейси помолчала. — Пожалуй, поделюсь с вами и этим. Вселенская *GPS* и водительская *GPS* имеют еще одну общую черту.

— Какую?

— Они следят за вами. И, опираясь на то, что видят, меняют указания, которые вам дают.

ГЛАВА 29

Я подошел к стойке в углу кухни и взял с нее свой рюкзак.

— Уходишь? Так скоро? — спросил Майк с улыбкой.

Я помотал головой.

— *Кто я такой, чтобы не делать этого*! Хочу записать, пока не забыл. — Расстегнув молнию рюкзака, я вынул свой блокнот «Ага!».

— Для чего это тебе? — поинтересовался Майк.

— Для таких вот моментов, — ответил я и черкнул для себя заметку на одной из пустых страниц. — Когда я в прошлый раз отсюда уехал, мой разум был настолько полон разных мыслей, идей и прозрений. Я знал, что если не запишу их, то часть непременно забуду. Так что сразу после того, как я нашел заправку, о которой ты говорил, я купил себе блокнот и начал вести записи своих «ага»-осознаний.

— А как ты определяешь, что это именно «Ага!»?

— Просто знаю. Это что-то такое, что приводит меня в движение, как только я это слышу. Иногда мелочи, например интересная информация или цитата. Однако по большей части это отличные примеры жизненной мудрости. Вроде той, которую ты только что открыл мне. Когда я помню что-то подобное, я знаю, что, если буду применять это там, где уместно, моя жизнь изменится в лучшую сторону.

— И поэтому ты все записываешь, — утвердительно проговорил Майк.

— Да.

— Хорошо, записал, а потом что ты делаешь со своими записями?

— Пролистываю их по вечерам, прямо перед тем, как лечь спать. Или, если у меня выдается тяжелый день, беру блокнот, выбираю случайную страницу и начинаю читать. Это поддерживает во мне дух.

Майк улыбнулся.

— Мне это нравится. Можно взглянуть?

— Конечно. — Я передал ему блокнот. Он открыл его наобум и прочел вслух: — *Я никогда это не утрачу. Ни единого мига. Теперь, когда я это прожил, оно мое навсегда.* К чему это относится? — спросил он с улыбкой.

— Однажды утром, когда шел первый год моих странствий, у меня случилось мощнейшее откровение. Сколько же много из того, что, как кажется, принадлежит нам, является иллюзией! Вещи ломаются, теряют свою ценность, оказываются добычей воров. А переживания принадлежат тебе навеки. Как только ты их ощутил, никто не может их отобрать. Не нужно платить налоги ради того, чтобы владеть ими, как, к примеру, когда у тебя есть дом. Не нужно запирать под замок, как золото или драгоценные камни. Они — твои. И ты можешь воспроизводить их снова и снова, сколько пожелаешь, в любой точке земного шара. То «Ага!», которое ты только что прочел, произвело на меня сильное впечатление. Оно значительно изменило мои представления о том, что я хочу делать с заработанными деньгами. Материальные вещи стали менее важными. На первое место вышли переживания.

Майк кивнул.

— Мне правда очень нравится. Забавно то, что я открыл блокнот именно на этом «Ага!». Буквально на днях один из наших посетителей рассказывал о том факте, который подтверждает твое откровение.

— То есть?

— Почти каждый пятый мужчина не доживает до пенсионного возраста.

— Да ты шутишь!

— Нет. Почти двадцать процентов мужчин умирают до того, как им исполнится шестьдесят пять лет.

— Невероятно! И очень грустно. Как вышло, что я никогда прежде об этом не слышал? — Я протянул руку. — Дашь мне на минутку блокнот? Это «Ага!» я хочу записать.

Майк улыбнулся и перебросил блокнот мне.

— Как не повезло всем этим людям, которые копят и копят на пенсию, а потом не получают возможности воспользоваться накоплениями!

— Да уж, это не шутки, — отозвался я, быстро записал новое «Ага!» в блокнот, потом поднял взгляд. — А этот ваш гость говорил еще что-нибудь умное?

— Говорил. Его как-то раз позвали на телеинтервью для дискуссии о том, что делать с суммами налоговых вычетов. Копить эти деньги или тратить? И он провел вычисления, чтобы определить, каким должно быть реальное решение.

— А разве это не решение «копить или тратить»?

— Отчасти. Хотя, как ты обнаружил со своими «Ага!», у слова «тратить» есть разные значения. Он хотел найти пример того, что это может означать в терминах переживаний.

— И?

— Просто изумительно. Он провел анализ, опираясь на допущение о том, что выплаченная сумма составляет пять тысяч долларов. И вот в чем вопрос: потратить эти пять тысяч или оставить на пенсию? Он собрал все исторические данные по фондовому рынку. Потом сравнил их с исторической инфляцией и вычислил, какой будет действительная ценность пяти тысяч долларов в будущем. Этому мужчине сейчас сорок два года, так что деньгам предстояло бы расти двадцать три года, прежде чем он достигнет пенсионного возраста.

— И что показали результаты?

— Ну, как ты можешь предположить, если бы он не потратил эти деньги, они выросли бы. В итоге он мог бы потратить больше, выйдя на пенсию. — Майк помолчал. — Но это того не стоило бы, когда наш гость взглянул на дело с точки зрения опыта.

— Почему?

— Ну, как он объяснил в том телеинтервью, он понял, что его решение будет таким: он может в этом году взять жену и двух детей-подростков в автомобильную поездку по Скалистым горам. Они могли бы ходить в походы, жить в палатках, рыбачить, сплавляться на плотах по горным рекам, прыгать с тарзанки, кататься на горных велосипедах — и еще много чего. И все это было бы отличным семейным отпуском, который оставит массу замечательных воспоминаний. Которые, согласно твоему «Ага!», принадлежат человеку навсегда.

Майк сделал паузу и глотнул воды.

— Или он мог отложить эти деньги и дать им обрасти процентами. Через двадцать три года они выросли бы настолько, чтобы он мог себе позволить две такие поездки.

— Вот только его дети тогда уже не будут подростками, — подхватил я. — И он лишился бы двадцати трех лет смеха и улыбок при каждом воспоминании об этой поездке. Не говоря уже о том, что сплавляться на плоту по горной реке, прыгать с тарзанки и заниматься прочими приятными вещами чуточку легче в сорок два года, чем в шестьдесят пять.

— Особенно если ты тот самый один из пяти, который не доживет до шестидесяти пяти, — добавил Майк.

— Это точно, — отозвался я. — Ого! Если посмотреть на дело с этой стороны, отказ от такого приключения кажется крайне неудачной сделкой. — Я недоверчиво посмотрел на Майка. — Послушай, ты уверен, что твой гость был прав насчет этих цифр?

Майк пожал плечами.

— Я *знаю,* что он прав. Он рассказал мне все в подробностях. И он не только посетитель нашего кафе, но и мой финансовый консультант. На цифрах он, знаешь ли, собаку съел.

— И что, он рассказал эту историю во время телеинтервью?

— Да. Он объяснил, что не имеет в виду, что откладывать деньги вообще не стоит. Он горячий сторонник системы, при которой у тебя в сбережениях есть сумма, составляющая как минимум полугодовую, а то и годовую твою зарплату. Он и не думал отговаривать людей от инвестиций в пенсию. Однако, как он выразился, надо сознавать, каковы твои истинные решения в жизни. Большинство людей работают, чтобы заработать денег. Так что вкладывать их надо такими способами, которые обеспечат тот реальный доход, к которому ты стремишься. В его случае реальный доход в виде фантастических трех недель отпуска, полных великолепных семейных приключений, которые затем станут прекрасными семейными воспоминаниями, имел особую ценность. Ценность более важную для него, чем возможный шанс получить два подобных отпуска двадцать три года спустя.

ГЛАВА 30

Джессика бросила на Кейси смущенный взгляд.

— Вселенная и *GPS* за нами наблюдают?

— Ага.

— В каком плане?

— Новые GPS-устройства снабжены технологией, которая использует алгоритмы для анализа вашего поведения. Например, если вы часто указываете в качестве места назначения итальянские рестораны, система начнет выдавать списки итальянских ресторанов даже без вашей просьбы. Или, если не итальянские рестораны, это могут быть национальные парки, водопады или торговые центры. Система отслеживает все, на что вы тратите свое время, и потом дает вам возможность тратить на это больше времени.

— И, вы говорите, то же самое делает Вселенная? — повторила Джессика.

— Да. Видите ли, Вселенная не только слушает. Она еще и наблюдает.

— Что означает…

Кейси улыбнулась.

— Что означает: когда человек говорит, что ему нужна другая жизнь — например, больше свободы, более приятная обстановка, а потом тратит по сорок-пятьдесят часов в неделю, работая в офисе на самодура-начальника, который скверно с ним обращается...

— То так же, как *GPS,* Вселенная дает ему еще больше того, от чего он на самом деле хочет убежать, — договорила Джессика.

— Именно. Словно Вселенная говорит: «Ого, поглядите-ка, как часто он тратит на это время! Должно быть, ему это НРАВИТСЯ! Давайте-ка ему еще подбавим». — Голос Кейси стал глуше. — И это касается не только работы. **Вселенная наблюдает за всем. За типами отношений, в которые мы вкладываем время и энергию, за типами мыслей, которые мы подолгу обдумываем... Даже за нашими переживаниями, которые движут этими мыслями.**

— Ох ты, какая она, оказывается, мстительная, — заметила Джессика.

Кейси отрицательно покачала головой.

— Понимаю, почему так может показаться. Однако это не мстительность. Это основано на простом посыле: мы — создания, обладающие свободой воли. Мы выбираем, что нам делать, как нам это делать, где тратить свое время, с кем общаться. Логично предположить, что мы будем выбирать те вещи, которые вызывают у нас позитивные эмоции: радость, любовь, довольство, счастье, возбуждение. Так что Вселенная не мстительна, на самом деле она — щедрый даритель. Основываясь на наших действиях, мыслях, намерениях, она снабжает нас как раз тем, чего мы хотим, если судить по нашим действиям.

Джессику пробрала дрожь. Кейси заметила ее реакцию.

— С вами все в порядке?

Джессика кивнула.

— Сильная идея!

— Да, действительно. Осознать, что в любой момент у нас есть доступ к этой невероятной навигационной системе! И что, как бы мы безнадежно ни сбивались с курса, она может направить нас на путь истинный. А еще осознать, что этой навигационной системой управляем *мы сами*. Она реагирует на *наши* поступки, что означает: мы не просто актеры в этой пьесе, но и режиссеры.

Джессика посмотрела на Кейси.

— Как мне к ней подключиться?

— Вы уже подключены. Вы не можете отключиться. Каждый момент создается вами и этой направляющей силой совместно. Вы демонстрируете, чего хотите, вселенская *GPS* создает согласующиеся с этим возможности.

— Но мне не нравится поведение моего навигатора. Я хочу, чтобы он перестал подсовывать мне те возможности, которые я получаю.

Кейси улыбнулась.

— Введите новый пункт назначения. **Начните демонстрировать вселенской GPS свои новые предпочтения.**

— И что, все так просто?

Кейси кивнула:

— Да, все так просто.

Джессика пару минут раздумывала.

— И сколько времени уйдет, прежде чем она начнет предлагать мне новые возможности?

— Бывает по-разному. Насколько четкий сигнал вы намерены послать о том, чего вы действительно хотите? Когда люди говорят, что хотят разорвать неудачные отношения, а потом возвращаются к таким же снова и снова, вот какое они посылают сообщение: *я хочу больше таких неудачных отношений.* Что они при этом говорят — не имеет значения. Важно то, что они делают. Так же как с автомобильным навигатором *GPS*, каждый из нас создает определенную историю. Поначалу эта история определяет то, что будет нам предложено. Но когда алгоритм видит, что мы больше не запрашиваем итальянские рестораны, а запрашиваем вместо них китайские...

— ...система перестает предлагать итальянские и начинает предлагать китайские, — договорила Джессика.

— Точно. Навигатор не пытается нам за что-то отомстить. Он не думает: «О, надо проверить, смогу ли я убедить хозяина снова поужинать в итальянском».

Джессика рассмеялась:

— О да, эта темная сторона *GPS*!

— Нет у нее никакой темной стороны. Она учится, предлагает варианты и адаптируется, опираясь на нас.

Глаза Джессики внезапно расширились:

— И что, я могу ее стереть?

Кейси улыбнулась:

— Что вы имеете в виду?

— В своем автомобильном навигаторе я могу стереть историю поиска. Я могу убрать свои 50 запросов по итальянским ресторанам. Так я начинаю все заново. Мне не придется 51 раз побывать в китайских ресторанах, прежде чем система поймет, что теперь они интересуют меня больше итальянских. В ту же минуту, когда я иду в китайский ресторан, она воспринимает это как мое новое предпочтение.

Джессика разволновалась. Кейси видела это по ее глазам.

— Так это можно сделать? — повторила вопрос Джессика.

Кейси кивнула.

— Молодец, Джессика! Вы только что вычислили одну из самых сильных сторон вселенской *GPS*.

Джессика засияла.

— Я рада. Но как ею пользоваться? Как стереть историю?

— Совершить перемену.

— Нет, я хочу не просто перемен! Я хочу стереть свое прошлое. Так же, как в автомобильной *GPS*.

— Они не совсем одинаковы, Джессика. Ваше прошлое — это ваше прошлое. Его нельзя полностью стереть таким образом.

Джессика мгновенно увяла.

— Но ведь вы, кажется, сказали, что это можно сделать? Кажется, вы сказали, что я вычислила одну из самых сильных сторон вселенской *GPS*?

ГЛАВА 31

Я сделал еще пару заметок в своем дневнике.

— Это отличная история, Майк. Похоже, твой финансовый консультант — очень интересный тип. Хотел бы я как-нибудь с ним познакомиться.

Майк кивнул.

— Да, интересный. Его взгляд на то, чем он занимается, сильно отличается от воззрений большинства его коллег.

— И этот взгляд кажется очень настоящим, — подхватил я. — Никакой попытки приукрасить вещи или заставить их казаться тем, чем они не являются.

— Вот поэтому его бизнес намного успешнее, чем у других, — добавил Майк. — И поэтому он намного счастливее других. Как он говорит, «трудно быть счастливым, если ты весь день уговариваешь людей делать то, что им, как ты прекрасно знаешь, не на пользу». — Майк улыбнулся. — У него, кстати, есть еще одна примечательная черта. Очень сильная.

— Что за черта?

— Дай немного подумать, чтобы правильно сформулировать. — Майк ненадолго умолк. — Итак. Представь, что у тебя есть тысяча долларов, которые ты хочешь куда-то вложить.

— Представил.

— В первый год ты теряешь на своих вложениях пятьдесят процентов.

— Как-то не слишком оптимистично.

— Но в следующий год ты получаешь пятьдесят процентов прибыли.

— Это мне нравится больше, — с улыбкой отметил я.

Майк тоже заулыбался.

— И каков твой средний доход за два года?

Я призадумался.

— Посмотрим, минус пятьдесят процентов в первый год, плюс пятьдесят во второй. Средний доход — ноль.

— Верно. А сколько денег у тебя будет под конец второго года?

— Тысяча долларов. Поскольку доход нулевой, у меня по-прежнему есть тысяча долларов. — И тут я умолк; я понял, что что-то не так. Но все расчеты вроде бы правильны. — Ух ты, — проговорил я через минуту. — Так это же не тысяча долларов. Это намного *меньше* тысячи долларов!

Майк кивнул.

— Эта минутная путаница, которая случилась с тобой, — основа одного из самых интересных «Ага!», которыми поделился мой друг. Ты прав. Это не тысяча долларов. Ты начинаешь с тысячи и теряешь пятьдесят процентов. Что означает, что у тебя осталось…

— Пятьсот долларов, — ответил я.

— Точно. Потом ты получаешь на них пятьдесят процентов прибыли. Итак, у тебя...

— Семьсот пятьдесят, — ответил я. — Ужас какой! Я на самом деле лишился 25 процентов своих денег, пусть даже средний доход за два года равен нулю!

Майк кивнул и продолжил:

— И все же какое число все называют, говоря о доходе на вложения?

— Проценты?

Майк снова кивнул.

— Точно. И этот факт — одна из тех вещей, которые действительно тревожат моего друга. Это путает людей и скрывает их истинные доходы. Потому что они получают ложную информацию, принимают неудачные решения и в результате не могут жить той жизнью, какой хотят жить. Так что он занимается развенчанием мифов, чтобы люди могли принимать верные решения. Решения, которые дают им возможность реализовать свою цель существования как можно полнее.

Я кивнул.

— Не вдаваясь в технические подробности, можно задать тебе один вопрос?

— Конечно.

— Если на показатели средней доходности нельзя положиться, то какой показатель лучше для этого подходит, по словам твоего приятеля?

— Он называется ССПР — сложный средний процент роста.

— У меня сейчас глаза на лоб полезут, — предупредил я с улыбкой.

— Реальность проще названия, — ответил Майк. — Это означает, что если ты посмотришь на то, что у тебя есть вначале, потом на то, что у тебя есть в конце, то каков будет твой действительный средний доход на вложенные деньги? Ты уже вроде как сделал это с нашим примером.

— Я сделал?

— Ага. Ты осознал, что, если мы начинаем с тысячи долларов, а через два года у нас остается 750 долларов, то мы теряем 25 процентов денег. Так что действительная доходность отрицательная, минус 25 процентов.

Я вписал еще пару заметок в дневник с «Ага!».

— Значит, если я хочу знать правду, мне следует спрашивать, какова действительная доходность, а не средняя?

— Верно. Как говорит мой друг, единица — это истина, и единица — хороший способ скрыть истину. Лучше докапываться до истины.

— Все это довольно печально, — проговорил я.

— Что именно печально?

— Что люди не говорят так, как оно есть.

— Это одно из величайших приключений в жизни. Когда осознаешь, что не у всех моральный компас указывает в одном и том же направлении. А потом принимаешься искать таких людей, чей моральный компас направлен так же, как твой, чтобы наполнить ими свою жизнь.

ГЛАВА 32

— Ваше прошлое является вашим прошлым не без причины, — втолковывала Кейси. — Если бы оно не было вашим прошлым, этого момента не существовало бы.

— Но мне не нравится мое прошлое.

— Это нормально. Вы и не обязаны любить его целиком. Вы также не обязаны воскрешать его. Когда вы признаете роль, которую оно сыграло в том, чтобы подвести вас к этому мгновению, этого будет достаточно.

Кейси посмотрела на Джессику.

— Если отойти на достаточное расстояние, мы видим смысл во всех вещах. Гораздо легче сделать это, когда знаешь свое новое место назначения для вселенской *GPS*. Как только оно прояснится в мыслях, можно увидеть пути, которые различные части прошлого приготовили для вас, чтобы вы добрались до этого нового места назначения. Вы видите, что на самом деле не все это время заблуждались. **Вселенная всегда была с вами. Помогала вам, вела вас, готовила вас к тому моменту, когда вы выберете свою ЦС и скажете: «Вот куда я хочу попасть».**

— Значит, нет необходимости ничего стирать?

Кейси покачала головой:

— Нет.

— Тогда почему вы говорили, что она такая мощная?

— В водительском навигаторе кнопка «стереть» обладает большой силой. Она перезагружает компьютер, и вы начинаете все заново. В жизни то же самое проделывает большая перемена. Она посылает очень сильный и ясный сигнал Вселенной, чтобы та начала перезагрузку.

— И насколько велика бывает эта «большая» перемена?

— Зависит от конкретного человека. Это может быть прекращение отношений. Или ровно наоборот — решение раскрыть свое сердце и позволить отношениям начаться. Чем разительнее перемена, чем больше энергии и времени вложено в направлении этой новой перемены, тем сильнее и яснее посланный сигнал.

— И основательнее перезагрузка? — спросила Джессика.

— И тем основательнее перезагрузка. Демонстрируйте намерения со всей страстью, ясностью и убежденностью — и Вселенная ответит в том же духе.

— Трудно даже вообразить…

— Подумайте о своей жизни вплоть до настоящего момента. Самый простой способ осмыслить все это. Когда вы подумаете о том, как изменилась или не изменилась ваша жизнь в разных точках, вы увидите, что теперь все обретает смысл.

Джессика несколько секунд осмысливала сказанное, потом резко поднялась с качелей.

— Все в порядке? — спросила Кейси.

Джессика кивнула и улыбнулась.

— Лучше, чем в порядке. Я почему-то чувствую себя легкой. Словно, не знаю… Наверное, это безумно звучит, но словно я вот-вот взлечу.

Она посмотрела на Эмму и Софию, игравших на пляже.

— Я вернусь, — сказала она и сбросила туфли.

— Куда вы? — с улыбкой спросила Кейси.

Джессика уже бежала к девочкам.

— Собираюсь спросить Эмму, научит ли она меня кататься на доске! — крикнула она в ответ.

ГЛАВА 33

Я услышал звуки смеха еще до того, как увидел их — Кейси, Джессику и Эмму.

— Должно быть, там случилось что-то хорошее, — сказал я Майку. — Такая перемена энергии! Я слышу это в их смехе.

Майк кивнул и поднялся с табурета, на котором сидел.

— Пора начать работать над досками для серфинга. Нам понадобится парочка дополнительных.

— А кто собирается… — начал было я спрашивать, но Майк уже выходил за дверь.

— Джон! Джон! Хочешь пойти с нами?

Это была Эмма. Она бежала по тропинке. На ее личике красовалась широчайшая улыбка.

Я выглянул из окошка раздачи.

— Привет, Эмма!

— Хочешь пойти с нами? — повторила она. — Мы идем кататься на досках. Джессика хочет, чтобы я ее учила. Ты пойдешь?

Ничего себе. И откуда только Майк знал?

— Разумеется, — сказал я Эмме. — С удовольствием.

Через пару минут по тропинке подошли Джессика с Кейси. Их энергетика и правда изменилась. Джессика выглядела такой живой по сравнению с тем, какой была пару часов назад! Она улыбалась, смеялась, казалась взволнованной. Словно сбросила с себя тяжелую ношу и теперь стала настолько легкой, что могла бы ходить по воздуху.

— Похоже, вы неплохо провели время, и качели оправдали ожидания, — заметил я, когда они подошли к кафе.

— Судьбоносно хороши, я сказала бы! — воскликнула Джессика и оперлась ладонями на стойку. — Мы собираемся кататься на досках, — сказала она тоном, которого я не ожидал от нее прежней. Ее голос, ее теперешний вид были полны жизни и веселья.

— Ты с нами, Джон? — спросила Кейси.

— Еще бы! Кстати, я только что говорил Эмме, что пошел бы с радостью. — Я быстро оглядел кафе. — Но если кто-то должен остаться здесь, то я обо всем позабочусь.

— Нет необходимости, — ответила Кейси. Она вошла в кафе и, покопавшись под кассовым аппаратом, вынула какую-то деревяшку с тесемками.

— Идеально, — пробормотала она.

— Что это? — поинтересовался я.

— Подарок одного из наших гостей. — Она повернула деревяшку, отшлифованную и продубленную океанской водой, чтобы я мог разглядеть надпись.

Мы живы-здоровы. Вернемся позже.

Кейси вышла и повесила ее на входную дверь — каждый, кто подойдет к кафе, увидит ее.

— А почему именно «живы-здоровы»? — спросил я, когда мы шли к кухне.

— Правда, прекрасное выражение? — ответила она вопросом и принялась наносить крем от загара. — Меня научил этому один из наших гостей. Он сказал, что большинству людей иногда хочется позвонить на работу и сказаться больным. В сущности, они с трудом тащатся по жизни, пока им не становится тошно настолько, что они вынуждены дать себе передышку. И время этой передышки они проводят, оправляясь от того, что изначально стало причиной их недомогания. А потом возвращаются ровно к тому же. Так вот, этот гость сказал, что одним из его величайших озарений было решение время от времени дарить себе возможность «сказаться здоровым». Так что в один прекрасный день, когда его энергетика говорит ему «пора», **он звонит на работу, говорит, что «жив-здоров», но сегодня не придет, и занимается тем, что приносит ему наибольшее удовольствие в жизни.**

— Да, чудесное выражение, — хмыкнул я, полез за блокнотом и быстро написал: «Позволять себе время от времени сказаться "живым-здоровым"».

Кейси скосила глаза на блокнот.

— Что, подхватил интересную мысль?

— И продолжаю подхватывать.

Она закрутила колпачок тюбика с кремом и кинула его мне.

— Пойдем кататься на досках!

ГЛАВА 34

Я вышел из мужской комнаты и направился к задней двери. Джессика как раз выходила из женской.

— Все готово к серфингу? — окликнул я ее.

Она улыбнулась.

— Абсолютно. Я так рада, что сегодня утром забросила в машину купальник! Когда эта мысль у меня мелькнула, она показалась мне чистым безумием. Однако, как я ни пыталась ее игнорировать, что-то продолжало твердить мне: «ВОЗЬМИ ЕГО!» — Она засмеялась. — Теперь я понимаю, для чего и почему.

— Прекрасно, — отозвался я. — У меня было похожее ощущение, когда я проснулся. Я собирался отправиться на велосипедную прогулку, но что-то подсказывало мне сделать то же самое — *«возьми плавки»*. И теперь я тоже понял зачем.

Мы вышли из кафе на песок, миновали столики. Эмма с Майком уже ждали нас. Майк выстроил рядком пять досок для серфинга, прислонив их к ветви дерева.

— А где Кейси? — спросила Джессика.

— Она побудет здесь, — ответила Эмма. — Она уже хорошо катается, так что может пропустить урок.

Как раз в этот момент задняя дверь кафе распахнулась, и я увидел Кейси. С ней кто-то был.

— Надо же, какое яркое сегодня солнце, — сказал я и заслонил глаза козырьком ладони. Солнце и вправду жарило в полную силу, так что я едва мог разглядеть Кейси и ее спутника.

— Да уж, не шутки. — Джессика тоже прикрыла глаза ладонью.

— Папа, это же… — начала Эмма.

Майк улыбнулся и наклонился к ней:

— Кокосик, ты не могла бы сама поучить Джессику? Займись подготовкой на берегу, а я пойду поздороваюсь с нашим гостем. Потом помогу с обучением на воде. Хорошо?

— Конечно, — согласилась Эмма.

Майк обнял ее и поцеловал в макушку.

— Спасибо, Кокосик!

— Папа, — окликнула его Эмма, когда он выпрямился. — Па-ап!

Майк улыбнулся.

— Что такое?

Эмма знаком попросила его снова нагнуться, а когда он повиновался, что-то шепнула ему на ухо. Он снова улыбнулся и ответил:

— Ладно.

Услышав это, Эмма помчалась к кафе.

— Никуда не уходите! — крикнула она через плечо.

Я не убирал ладонь от лица, наблюдая за ней. Однако свет слишком резал глаза. Мне показалось, Эмма обняла незнакомца, но разглядеть что-то было трудно. Вглядываясь, я на миг ощутил что-то очень знакомое в этом человеке. Но глазам было больно, и мне пришлось на некоторое время совсем зажмуриться.

— Джессика, эта доска для вас, — раздался голос Майка. — Джон, а ты попробуй вот эту.

Я повернулся к нему. Майк стоял рядом с досками и указывал на две из них. Мы с Джессикой подошли.

— Джессика, вы когда-нибудь занимались серфингом? — спросил Майк.

— Никогда.

— Что ж, значит, сегодня вас ждет начало чего-то восхитительного.

Она улыбнулась:

— Оно уже началось — в какой-то мере.

— Ну, тогда будет еще лучше. Итак, начнем с основ и прежде всего научимся носить доску. Потом пойдем в воду и покатаемся на волнах. Эмма — опытный серфер. Так же, как Кейси и я. Да и Джон, думаю, ненамного от нас отстал.

Майк был прав. Не сказать, чтобы я был мастером, но имел вполне достойный опыт серфинга. Я никогда не говорил ему об этом, но он просто *знал* — как и многие другие вещи.

— Итак, как надо держать доску, — начал Майк.

— Я готова! Я готова, пап! — раздался голосок Эммы.

Мы обернулись и увидели, что она со всех ног мчится к нам.

— Я готова!

Майк улыбнулся.

— В таком случае я препоручаю дело одному из наших лучших инструкторов. — Он погладил Эмму по голове. — Зови меня, если буду нужен. Через пару минут встретимся на пляже.

Пока Майк шел к кафе, Эмма схватила свою доску.

— Ты непременно ПОЛЮБИШЬ серфинг, Джессика! — пообещала девочка звенящим от возбуждения голосом. — Однако, прежде чем ты войдешь в воду, важно понять основы.

Эмма положила свою доску на песок.

— Давайте так, возьмите свои доски и аккуратно положите их на песок рядом с моей.

Мы с Джессикой послушно положили доски на песок, развернув их к океану.

— Серфинг — это немного техники, немного умения держать равновесие и много ритма и энергии, — заговорила Эмма. — Я покажу вам часть техники здесь, а остальное мы будем выполнять в воде.

Я улыбнулся. До чего же эта семилетняя девочка уверена в себе, в своих знаниях, как бесстрашно о них рассказывает! И учит тому, что знает и умеет, нас, людей, которые намного старше ее!

Следующие двадцать минут Эмма обучала Джессику основам. Как нести доску. Как выбраться за пределы бич-брейка к спокойным водам. Как вставать на доску, когда ловишь волну. Какой должна быть правильная позиция ступней и рук, чтобы удерживать равновесие. Как безопаснее всего падать, если начнешь заваливаться.

— Самая распространенная ошибка — это когда люди пытаются встать слишком рано, — говорила Эмма. — Помни, когда начинаешь чувствовать, как волна с ускорением гонит тебя вперед, продолжай грести!

Это лишь начало чего-то восхитительного. Почувствовав ускорение, загребай поглубже тремя хорошими гребками. Потом вставай и наслаждайся. Если попытаешься встать сразу, ничего не получится, ведь ты еще недостаточно прониклась энергией волны. Твой вес будет слишком большим, и ты окажешься позади волны.

— И что тогда будет? — поинтересовалась Джессика.

— Ну, тогда ты упустишь волну. Она прокатится под тобой, и ты окажешься на ее задней стороне. К тому же — и это важно — будет потеряна вся начальная энергия, которую ты вложила. Тебе придется снова выгребать обратно от бич-брейка. А когда волны хорошие и большие, на это уходит много времени и сил. — Эмма заулыбалась и, подтанцовывая, пропела: — Ты же хочешь заниматься *серфингом,* а не греблей!

Это был отличный совет. Когда я учился серфингу, никто не говорил мне о трех дополнительных гребках. Помню, я потратил целое утро, пропуская волны и изнуряя себя необходимостью выгрести за бич-брейк.

Джессика улыбнулась.

— Ладно, тренер! Давай я перечислю то, что мне нужно делать, когда я буду там, просто чтобы убедиться, что я все поняла. Вначале я выбираю свою волну. Сделав это лежа на доске, я с помощью рук разворачиваюсь и занимаю позицию, чтобы поймать волну. Потом начинаю грести. Почувствовав энергию волны, я не останавливаюсь. Делаю еще три мощных гребка. Потом встаю и оседлываю волну.

Эмма сверкнула улыбкой.

— Все верно! Ты все уловила, Джессика.

ГЛАВА 35

Я улыбнулся. С момента моего прошлого визита в кафе я несчетное число раз осознавал, что маленькие уроки всегда связаны с большими. Когда я слушал, как Эмма учила Джессику серфингу, это осознание настигло меня снова.

Все, что она рассказывала, могло бы стать частью курсов занятий на тему жизни.

Выбери волну.

То же самое, что выбрать, куда ты хочешь отправиться. Это твоя цель существования. Или, в моем случае, моя «Большая пятерка для жизни», а потом ЦС, поскольку ЦС была поначалу для меня слишком грандиозным предметом, который я не мог охватить.

Займи позицию вместе с доской, чтобы поймать волну.

Отражение того, как ты занимаешь позицию, чтобы жить той жизнью, которой для себя хочешь. Сопряжение мыслей, эмоций и поступков с намерениями. Тратить ресурсы в согласии с жизнью, которой хочешь жить. Даже физически поместить себя в нужную среду, чтобы получать переживания, которые для тебя желанны. Включить себя в правильную обстановку или окружение правильных людей, чтобы получить наилучший шанс на успех.

Начинай грести.

Предпринимай шаги. Начни приключение. Попробуй! Сколько раз я встречал людей с изумительными мечтами, — но они не делали ничего, чтобы эти мечты стали реальностью.

Когда почувствуешь энергию волны, не останавливайся. Продолжай грести, сделав еще несколько гребков, чтобы попасть в поток.

Как часто я видел, что люди сдаются в момент, когда оказались как раз на пороге чего-то грандиозного! Им мешают страхи, или же они становятся ленивы в своих действиях или намерениях. Поток никуда не делся, но они остановились, вместо того чтобы нырнуть в него. А потом им приходится прикладывать массу времени и энергии, просто чтобы начать все заново.

Скользи по волне.

Наслаждайся! Когда только и делаешь, что гребешь да гребешь, жизнь становится скучной. Ты сам себя выжигаешь. **Смысл не в том, чтобы вечно готовиться к наслаждению жизнью, а в том, чтобы действительно наслаждаться ею. Скользить по волне.**

Все это было здесь. Так просто! Так серьезно! И всему этому учил семилетний ребенок.

— Ладно, — сказала Джессика. — Я готова. Давайте пойдем в воду.

— Вначале потренируемся, — поправила Эмма и указала на лежащие на песке доски.

— На песке? — удивленно уточнила Джессика.

— Ага. Мы овладеваем техникой в безопасной и легкой обстановке — на песке. Здесь нас не собьют с ног волны. Таким образом, когда мы заберемся в воду, ты уже привыкнешь к тому, что надо делать, и это не будет тебя пугать. Итак, все на доски и приготовьтесь грести! — взволнованно воскликнула Эмма и улеглась на свою доску.

Я улыбнулся и тоже лег на доску. *Еще один отличный жизненный урок,* подумал я про себя.

ГЛАВА 36

— Ну, все готовы серфить?

Это был Майк. Они с Кейси держали в руках доски и шли к нам по берегу.

— Почти, — отозвалась Джессика. Она повернулась к Эмме. — Можешь показать мне еще разок?

— Конечно!

Эмма тренировала Джессику выталкивать тело на доску и подниматься на ноги, а потом следить за тем, чтобы ноги и руки были в правильном положении, позволяя держать равновесие.

— Ты готова, — констатировала Эмма. — Следующая остановка — ВОЛНЫ!

Она сплясала на песке короткий танец.

Майк подхватил ее на руки и перевернул вниз головой.

— Серфинг вверх ногами!

Эмма хохотала и выворачивалась.

— Еще, еще! — кричала она, когда он поставил ее на песок. — Еще разок!

Он повторил, и она хохотала пуще прежнего.

— Ладно, — сказал он, снова опустив дочку. — Поехали!

Эмма возглавила нашу процессию. Добравшись до кромки воды, она закрепила на щиколотке петлю доски и ринулась в волны вместе с ней.

— Все в порядке? — спросила Кейси у Джессики.

Джессика все еще возилась со своей петлей.

— Пять минут назад, на берегу, все было предельно ясно, — пожаловалась она. — Я была совершенно уверена, что готова попробовать. Я даже думала, что нам следовало начинать прямо в воде. И вот мы здесь. — Джессика окинула взглядом прибой. — У меня сердце колотится.

Кейси улыбнулась.

— Есть очень тонкая разница между чувством страха и возбуждением, — сказала она. — Порой, когда некоторое время не позволяешь себе испытывать возбуждение от жизни, это различие забывается.

— Я не хочу упасть, — сказала Джессика.

— Но только так можно научиться подниматься, — возразила Кейси и положила свою доску на воду. — Давай! Мы все время будем рядом с тобой. — Она как-то незаметно перешла на «ты», обстановка располагала.

Кейси бросила взгляд на меня. Я улыбнулся в ответ.

— Не отступай, Джессика, все получится!

— У тебя есть для нее какое-нибудь «Ага!», Джон? — спросила Кейси.

К этому времени я уже лежал на доске и начинал потихоньку грести в океан. Я чуточку развернулся и сказал:

— Каждый эксперт поначалу ничего не смыслит в том, в чем потом станет экспертом.

Джессика положила доску на воду и легла на нее.

— Что ж, пора начать становиться экспертом, — произнесла она и начала грести.

ГЛАВА 37

Майк и Эмма были отличными учителями. Они начали с Джессикой на спокойной «белой воде». Майк придерживал для нее доску и подталкивал как раз в нужный момент. Эмма катилась на доске рядом и смотрела, что Джессика делает верно, а что неверно, а потом давала ей пояснения.

Первые четыре раза Джессика падала. Но потом, с пятой попытки, встала и прокатилась на доске до самого берега. Эта попытка, конечно, была не из тех, что входят в классику серфинга. Она шаталась, качалась и едва не падала. Но она это сделала.

Мы подбадривали ее изо всех сил.

Мало-помалу, волна за волной, она чувствовала себя все увереннее. Похоже, она начала становиться экспертом. Вскоре ей уже не нужно было, чтобы Майк подталкивал ее. Она разобралась в ритме волн и могла справляться самостоятельно. Через некоторое время — и по своей инициативе — Джессика решила, что с нее хватит серфинга по «белой воде», и начала пробовать волны.

— У нее отлично получается! — взволнованно сказала Эмма. Девочка некоторое время оставалась рядом с Джессикой на небольших волнах (та все еще держалась поближе к берегу), а теперь выгребла чуть дальше, туда, где были мы с Кейси и Майком.

— Ты очень хороший тренер, Эмма, — похвалил я. — И ты молодец, что так долго оставалась рядом с ней на маленьких волнах. Особенно если учесть, как я слышал, что ты без проблем справляешься с большими.

Эмма пожала плечами.

— Так меня папа учил.

— Знаешь, что я тебе скажу, Кокосик, — проговорил Майк и похлопал по доске Эммы, — я на какое-то время сменю тебя и присмотрю за Джессикой, если ты хочешь покататься на больших волнах с Джоном и Кейси.

Эмма кивнула:

— Хорошо.

— Сможете приглядеть за ней? — спросил он нас, указывая на Эмму.

— Без проблем, — ответил я. — Я все равно здесь по большей части отдыхаю.

Майк кивнул.

— Позови меня, если понадобится, Кокосик.

Он развернул свою доску к берегу и погреб к Джессике.

— Идут большие волны, — заметила Эмма.

Я оглянулся: приближалась длинная вереница волн.

— Все твои, — сказал я и улыбнулся. — Моим плечам надо немного передохнуть.

Я уселся на доску верхом. Кейси сделала то же самое. Эмма развернулась и начала грести. Большая волна прошла под нами, и на мгновение мы перестали видеть Эмму. Я знал по опыту, что она изо всех сил гребет по ту сторону волны. Через мгновение мы увидели, что она мчится, стоя на доске.

— Она молодец, — заметил я.

Кейси кивнула.

— Майк поставил ее на доску, когда ей было три года. В четыре она серфила по «белой воде». К пяти справлялась с довольно большими волнами.

— Полагаю, она это обожает.

— Уж это точно.

Я бросил взгляд в сторону берега и увидел, что Майк серфит рядом с Джессикой.

— Как там дела у Джессики?

Кейси улыбнулась.

— Ты имеешь в виду помимо серфинга?

Я кивнул.

— Она справится. Она сейчас борется с внутренними демонами. С представлениями о том, кто она есть и что может предложить самой себе. Однако она справится. — Кейси повернулась ко мне. — А ты как?

Я развел руками.

— Трудно быть как-то иначе, чем «отлично», когда ты здесь и занимаешься серфингом. Это очень хороший канал.

— Хороший что?

Я улыбнулся.

— Очень хороший канал.

— И что это означает в контексте «быть здесь»?

— Как-то раз я сидел в уличном кафе. Я как раз накопил достаточно денег, чтобы снова отправиться путешествовать, и составлял список вещей, которые надо взять с собой. За соседним столиком два человека обсуждали все то, что никуда не годится в этом мире. Правительство, систему образования, злоупотребление пособиями по безработице, падение фондового рынка. Короче, куда ни плюнь, все им было не так. И вот сижу я там — и у меня вдруг случается это потрясающее «Ага!».

— Которое ты, конечно, записал в свой блокнотик?

Я рассмеялся.

— Еще бы!

— И что это было за «Ага!»?

— Представь, что у тебя сотня телеканалов. Комедии, драмы, текущие события, кулинарные реалити-шоу, новости, спорт. Список длинный. Некоторые из этих каналов ты обожаешь. Другие тебе нравятся. Третьи вроде как ничего. А три из них тебя *по-настоящему* раздражают. До степени полного отвращения. Ты не можешь поверить, что эти программы допустили на телевидение. Мое «Ага!» состояло в том, что многие люди проводят свою жизнь, смотря те три канала, которые их ужасно раздражают. Поначалу они просто натыкаются на них. И эти каналы настолько им неприятны, настолько оскорбительны на каком-то уровне, что они чувствуют себя обязанными рассказать о них всем остальным. Вот затравка всех их разговоров: «А вы слышали такую-то новость? Как ужасно, что это случилось!» Или: «Как ужасно, что того человека поймали на таких-то злоупотреблениях! Правда?» И просто чтобы продолжать доказывать самим себе, насколько ужасны эти каналы...

— ...они постоянно их смотрят, — договорила Кейси.

— Именно! Это становится для них всепоглощающим занятием. Они настолько увлекаются тремя каналами, которые вызывают у них возмущение, что перестают смотреть остальные девяносто семь. Со временем они и думать про них забывают, даже не помнят об их существовании.

— Значит, это, — Кейси указала на солнце и океан, — хороший канал?

— Невероятный! — подтвердил я. — Кстати, я уверен, что в этот самый миг где-то на свете есть кто-то, кто делает то, что я нахожу отвратительным. И я мог бы сосредоточиться на мысли о том, что его поступки неправильны, несправедливы или эгоистичны. Но тогда я упустил бы все это.

— Значит, ты отключаешь каналы, которые тебе не нравятся?

— Точно. И самое восхитительное, что со временем я забываю о самом существовании раздражающих меня каналов. Я так редко вхожу в контакт с ними, что их как будто вообще нет.

Кейси улыбнулась.

— А что говорят об этом люди, которые стали одержимы теми тремя каналами, которые им категорически не нравятся?

Я снова рассмеялся.

— О, я уже не раз вел такие разговоры. Они говорят: если всем наплевать, то ничего не изменится. Кто-то должен что-то с этим сделать.

— И?..

— Я спрашиваю их, делают ли они сами что-то.

— И как такие разговоры для тебя заканчиваются?

Я покачал головой.

— Не очень-то хорошо заканчиваются. То есть я-то, конечно, все делаю очень вежливо. Я говорю, что, мол, вижу, какие они неравнодушные люди и как глубоко убеждены в том, что что-то должно быть сделано. И только *потом* спрашиваю, делают ли они что-нибудь сами.

— И?..

— Знаешь, ни разу не встречал человека, который сказал бы мне: да, делаю. Они много говорят о том, как все плохо и несправедливо. Но никто из них не пытается ничего изменить. В ответ им я говорю, что давно уже не позволяю никакой ситуации раздражать меня, если я не готов вкладывать свое время и силы в попытки ее изменить. Это не означат, что я внутренне соглашаюсь с ситуацией, принимаю ее. Это означает, что я не собираюсь отдавать ей свою энергию и предпочту смотреть другие каналы.

— И что тогда они говорят?

— Большинство волнуются и говорят: «*Кто-то* же должен что-то делать!» Тогда я улыбаюсь и даю понять, что, на мой взгляд, тот человек, с которым я разговариваю, — самый подходящий, чтобы возглавить усилия. Однако, если он решает не делать этого, я предлагаю ему расслабиться и сфокусироваться на чем-нибудь другом.

— И к чему *это* приводит?

— Обычно они сердятся и говорят какие-нибудь гадости. Когда-то меня это смущало. Но потом у меня случилось еще одно «Ага!».

ГЛАВА 38

Кейси рассмеялась.

— И что же это за новое «Ага!»?

— Любой гнев — это проявление страха.

Кейси кивнула, обдумывая мои слова, а я продолжил:

— Не сразу, но я осознал, что, когда гневаешься, все всегда сводится к страху. Например, человек видит статью о нечистом на руку чиновнике, который взял деньги в обмен на одобрение строительства нового здания. Читая статью, человек вспыхивает гневом. Рассказывая об этом, он гневается еще сильнее. Он снова и снова твердит о нечистоплотных чиновниках и политиках, о том, как все насквозь коррумпировано. Ну, на каком-то уровне это имеет смысл. Тот чиновник действительно совершил подлость. Это нечестно. Однако реакция человека непропорциональна воздействию случившегося на него лично.

— Он гневается, потому что боится.

— Точно. Когда он читает статью о нечистоплотном чиновнике, в глубине его души вспыхивает искорка страха. Он боится, что, если ему самому когда-нибудь понадобится разрешение на строительство, он не сможет его получить. Взятки — зло, и он никогда не будет давать их. Но ведь, не получив разрешение, он не сможет построить дом своей мечты. Или, того хуже, вообще не сможет обзавестись домом. Если он не сможет обзавестись домом, то будет бездомным. Бездомным, голодным, без работы. Его детей заберут органы опеки. И... и... и...

— И в конечном счете в нем проснутся страхи, которые далеки от изначальной проблемы.

— Да, так. Потому-то это и вошло в мой сборник «Ага!». Просто я осознал, что гнев — результат крайне маловероятных и поистине разрушительных иррациональных страхов. Так что теперь всякий раз, как меня что-нибудь разгневает, я просто спрашиваю себя: *чего я боюсь в данный момент?* Невероятно, насколько быстро я сознаю, что мой гнев движим иррациональным страхом! И это помогает мне расстаться с ним.

Кейси улыбнулась.

— Всегда?

— Поначалу было довольно трудно. Вообще-то я человек довольно оптимистичный, но были определенные вещи, которые меня по-настоящему расстраивали. И я гневался. Но когда я понял, что гнев — это на самом деле страх, я смог логически объяснить себе, что он ни к чему меня не ведет и не служит никакой позитивной цели. Это было непривычно. То и дело какая-то часть меня хотела...

— ...продолжать гневаться? — договорила Кейси.

— Точно! Словно гнев был топливом для чего-то.

Я пожал плечами и засмеялся.

— Что такое?

— Отчасти образ, который по-настоящему помог мне, возник тогда, когда я сидел в одном крохотном таиландском аэропорту. По телевизору показывали старый мультик. Ты видела когда-нибудь эти старые мультфильмы вроде «Тома и Джерри», где на одном плече у Тома сидит маленький ангелок, а на другом — такой же маленький дьяволенок? И оба пытаются заставить его сделать то, чего они хотят. Я осознал, что примерно так и происходит, когда цепляешься за гнев. Часть меня, которая любит жизнь, которая хочет расти и быть в состоянии потока, сознавала, что истинная сила заключается в том, чтобы отпустить гнев и иррациональный страх. Это был ангел на моем плече. — Я улыбнулся. — Только, я думаю, в моем случае это скорее бесстрашный маленький паренек-путешественник, очень просветленный.

— А на другом плече?

— А на другом плече пристроился очень сердитый пещерный человечек. Который постоянно живет в режиме «борись или беги». Он всегда боится того, что скрывается за поворотом, и преувеличивает каждый страх в тысячу раз больше, чем необходимо.

Кейси расхохоталась.

— Какой яркий образ! Битва между просветленным маленьким путешественником и сердитым пещерным человечком.

— Вот только битва так и не случилась, — продолжил я. — Это и было великим «Ага!» внутри простого «Ага!». Я думал, что гнев был топливом для этого пещерного человечка. Но потом понял, что ему просто было страшно. И что ты думаешь? Мой просветленный путешественник сказал перепуганному пещерному человечку, что все будет в порядке. Со временем они подружились и стали вместе путешествовать по миру. Маленький пещерный человечек на самом деле именно этого всегда и хотел, но слишком боялся попробовать.

Кейси так хохотала, что мне показалось, она вот-вот свалится с доски.

— Ты действительно так досконально все это продумал? — выдохнула она, утирая слезы.

Я тоже рассмеялся.

— Иногда приходится стать чуточку безумным, чтобы преодолеть безумие. А стремление держаться за этот иррациональный гнев определенно было безумием.

— Так вот как ты разобрался с сердитыми людьми, навечно прилипшими к тем трем телеканалам, которые им не нравятся, да? — спросила Кейси. — Ты понял, что их гнев — это на самом деле страх?

Я кивнул.

— Так и есть. Я сумел взглянуть на них совершенно по-другому. Я увидел, что они боятся — и это чувство в них сильнее всех прочих. Так что я пытался быть маленьким дружелюбным просветленным путешественником и объяснять им, что все будет в порядке. Они не станут бездомными, никто не отберет у них детей. Все будет хорошо.

— И как, получалось?

Я пожал плечами и улыбнулся.

— Наверное, они по большей части считали меня сумасшедшим. Но меня это не волнует. Я осознал, что все сводится к простейшему решению. **Если ты настолько неравнодушен к ситуации, что хочешь из-**

менить ее, — меняй. Это достойная цель. Для некоторых людей она становится ЦС и дает им повод для того, чтобы каждый день подниматься с постели.

Я помолчал, потом продолжил:

— Но если на самом деле ты не так уж горишь этой темой, то с тем же успехом можно сфокусировать свое время и энергию на канале, который не приносит одни разочарования.

— Трус умирает тысячи раз, а храбрец — только однажды, — кивнула Кейси. — Я слышала это выражение с детства, но оно всегда казалось мне бессмыслицей. А потом я разговорилась с одним посетителем в кафе, и тут до меня дошло. Этот человек рассказывал о сюжете в новостях, который его очень беспокоил. О том, как люди химичат, чтобы получить бесплатное лечение. Как и в твоем объяснении, этот сюжет не был связан с его повседневной жизнью, но он по-настоящему расстроился из-за него. Этим человеком правил подспудный страх. И чем больше он думал и говорил об этом, тем сильнее становился его гнев.

— То есть он умирал тысячу раз, реконструируя события применительно к себе? — спросил я.

— Точно. Трус живет в постоянном страхе, что все может сложиться не так, как надо. В своем сознании, в своих мыслях он умирает тысячу раз. А вот человек отважный сознает, что бессмысленно позволять своему разуму выходить из-под контроля. Он живет той жизнью, какой хочет жить. — Кейси улыбнулась. — Все мы в какой-то момент умираем, это в любом случае произойдет. Но храбрец проходит через это лишь однажды.

ГЛАВА 39

Мы с Кейси, Майком, Эммой и Джессикой катались на досках несколько часов. Притомившись, возвращались на пляж и отдыхали, а потом — снова в воду. **Невероятно, как легко заниматься тем, что делает тебя счастливым! Время так и летело.**

День клонился к вечеру, солнце начало садиться, и небо приобрело сияющий розовый оттенок. Закатные лучи отражались от воды на фоне облаков, напоминавших формой невесомые перья. Это было само совершенство, распростершееся, насколько хватало глаз.

Все впятером мы выгребли чуть за бич-брейк и наблюдали, как солнце опускается все ниже и ниже.

— Не могу поверить, что была лишена всего этого, — проговорила Джессика. — Я была так занята своей занятостью, что совсем перестала видеть закаты.

— С доски они смотрятся еще лучше, правда? — отозвался Майк.

Джессика кивнула и улыбнулась:

— Да, конечно.

На некоторое время мы умолкли. Волны лизали края наших досок, теплый ветерок наполнял воздух, да еще этот невероятный закат. Чего еще пожелать!

— Морская черепаха! — вдруг нарушила молчание Джессика. — Глядите, морская черепаха!

Я инстинктивно бросил взгляд на Кейси. В прошлый раз, когда я был в кафе, она рассказала мне историю о зеленой морской черепахе. Мораль заключалась вот в чем: **если мы не расслабимся, то полностью потратим свои время и энергию на то, что не имеет для нас особого значения. А потом, когда появится возможность заниматься тем, чего мы действительно хотим, у нас не будет на это ни времени, ни сил.** Если мы не расслабимся, то в итоге соберем коллекцию переживаний, что будет здорово отличаться от той жизни, какой мы бы хотели жить. Все это Кейси поняла, наблюдая, как движется в воде зеленая морская черепаха.

Эта история изменила мою жизнь. Она всплывала в моих мыслях почти каждый день после той ночи в кафе. И вот мы здесь, а прямо рядом с нами — зеленая морская черепаха! Совершенство стало еще более совершенным. Я бросил взгляд на черепаху, потом снова на Кейси. Перехватив мой взгляд, она подмигнула, а потом кивнула в сторону Джессики.

Черепаха всплыла на поверхность прямо рядом с ее доской.

— Это Хону-Хону! — взволнованно протараторила Эмма.

— Хону-Хону? — переспросила Джессика.

— Хону по-гавайски означает «черепаха», — пояснил Майк.

— Видите, у нее такой малюсенький горбик на панцире, — указала Эмма. — Мы часто ее здесь встречаем. Я назвала ее Хону-Хону.

— Изумительно, — проговорила Джессика. Черепаха была всего в паре футов от доски, и девушка не могла отвести от нее глаз.

— Потом Кейси расскажет тебе великолепную историю о зеленой морской черепахе, — сообщил я Джессике.

— Правда? — переспросила она и посмотрела на Кейси.

Кейси улыбнулась.

— Конечно! Когда вернемся на пляж.

Мы некоторое время наблюдали за Хону-Хону. Она прокладывала себе путь под водой без видимых усилий, скользя вместе с волнами, когда они двигались в нужную сторону, и терпеливо дожидаясь, когда движение волны было встречным.

— Отлив и прилив, — тихо пробормотал я себе под нос.

Эмма услышала. Она повернулась и воззрилась на меня.

— Что это значит? — спросила она.

— Движение воды, — объяснил я. — Временами тебя несет вперед. Это высокая вода, прилив. Ты плывешь практически без усилий. Но потом поток устремляется в другую сторону. Он тащит тебя прочь от того места, куда ты хочешь попасть.

— Типа, когда закончил с серфингом и стараешься выбраться обратно на пляж, — понимающе кивнула Эмма. — Волна подталкивает тебя ближе, а потом, после того как разобьется о песок, она откатывает, и тебя уносит обратно.

— Точно!

— Почему ты сказал это вслух?

Я улыбнулся.

— Это то, что я порой говорю себе в качестве напоминания: относись ко всему легче. На мой взгляд, **жизнь, как и волны на пляже, — это во многом чередование приливов и отливов.** — Я бросил взгляд на Джессику, потом перевел на закат. — Когда попадаешь в отлив, ощущение такое, что все вокруг никуда не годится. Тебя все дальше и дальше относит от того места, куда ты хочешь попасть. Но за отливом всегда бывает прилив. Всегда. Но некоторые об этом забывают. — Я подмигнул Эмме.

— Прилив обязательно придет, — задумчиво произнесла Джессика.

Я посмотрел на нее и кивнул.

— Именно. Отлив и прилив. Отлив и прилив. Даже проговаривая это вслух, я успокаиваюсь. Прилив обязательно придет.

ГЛАВА 40

Солнце почти утонуло за горизонтом.

— Пора возвращаться обратно, Кокосик.

Эмма повернулась к Майку.

— Еще два разочка! Можем мы прокатиться еще два разочка?

Майк улыбнулся:

— Еще два. — Он бросил взгляд на волны. — А вот и первая идет.

Нарастала большая волна. Майк и Эмма развернули свои доски и начали грести.

Эмма повернула голову и взглянула на нас через плечо.

— Вы идете? — крикнула она.

— На следующую! — крикнула в ответ Кейси.

Волна прокатилась под нами, и я слышал восторженные вопли Эммы и Майка, которые поймали ее и встали на доски.

— Готовы? — спросила Кейси. Еще одна большая волна вырастала, приближаясь к нам.

— Она твоя, — ответил я. — Я поймаю какую-нибудь поменьше.

— Я тоже, — поддержала Джессика.

— Увидимся на берегу, — ответила Кейси. Она начала грести. Волна прошла под нами, и через пару секунд мы увидели Кейси на доске, летящую к берегу.

Джессика повернулась и окинула взглядом океан.

— Это был прекрасный день, — сказала она. — Спасибо тебе за то, что этим утром убедил меня остаться.

Я кивнул.

— Мне это только в радость.

Пару секунд созерцали океанский пейзаж.

— Знаешь, было время, когда я был готов отказаться от большей части своей жизни, потому что она мне не больно-то нравилась, — наконец сказал я.

— Что ты имеешь в виду?

— По понедельникам я сидел на работе и мечтал, как бы повернуть стрелки часов вперед, к окончанию рабочего дня в пятницу. Я был готов отдавать пять дней своей жизни каждую неделю, только бы добраться до выходных, которые мне по-настоящему нравились. То, о чем я говорю, даже представить трудно, когда осознаешь, что *вот этим,* — я широко развел руки, — можно заниматься каждый день!

— Чем больше играешь на своей площадке, тем меньше желания быть вне ее, — проговорила Джессика и улыбнулась. — Кажется, мне только что в голову пришла одна умная мысль для моей собственной книжки «Ага!».

— Какая же?

— Если бы я ходила на пляж раз в неделю, я помнила бы, что мне это очень нравится. Тогда я организовывала бы свою жизнь так, чтобы ходить на пляж. А я не бывала на пляже по полгода и не сознавала, что теряю.

Поэтому позволяла себе заполнять свое время тем, что мне далеко не так нравится.

Она посмотрела на меня.

— Кажется, я поняла. Ты любишь путешествовать. Ты любишь это настолько сильно, что эта энергия любви поддерживает тебя целый год работы, питает тебя, а потом ты снова отправляешься в странствия. Ты не забываешь о своей страсти.

— Так и есть, — кивнул я. — К тому же я поддерживаю свою страсть. Вернувшись из поездки, я распечатываю фотографии, которые напоминают мне о лучших моментах. В продаже есть такая специальная липучка, которую прилепляешь к оборотной стороне фотографии, а потом крепишь ее прямо на стену. С помощью этой липучки я завешиваю фотографиями весь свой дом. Так что, когда я чищу зубы, делаю зарядку, завтракаю, меня окружает вся эта энергия. И, конечно, по выходным я тоже совершаю небольшие прогулки-поездки. Нет смысла ждать весь год, чтобы отправиться на поиски приключений.

— Я тоже хочу такую жизнь, — сказала Джессика.

— А кто тебе мешает сделать ее такой? — пожал я плечами. — Тысячи, миллионы людей выбирают подходящий для них образ жизни, а чем ты хуже их?

— Я никогда не думала об этом в таком ключе.

— Прямо сейчас кто-то любуется слонами в Африке. Кто-то открывает собственный бизнес, или снова идет учиться, или проводит время со своими детьми. Ты тоже могла бы делать, что хочется.

— Я тоже могла бы, — эхом повторила она.

— Когда я в прошлый раз был в этом кафе, Кейси потрясла меня парочкой математических задач, — признался я.

Джессика хмыкнула:

— Да ну?

— Представь себе. Она доказала мне, что, если я буду тратить всего по двадцать минут в день на мелочи, на которые мне на самом деле плевать, в итоге это обойдется мне в год жизни. Знаешь, проняло. Или вот еще один пример, о котором я думаю постоянно. Большинство людей попадаются в одну и ту же ловушку. Они думают, что цель жизни — зарабатывать деньги, откладывать деньги, а потом жить той жизнью, о которой они мечтают, выйдя на пенсию в 65 лет. Если все получится, выйдет около четырнадцати лет по-настоящему хорошей жизни. Вот только, судя по тому, что я видел, эти годы не такие уж «золотые». Пожилые люди болеют, им труднее дается перемена мест, навсегда уходят их друзья. Да, и после шестидесяти пяти можно жить невероятно активной жизнью, однако реальность не всегда оборачивается теми счастливыми, улыбающимися лицами, которые мы видим в рекламных роликах. От возраста никуда не денешься.

— Значит, все надо делать сейчас, — сказала Джессика.

Я кивнул.

— **Никто никогда не отберет у тебя твое сегодня.** Твое сегодня — это серфинг, веселье и разговоры, закат и зеленая морская черепаха. Этот великолепный день твой навсегда. Ты кладешь его в банк. И не имеет значения, что будет после того, как тебе исполнится шестьдесят пять. Лично я осознал, что эта система вывернута задом наперед. Большинство людей по уши погрязают в опасениях, что им не будет хватать чего-то в будущем. Поэтому они гробят себя, пытаясь добиться успеха на работе, которая им не нравится, отказываясь от отпусков с любимыми людьми, от выходных. И ради чего? Ради надежды, что смогут обналичить заработанные очки потом? А теперь давай превратим эти очки в дни. Представь, что все идет по плану. В шестьдесят пять люди бросают доставшую уже скукотень и начинают заниматься тем, что действительно любят. Теперь эти пять дней в неделю, которые они просиживали в офисе или где-то еще, принадлежат им безраздельно. И вот они получают эти пять дней, умноженные на пятьдесят две недели, умноженные на четырнадцать лет, что дает в результате...

— Подожди, — перебила Джессика.

Она плеснула водой на свою доску и записала пример.

— Три тысячи шестьсот сорок, — подытожила она. — Кажется, это много.

— Сейчас перестанет казаться, — пообещал я и улыбнулся. — А сколько таких дней ты получишь, если выберешь работу, где тебе будут платить за то, что ты любишь?

— Например, за серфинг, — предложила она свой вариант и улыбнулась.

— Ну что ж, в данный момент где-то есть люди, которым платят за то, что они занимаются серфингом, — сказал я. — Не только тренеры и спортсмены, есть десятки тысяч людей, которым платят за то, что они заняты в сфере серфинга: бухгалтеры, маркетологи, дизайнеры, фотографы, разработчики новых видов продукции — всех не перечислишь.

— И среди них могла бы быть я, — задумчиво проговорила Джессика.

— Ты, я, любой, кто захочет, — подтвердил я. — И сколько таких дней получат они?

Джессика плеснула на доску еще воды.

— Сейчас посмотрим. С двадцати двух до шестидесяти пяти, это будет…

— На самом деле с двадцати двух до семидесяти девяти, — поправил я. — Как правило, те, кто увлечен делом, отлично справляются со своей работой. В пенсионном возрасте они пользуются не меньшим спросом и уважением.

Джессика исправила пример.

— Четырнадцать тысяч восемьсот двадцать!

— Видишь, вчетверо больше, — сказал я. — И не нужно ждать звоночка, чтобы начать наслаждаться.

— Так почему же тогда ты сам этого не делаешь? — спросила Джессика. — Ты ведь год работаешь, а потом берешь год отпуска.

— Для меня этот процесс пока не завершен, — улыбнулся я. — Вначале надо было расслабиться и решиться взять год отпуска. Ты права, теперь это выглядит так: год работы, год отпуска. Я втянулся, и мне стало немного лень искать идеальное соответствие, поэтому я путешествую через год, а в тот год, когда работаю, планирую прекрасные моменты будущего. Однако возвращение в это кафе вдохновило меня. Пора отыскать следующий уровень. Я знаю, что он где-то есть.

ГЛАВА 41

— Это было потрясающе! — воскликнула Эмма. — Вы видели, как мы поймали ту, последнюю?

Они с Майком прокатились на своей волне, а потом выгребли обратно к нам для завершающей попытки.

— Джессика, хочешь прокатиться рядом со мной на последней волне? — спросила Эмма. — Если хочешь, можем выбрать не такую большую.

Джессика улыбнулась.

— О'кей, тренер. Ты скажешь мне, когда быть готовой.

Майк похлопал по доске Эммы.

— Кокосик, что ты думаешь насчет того, чтобы устроить сегодня маленькую *луау* на четверых после серфинга? Мы могли бы развести костер на пляже и поесть, сидя у него.

— Да, да, да! — ответила Эмма, ерзая на доске. — А может, я приглашу еще Софию и Туту?

Майк улыбнулся.

— Прекрасно. Тогда сделаем *луау* на шесть персон.

— Тебе понравится, Джессика, — заверила Эмма. — Это *реально* весело. Мы готовим еду, и смотрим на звезды, и танцуем!

Джессика замешкалась.

— Ты не обязана, — успокоил ее Майк.

Она улыбнулась.

— Нет, я хочу. — Она посмотрела на меня. — Кто-то где-то сегодня веселится на луау, верно? Это вполне могу быть и я.

Я улыбнулся.

— Точно! Это вполне можешь быть и ты.

— Пора разворачиваться, — сказала Эмма и похлопала по доске Джессики.

Джессика взглянула на приближающуюся волну.

— Поняла, тренер.

Эмма и Джессика развернули доски и начали грести.

— Увидимся на пляже, пап! — окликнула Эмма Майка через плечо.

— Договорились, — отозвался Майк. — Расскажи Кейси о *луау*.

Волна прокатилась под нами. Мы слышали, как смеялись Эмма с Джессикой, вставая на доски и начиная скользить к пляжу.

— Как ты это сделал, Майк? — спросил я. — Она совершенно особенный ребенок.

Он улыбнулся.

— Спасибо! Это был замечательный опыт. Как я уже говорил, этот путь не для всех. Для некоторых людей есть другие приключения, лучше согласующиеся с их ЦС. Однако для меня это великое приключение.

— Видя, какое ты получаешь удовольствие, трудно поверить, что это может *не* согласоваться с чьими-то приключениями, — заметил я.

Майк рассмеялся:

— Может быть, тебе так кажется, потому что ты понимаешь, что это часть *твоего* приключения?

Я улыбнулся.

— На самом деле я никогда так не думал. Но в последние пару лет начинаю задумываться. Насмотревшись на тебя и Эмму, полагаю, что задумаюсь еще больше. Это действительно так весело, как кажется?

Майк ответил:

— Как и с большинством событий в жизни, Джон, это весело настолько, насколько ты сам позволишь. До того как стать отцом, я принял некоторые сознательные решения относительно того, *каким* родителем я хотел бы быть. Это меня здорово направляло.

— Например?..

— Ну, во-первых, это осознание, что дети, появляясь на свет, уже обладают своим собственным духом. Как бы соблазнительно для меня ни было попытаться сделать Эмму своей собственностью, в действительности она самодостаточный человечек. У нее своя энергия и свой путь. Она моя в том смысле, что с точки зрения биологии я — ее отец, а она — моя дочь. В то же время с самого первого мгновения, когда я увидел ее и взял на руки, я понял, что она — нечто гораздо большее, чем только это. Она обладала своим собственным духом и прибыла сюда, чтобы пройти свой собственный путь. Все ее приключения ждут ее впереди. — Он пожал плечами. — Не знаю, не покажется ли тебе все это абсурдом. Вероятно, мне бы показалось — до того, как я это ощутил. Я вижу это так. Она — мой ребенок, и я при необходимости не задумываясь отдал бы за нее жизнь. В то же время она мне не принадлежит. Я просто получил великий дар — быть одним из тех людей, которые заботятся о ней, любят ее.

— И учат ее? — подсказал я.

— Иногда, — согласился Майк. — Всем нам есть чем поделиться, так что да, порой моя роль — это в какой-то мере роль учителя. — Он улыбнулся. — И так же часто, если не чаще, она возвращает мне этот дар и чему-то учит меня.

ГЛАВА 42

— Правда? — не поверил я. — Никогда ничего подобного не слышал.

— Но это так — если позволишь этому быть, — сказал Майк. — И для этого требуется расстаться со многими представлениями. Есть эго, культурные, социальные стереотипы, которые пытаются убедить тебя, что ты — родитель — знаешь намного больше, чем ребенок. Подумай о тех поговорках, которые до сих пор живы в нашем обществе.

— Дети должны быть видны, но не слышны, — автоматически пробормотал я.

Майк кивнул.

— Вот идеальный пример, подразумевающий, что мнение или мысли ребенка не так важны, как мнение и мысли взрослого. Но это совершенно неверно. Если ты позволишь себе взаимодействовать «как личность с личностью» или, еще лучше, «как душа с душой», тогда гораздо бóльшим можно поделиться и большему научиться.

Он помолчал, а потом продолжил:

— Когда Эмме было пять лет, я повез ее в Африку. Она такой человек, который любит, когда его ожидания реализуются. К примеру, если мы с ней на пляже и я вдруг говорю, что мы должны немедленно уйти, это не лучший вариант. Она ощущает стресс и реагирует соответственно.

Однако, если я даю ей знать, что мы уйдем через пять минут, она сама собирает свои пляжные игрушки и готовится уйти.

— Прямо как я. Я тоже люблю четко представлять, чего ждать.

— Да и я тоже, — согласился Майк. — Наверное, у нее это как раз от меня. Впрочем, нет. Я думаю, что она сразу появилась на свет с этой частью своей личности. Она ощущает энергию, и ей не нравится энергия стресса. В общем, как бы там ни было, поскольку я в курсе, что она любит знать, чего ожидать, я заранее сообщил ей: для того чтобы мы могли поехать в Африку, ей нужно будет сделать прививки. Знаешь, поначалу казалось, что на сей раз этот подход сыграл с точностью до наоборот. Она не любит уколы, поэтому сказала, что не хочет ехать в Африку.

— И что было дальше?

Он улыбнулся.

— Это дало нам обоим возможность чему-то научить друг друга. Когда она сказала, что не хочет ехать, какая-то часть меня, пусть всего на секунду, внутренне взбеленилась.

— Да ну? — не поверил я.

— Во многих из нас живут эти старые шаблоны, — пояснил Майк. — Просто важно распознавать в них то, чем они на деле являются. Не истины, не правила. Просто старые шаблоны, с которыми мы сталкивались в свои юные годы, или заложенные в наше подсознание, потому что мы где-то когда-то видели их в действии.

— И когда ты ощутил эту вспышку гнева, чего ты испугался? — спросил я Майка.

— Превосходное наблюдение! — похвалил он и улыбнулся. — Осознание, которому, уверен, найдется местечко в твоей книжке «Ага!». Ты прав. Всякий гнев — это проявление страха. Моя мгновенная вспышка гнева была проявлением опасения, что нам не удастся поехать в Африку.

— И что ты сделал?

— Ну, в жизни бывают такие моменты, когда приходится принять решение. Я мог войти в роль властного родителя и устроить ей выговор. Я мог бездумно пойти у нее на поводу и претворить свой страх в жизнь. — Майк изменил тон голоса, словно рассердился: — «Да ты хоть представляешь, как тебе повезло с возможностью путешествовать по Африке?! Многие ли дети твоего возраста могут похвастаться тем, что им довелось поехать туда и увидеть африканских животных? А ты только и делаешь, что жалуешься! Все, хватит! Мы в Африку не едем! И ты никогда больше не будешь смотреть по телевизору свои любимые программы о животных...»

— Больно это слышать, хоть я и знаю, что ты притворяешься, — заметил я.

Он кивнул.

— Понимаю. И когда я принимал решения относительно того, каким родителем хочу быть, одним из них было решение никогда не быть *таким* родителем.

— И что ты сделал вместо этого?

— Когда Эмма сказала, что не хочет ехать, я взял ее на руки, усадил к себе на колени и обнял. Тихим спокойным голосом сказал ей, что понимаю ее. Я тоже не люблю прививки. Потом объяснил, что такая любительница приключений, как она, не может позволять мелочам становиться на пути больших свершений. Да, уколы — это неприятно. Но и недолго. Пять минут — и ты свободен. Да, руке немножко больно. — Он улыбнулся. — Хотя даже эту боль можно сгладить, если потом пойти и полакомиться мороженым в честь праздника «К Африке готовы!». Смысл в том, что укол — это мелочь по сравнению с поездкой в Африку и возможностью близко пообщаться с африканскими животными.

— И ты все это ей рассказал?

— Да. А потом спросил, что она думает.

— И она сказала, что сделает это?

Он кивнул.

— И, между прочим, то же самое решение встает перед нами во всех наших взаимодействиях. Будь то родитель и ребенок, двое взрослых, начальник и подчиненный. Мгновение за мгновением, день за днем **мы можем** выбирать достойный путь, не торопясь **находить контакт с другим человеком и стараться видеть вещи с его точки зрения. А можем позволить страху превратиться в гнев и переть к тому, чего нам хочется, напролом, на манер бульдозера.**

— Значит, вы поехали в Африку, — понял я.

— И когда мы были там, Эмма преподала мне точно такой же урок, — ответил Майк.

Я хмыкнул:

— Серьезно?

Он кивнул:

— Угу. Это было невероятное приключение. Однако как-то раз маршрут выдался особенно трудным, и я устал сидеть за рулем. Мы были в пути уже около четырех недель, и в тот конкретный день на мою долю досталось около пяти часов трудных, опасных, очень неустроенных дорог. Когда мы наконец прибыли в тот туристический лагерь, куда направлялись, оказалось, что он в еще большей глуши, чем я рассчитывал. Там вообще почти ничего не было. Смеркалось, и я тревожился о том, удастся ли нам все наладить до темноты. К тому же я рассчитывал на какую-нибудь лавчонку, где можно купить еды, но не тут-то было. Так что, хоть у нас были с собой кое-какие припасы, я немного беспокоился насчет того, чем накормить Эмму. Потом, пытаясь установить палатку, я никак не мог выровнять грунтозацепы. Три раза подряд палатка сваливалась кучей. И тут-то меня придавило. Просто размазало — всем этим днем, всем происходящим. И когда я стоял там, пытаясь глубоко дышать и взглянуть на ситуацию отстраненно, Эмма подошла и обняла меня за ноги. Она поняла, что я расстроен, и спросила, все ли со мной в порядке. Я сказал, что просто расстроился из-за палатки. «**Ну, папа,** — с энтузиазмом проговорила она своим тоненьким голоском, — **нельзя же позволять мелочам становиться на пути больших свершений.** Ведь поставить палатку — это мелочь, а вот быть здесь, в Африке, — большое свершение. Но мы должны быть благодарны за то, что попали сюда, в Африку, чтобы посмотреть на животных и все такое. Я имею в виду, мало кому из людей доводится это сделать, а мы ведь здесь». И так далее.

Майк рассмеялся и покачал головой.

— Прекрасно было не только то, *что* она говорила, но и *как* она это сказала. Так естественно, и ласково, и с энтузиазмом, и мудро. И в то же время сказано это было словами пятилетнего ребенка. Я подхватил ее на руки и закружил вокруг себя — кругов десять, наверное. А потом еще десять, а она смеялась и восклицала: «Еще, еще!»

— И ты все же поставил палатку? — спросил я с улыбкой.

— И поставил палатку, и нашел еду, и отлично выспался, и на следующий день мы продолжили наше приключение, — сказал Майк.

— Трудно представить тебя расстроенным или сердитым, — признался я. — Ты всегда кажешься мне таким спокойным. Словно тебе все как с гуся вода.

Он улыбнулся.

— Наверное, это я в лучшем своем проявлении. Самом настоящем. Такой я, каким намерен быть каждое мгновение. И я изо всех сил стараюсь позволить своей энергии жить в этом состоянии как можно чаще. — Он пожал плечами. — Но и у меня бывают времена, когда я — не лучший я. Меня это не радует. И я сознательно стараюсь сократить время пребывания в этой энергии.

— Как ты это делаешь?

— Становясь наблюдателем текущего момента, а не только его участником.

ГЛАВА 43

Эмма с Джессикой шли по пляжу к кафе, неся с собой доски. Солнце уже целиком закатилось за горизонт. Розовый отсвет на облаках начинал тускнеть.

Джессика повернулась и посмотрела на океан.

— Спасибо тебе, Эмма, — сказала она и улыбнулась. — Сегодня был один из лучших дней в моей жизни.

— Отлично! Может быть, тебе стоит вернуться завтра и мы все повторим?

Джессика рассмеялась. Это казалось таким очевидным.

— **Делай то, что хочешь делать, и не делай того, чего не хочешь,** — сказала Эмма. — Вот чему научил меня папа, и это совершенно верно. Ведь тебе нравится серфинг — так займись им снова.

— Хороший совет, тренер, — отозвалась Джессика, глядя на красивое небо и океан. — Не хочешь дать мне напоследок еще какие-нибудь мудрые серферские наставления?

Эмма задумалась.

— Ну, поскольку ты новичок в серфинге, может быть, стоит запомнить одну вещь. Папа рассказал мне об этом, когда я была маленькой, и я навсегда запомнила.

Джессика мысленно хмыкнула. Так забавно было слышать, как семилетняя девочка говорит о времени, когда она была *маленькой!*

— Я вся внимание, — произнесла она вслух.

— Хорошо. Это шесть букв. Каждая буква что-то значит. Вместе получается несуществующее слово, но это ничего. Оно нужно, просто чтобы запомнить. Вот это слово: ИДИПИК.

— ИДИПИК?

— Ага. Я не знала, что это означает, когда папа в первый раз произнес. Но он объяснил, что это слово имеет смысл, потому что, если запомнишь его, оно подскажет, как стать настоящим мудрецом.

Джессика улыбнулась.

— И что же означает слово ИДИПИК?

— И — это интуиция. Великие серферы интуитивно выбирают свои волны и способ их ловить. Они как бы текут вместе с волнами, вместо того чтобы оставаться отдельными от них. Вот посмотришь на новичков — и видишь, что они совершенно не пользуются интуицией. Они дрожат и думают над каждым шагом, над тем, что делать дальше, и *ужасно* много падают!

Джессика рассмеялась.

— Поняла. Это буква *И*.

— *Д* — это другая волна. Папа объяснил, что если беситься из-за того, что пропустила волну, то, пока будешь беситься, пропустишь из-за этого две другие. Если пропустила очень хорошую волну, полюбуйся ею и будь рада тому, что тебе довелось ее увидеть. Но не трать время на сожаления из-за того, что упустила. **Всегда будет другая волна.**

— Всегда будет другая — запомнила.

— Вторая *И* значит «начинай с малого И стремись к большему».

— Ну, как вы сегодня меня учили, — кивнула Джессика.

— Ага. Папа начинал со мной на «белой воде», и я долго плавала только там. Потом мне стало скучно, и я захотела попробовать волны. И он начал учить меня на маленьких волнах. Потом и это стало скучно, и теперь я катаюсь на волнах побольше. Хочу когда-нибудь попробовать пайплайн, но не сейчас.

Джессика кивнула.

— Пайплайн выглядит изумительно. Я даже представить не могу, каково это — быть там, в этом крохотном пространстве с округлыми водяными стенами, когда волна закручивается прямо над тобой. И каким-то образом сохранять такую уверенность и контроль над собой, чтобы держаться на ногах и пронестись до самого конца.

Эмма кивнула.

— Выглядит действительно потрясающе. Поэтому я и хочу серфить в пайплайне. Просто мне надо дорасти до этого. Я встречала взрослых, которые слишком рано пытались освоить это и здорово ломались. Теперь они даже попробовать не хотят. А ведь они еще совсем не старые!

Джессика улыбнулась.

— *П* означает «проси». Мы с моей подругой Софией постоянно это делаем. Мы наблюдаем за лучшими серферами и просим у них совета.

— И они вам помогают?

— Ну, не всегда. Некоторые — нет. Но большинство из них очень милые. — Эмма пожала плечами. — Нельзя позволять мелочам стоять на пути больших свершений. **Человек невежливый — это мелочь. Поначалу бывает немного неприятно, но мы просто идем к другому человеку и просим его.** Серфинг на больших волнах — это большое свершение. Мы не хотим его пропустить из-за того, что кто-то оказался невежливым.

— Дошло. А третья *И* что значит?

— Давай оставим третью *И* на потом, ладно? Это моя самая любимая.

Джессика улыбнулась.

— Ладно. Оставим на потом. Тогда что значит *К*?

— У каждого великого серфера был в жизни день, когда он не знал, с какой стороны вставать на доску. Я имею в виду, в это действительно трудно поверить, когда видишь таких хороших серферов в деле. Но это правда. Когда они начинали, они не умели даже вставать на доски. Так что если они научились кататься так хорошо, то может *каждый* — и я тоже могу.

Джессика кивнула. Это напомнило ей слова Джона об экспертах.

— Хорошо, тренер. Так что же означает твоя любимая?

Эмма улыбнулась и завопила во всю мощь легких:

— *И!* Единственный способ по-настоящему испортить себе день серфинга — не идти серфить! Так что *ИДИ! — И* она сплясала залихватский танец.

Джессика расхохоталась.

— Ты тоже можешь сплясать этот радостный танец, если хочешь, — сказала Эмма. — Он называется *гоу-серфинг-шафл.* Я сама его придумала. Не обязательно выполнять все фигуры правильно, просто старайся как можешь.

Джессика приподняла ногу. Она чувствовала себя неуклюжей по сравнению со свободными, легкими движениями Эммы. «Просто иди, — сказала она себе. — Просто иди!» И позволила себе следующие несколько минут беззаботно и ничуть не пытаясь оценивать, как она выглядит со стороны, танцевать гоу-серфинг-шафл с Эммой.

ГЛАВА 44

Небо быстро теряло краски. Скоро совсем стемнеет.

Майк глянул на меркнущую линию горизонта.

— Ну, пора на берег, — сказал он.

Я продолжал думать над его словами о том, что нужно быть наблюдателем момента, а не только его участником.

— Приведи короткий пример, как это — быть наблюдателем, — попросил я. — А потом со следующей волной пойдем к берегу. Что-то подсказывает мне, что у тебя есть на этот счет очень хорошая история.

Майк плеснул воды на доску и улыбнулся.

— Ладно, одна коротенькая история. Я в ней, конечно, выгляжу не лучшим образом, но она определенно годится для моей личной книжки «Ага!». Когда мы с Эммой путешествовали по Австралии, был один такой отрезок пути, для которого мы арендовали кемпер. Ну, ты знаешь, в нем можно спать по ночам. Это был эксперимент. Мы до этого не раз останавливались в кемпингах, передвигаясь на обычных машинах, а тогда подумали: почему бы не попробовать и такой способ? Мне это казалось интересной идеей, и я до сих пор уверен, некоторым людям отлично подошло бы.

— Но не вам двоим, — предположил я.

Он покачал головой:

— Не нам. В кемпере было неудобно спать, вот чтобы так — из ночи в ночь. Не знаю точно почему. Может, он был слишком тесным? В общем, нам просто не подошло. И хуже всего было то, что мы оба просыпались среди ночи и были вынуждены идти в туалет.

— Да уж, ничего хорошего, — согласился я.

— Особенно когда это означает, что выйти из кемпера нужно в глухую ночь и тащиться к общественному туалету, который располагался довольно далеко, — продолжил Майк. — Нас с Эммой, в общем-то, неженками не назовешь, но по какой-то причине это было «против шерсти».

— И что случилось дальше?

— Эмма всегда была настоящим бойцом. Никогда не жаловалась, сохраняла позитивный подход. Но после трех недель ночных пробуждений, когда нам обоим приходилось идти в туалет, у нее случился срыв. Она проснулась в два часа ночи, и, сколько бы я ни говорил ей, что все хорошо, она плакала и не могла остановиться. И плакала громко. *По-настоящему* громко. Тогда я обыскал нашу крохотную «квартирку», нашел ее туфельки и обул ее. Под несмолкающие рыдания я лихорадочно нашарил собственную обувь и тоже обулся. Наконец взял ее на руки и пять минут нес к туалету. И все это время она громко рыдала. — Он покачал головой. — Эти площадки, где паркуешь кемпер на ночь, полны других людей, всегда кто-то останавливается на ночлег. И когда просыпаешься посреди ночи потому, что кто-то шумит, это ужасно раздражает. Так что я прекрасно сознавал, что в два часа ночи незатихающими рыданиями Эммы мы перебудим *всех*.

Я кивнул.

— И что было дальше?

— Мы добираемся до туалета, я лелею надежду, что теперь-то она успокоится, но она не успокаивается. Это нехарактерно для нее, но она только плачет, плачет, плачет и не может остановиться. Мне не хотелось этого делать, потому что я считаю, что это неправильно, но я, беспокоясь о других людях в лагере, пригрозил отобрать то, что ей нравится, если она не перестанет плакать. Я говорил очень тихо и очень внятно: «Если ты не перестанешь рыдать, то утром не будешь играть со своей любимой игрушкой». Ну, что-то в этом роде.

— И что, сработало? — поинтересовался я.

— Ничего подобного. Она принялась рыдать еще громче. — Майк пожал плечами. — Тогда я сказал, что если она не успокоится, то на следующий день мы не поедем в заповедник для животных. А она ждала этого целую неделю.

— И?..

— Она заплакала еще горше.

Майк снова плеснул на доску водой, покачал головой.

— Это был я в своем худшем варианте. Не тот, кто я есть как личность, и определенно не тот отец, каким я являюсь на самом деле.

— И что было дальше? — спросил я.

— Я увидел ее.

Я непонимающе посмотрел на него.

— Что ты имеешь в виду?

— Это было мощное сюрреалистическое переживание, словно дар откуда-то. Когда мы добрались до туалета, я усадил Эмму на унитаз. Она была такая усталая, что я боялся, как бы она не упала, поэтому встал перед ней на колени и держал ее. Вот в таком положении мы с ней и были, когда я сказал, что отменю поездку в заповедник.

Но когда я говорил это, кое-что случилось. Я не только произнес эти слова, но и услышал их. Услышал так, будто их говорил кто-то другой. Я был *наблюдателем* этой сцены, хотя одновременно участвовал в ней. И в этой роли наблюдателя...

Майк на миг умолк; я видел, насколько реальным для него было это воспоминание. Когда он заговорил, у него перехватило горло, и ему пришлось снова ненадолго замолчать. Наконец он поднял на меня взгляд и улыбнулся, справляясь с эмоциями.

— В этой роли наблюдателя я увидел перед собой крохотное человеческое существо. Такое усталое, но такое отважное. Я увидел ее душу, ее дух, почувствовал ту боль, которую она испытывала. Я ощутил ее в своем собственном сердце — в том его месте, о существовании которого и не догадывался раньше. Мое сердце переполнилось настолько, что показалось, оно вот-вот разорвется.

Я кивнул.

— И что ты сделал?

— Я отер слезы с ее щечек, прижал ее головку к своему плечу и сказал, что все хорошо. Сказал, что папочка с ней, что все хорошо, хорошо. И мысленно осознал, каким был глупцом. **Я так беспокоился за остальных обитателей кемпинга, что забыл о человечке, который значит для меня в этом мире больше всех.** Она обвила ручками мою шею, а я прижал ее к груди со всем состраданием, какое только было во мне. Прошептал на ухо, что люблю ее и счастлив, что она моя дочь.

Майк смахнул с уголка глаза слезу.

— Никогда не забуду это переживание, — добавил он. — До него я считал себя хорошим отцом, но та ночь породила во мне глубокое стремление стать лучше. Всегда бросать себе вызов, чтобы как можно чаще быть на той высоте, на которую я способен.

— Быть и участником, и наблюдателем собственной жизни, — добавил я.

Он кивнул.

— Именно так. Готов ли я хоть на миллисекунду задумываться, прежде чем открою рот? Понимать, каково будет воздействие, особенно в моменты фрустрации или страха? Могу ли я бросить взгляд на момент и увидеть его целиком, в развитии? А потом скорректировать свою роль в нем, потому что имею возможность стать не только участником, но и наблюдателем? — Он улыбнулся. — Это невероятный дар, который вручаешь самому себе. Это осознание, что ты — не твое физическое тело. Ты — это твой дух, который, так уж получилось, в настоящий момент обитает в твоем физическом теле. С этим осознанием значительная часть гнева, тревоги и разочарований просто улетучивается! И об этом напомнила мне Эмма в ту ночь в кемпинге.

ГЛАВА 45

Мы с Майком поймали волну и прокатились на ней — последний раз в этот вечер. Когда мы добрались до пляжа, Эмма со всех ног кинулась встречать нас. Подбежала к Майку и обняла его:

— Привет, папочка!

Он положил доску на песок, подхватил дочь и поцеловал в щеку. Потом усадил себе на спину и, придерживая за щиколотки, стал бегать по пляжу.

— Где же Эмма? — вопрошал он, делая вид, будто не знает, что она сидит у него на закорках. — Серьезно, Джон, ты ее не видел? Она всего минуту назад была здесь. Эмма! Эмма! — притворно звал он.

Эмма заливалась смехом.

— Я сзади тебя, пап, — выговорила она сквозь смех.

Майк стащил ее со спины через плечо, и она снова оказалась перед ним, лицом к лицу.

— Ах вот ты где! Я целую минуту не мог тебя найти.

Эмма, хохоча, обхватила ладошками его щеки.

— Мы уже развели костер, и скоро придут София и Туту. Настало время для луау.

Она вывернулась из его рук, соскользнула на землю и помчалась обратно к кафе.

— Похоже, действительно настало время для луау, — сказал Майк и улыбнулся.

Он подобрал с песка доску, и мы оба пошли к кафе. По дороге я не мог не думать о том, как его решения, касающиеся Эммы, приводили к тем потрясающим мгновениям, которые я только что наблюдал.

ГЛАВА 46

Пару минут мы с Майком шли молча.

— Вдобавок к истории, которую ты мне только что рассказал, — начал я, — какие наилучшие решения ты принял как отец?

Майк помолчал, задумавшись над ответом.

— Ну. В тот день, когда она родилась, я принял решение никогда не кричать на Эмму.

— Правда? — удивился я. Крики родителей казались мне стандартной практикой воспитания.

— Это то, что чаще всего замечаешь, когда у тебя нет собственных детей, — пояснил он.

Я даже не обратил внимания на тот факт, что он снова прочел мои мысли.

— На свете много людей, которые предпочитают быть именно такими, — добавил он. — Окрики они приравнивают к строгости, которая кажется им необходимой.

— А ты принял иное решение?

— Да. Я был рядом, когда Эмма родилась. Я держал ее на руках, гладил ее крохотную головку, — на лице его заиграла улыбка. — Она была размером с кокос. Такая маленькая, такая хрупкая — и при этом такая. настоящая. Она сразу же открыла глазки и посмотрела на меня с этаким спокойным достоинством. Словно знала все тайны Вселенной. Вот в тот момент я и решил, что никогда не повышу на нее голос, никогда не накричу на нее.

— И что?

— Ей сейчас семь. Я на нее ни разу не накричал — и не собираюсь.

— А как ты справляешься с ее проступками?

Идея не кричать на детей казалась мне непривычной. Трудно было вообразить жизнь без окриков.

— Мы принимаем собственное поведение, основываясь на том, как мы себя определяем. Позиционируем, если тебе так понятнее. В тот день, когда она родилась, я определил себя как отца, который никогда не кричит. Так что если бы я стал кричать, это было бы не в моем характере, не гармонировало бы с тем, кто я есть.

Я бросил на Майка непонимающий взгляд.

— Подумай об этом в другой плоскости. Если ты определяешь себя как искателя приключений, нормально или ненормально для тебя было бы никогда не уезжать из дома?

Я улыбнулся.

— Ненормально.

— Вот именно! Если бы кто-то пытался заставить тебя сидеть дома, это казалось бы неправильным. И эмоционально, и физически, и интеллектуально. Ты определил себя как искателя приключений, и это означает, что ты отправляешься на поиски приключений. Вечное сидение дома было бы неприемлемым для тебя. Ты отказался бы поступать таким образом.

— Кажется, до меня дошло, — проговорил я. —

Поскольку ты определил себя как отца, который не кричит, в случае, если бы ты начал кричать, это ощущалось бы как неправильный поступок. Эмоционально, физически и интеллектуально.

— Точно, — улыбнулся он. — А Вселенная любит испытывать людей на предмет их убежденности в подобных вещах.

— В каком плане?

— Например, в такой день, когда ты изнурен десятком непредвиденных событий. И эти непредвиденные события на тебя давят. Уже поздно, и ты думаешь обо всем, что тебе еще нужно сделать сегодня вечером, и все это необходимо сделать, чтобы кое-как пережить завтрашний день. А твой ребенок в это время желает дурачиться, вместо того чтобы чистить зубы.

— И хочется заорать?

— Еще как! Ты ощущаешь стресс и напряжение. И какая-то часть тебя знает короткий выход: завопить во всю мочь и запугать всех окружающих, заставив их сделать то, что ты хочешь видеть сделанным.

— Но ты этого не делаешь.

Он помотал головой:

— Нет — потому что я верен своему образу. Видишь ли, Джон, хотя стресс находится внутри тебя, если ты готов выйти за пределы этого ощущения, то, как мы уже говорили прежде, это меняет все.

— В каком плане?

— Ну, для начала ты осознаешь, что твои стресс и тревожность не имеют ничего общего с вопросом, чистит кто-то зубы или нет. Ты готов сорвать свой гнев на человеке, который не является причиной твоего состояния. И это несправедливо. Если уж ты так категорически настроен спустить на кого-то всех собак, спускай их на того, кто тебя бесит. **Направляй свой гнев на тех, кто тебя разгневал. Но не стоит направлять его на того, кто просто подвернулся под горячую руку,** или того, кто, как ты знаешь, слабее тебя. — Он на мгновение умолк. — И особенно не стоит направлять его на кого-то, кто все равно тебя простит, и ты знаешь это.

Я кивнул. Это была сильная мысль. Как часто я видел, что люди срывают зло на ком-нибудь из членов своей семьи! Тогда как в реальности жертва их гнева не имеет ничего общего с причиной, вызвавшей этот гнев.

— Есть еще другой момент, — продолжал Майк. — Когда определяешь себя как того, кто никогда не кричит, в те моменты, когда внутри тебя формируется побуждение заорать, это кажется неправильным.

— Как у искателя приключений, сидящего дома, — добавил я.

— Точно. В этом случае ты можешь ощутить изначальное побуждение заорать. Но когда это случится, ты ощутишь еще более мощную силу, которая скажет тебе: «Это не ты. Ты решил быть отцом, который *не* кричит». Поэтому побуждение заорать вызывает у тебя гораздо более сильный дискомфорт. И ты не кричишь. Это воспоминание, это осознание успокаивает тебя. Оно помогает тебе взглянуть на вещи со стороны. Дает возможность быть истинным тобой, то есть таким, каким ты сам решил быть, вместо того чтобы позволять культурному или поведенческому стереотипу руководить твоими поступками. Оно дает тебе осознание, чтобы ты мог выйти за пределы ситуации. Побыть наблюдателем — пусть всего на пару секунд. В эти секунды тебе становится намного яснее, какова должна быть твоя истинная реакция. И тогда ты действуешь в правильном духе.

Я тряхнул головой.

— Может быть, дело в том, что я слышу все это в первый раз, Майк, но звучит как-то сложно.

Он кивнул.

— Я понимаю. Однако, если думать об этом с точки зрения простейших составляющих, на самом деле все довольно просто. Вначале ты определяешь, кто ты есть. Затем позволяешь себе временами выходить за пределы текущего момента. Смотришь на жизнь с точек зрения и участника, и наблюдателя. На это уходит всего секунда. Может, даже меньше. А потом действуешь, опираясь на все это.

— И срабатывает?

— Даже в самые трудные дни, — ответил Майк со смехом и повернулся ко мне. — Дам тебе еще один повод для размышления, Джон. Станешь ты приглашать человека в гости, а потом орать на него, потому что злишься на кого-то другого?

Я расхохотался.

— Пожалуй, после этого бедолагу в мой дом и калачом не заманишь!

— Наверняка. Однако люди постоянно так делают. Они приглашают тех, кого любят, в свою жизнь, а ведь это намного более значимое приглашение, чем в гости к себе домой. А потом используют приглашенных как отдушину для своего гнева.

Я покачал головой.

— Никогда не думал об этом с такой стороны. Но ты прав. Я видел людей, которые разговаривали со своими супругами, партнерами или детьми так, как никогда не стали бы разговаривать с гостем в своем доме. Или даже со своим другом.

Мы уже почти дошли. Майк остановился и поставил доску стоймя на песок. Улыбнулся.

— **Когда мы осознаем безумие своего поведения, у нас есть выбор: мы можем перестать безумствовать.** Часть даров, врученных мне Эммой, — это те жизненные уроки, о которых мы говорим. Потому что они применимы не только к родителю и ребенку. Они применимы к любым взаимодействиям. — Он снова подхватил доску. — Вон там есть шланг и душ с пресной водой, — сказал он, указывая на маленькую рощицу тропических деревьев. — Пойдем наскоро ополоснемся, а потом присоединимся к луау.

Я двинулся за ним.

Как же он прав! — подумал я.

Все это время я осмысливал наши разговоры в контексте Майка и Эммы — родителя и ребенка. Однако эти уроки во многих отношениях были применимы не только к родителям и детям.

Пора было браться за блокнот с моими «Ага!». Я хотел запечатлеть все это в памяти.

ГЛАВА 47

— Вы молодцы, ребята!

Мы с Майком ополоснулись сами и отмыли доски. Затем он зашел в кафе посмотреть, как там Эмма и Кейси. А я пошел к костру.

Джессика сидела на песке, прислонившись к глыбе вулканического камня. Там было много таких, выстроенных в круг. А посередине этого круга весело потрескивал костерок.

Джессика улыбнулась.

— Мы уж думали, что вы вдвоем собрались серфить в ночь.

Я ответил улыбкой.

— В другой раз. Да нет, мы просто увлеклись беседой, и время летело незаметно.

Джессика кивнула.

— Мне знакомо это чувство. И, похоже, в этом месте такое не редкость.

Я уселся рядом с ней.

— Ты выглядишь счастливой. Довольной.

Она кивнула.

— Ох, даже не знаю, в чем именно дело. Я просто чувствую себя так легко. Словно…

— Словно именно такой и должна ощущаться твоя жизнь? — предположил я.

Она засмеялась:

— Да! Словно до сегодняшнего дня я сидела в ящике и не знала, как выбраться. А теперь ящик исчез, и мне кажется, что я вообще никогда в нем не сидела. Просто думала, что он есть. Так долго убеждала себя в его реальности, что он стал реальным — в моем сознании. Но теперь он исчез. — Она посмотрела на меня. — Это не кажется тебе абсурдом?

— Нет, не кажется. Примерно такое же ощущение было и у меня, когда я впервые побывал в этом кафе. Я провел в нем всю ночь. А утром, когда уезжал, меня посетило это чувство понимания. — Я пожал плечами. — Вряд ли я вполне сознавал, *что именно* понял, но все стало как-то яснее. И, как ты и сказала, легче.

— Это надолго? — спросила она. — Какая-то часть меня, признаться, опасается надолго задерживаться в этом чувстве. Оно кажется настолько правильным, что если оно уйдет... О, я знаю, это будет ужасно!

— Ну, поэт сказал бы, что лучше чувствовать и потерять, чем вообще никогда не почувствовать. — Я покачал головой и хмыкнул. — Однако я не поэт. Так что расскажу про свой опыт. Когда я впервые был здесь, Кейси объяснила мне, что это чувство, это ощущение знания — все равно что увидеть карту спрятанных сокровищ и знать, где стоит крестик. Стоит один раз увидеть, и ты уже не забудешь, что клад есть.

— Это хорошо, — сказала Джессика. — Правда?

— Это... — Я замешкался.

— Что такое? — спросила она.

— Это действительно хорошо. То есть на самом

деле просто прекрасно, — добавил я. — С каждым «Ага!» ты лучше понимаешь, как все устроено. Начинаешь понимать жизнь на совершенно ином уровне. И с каждым приключением, в которое пускаешься, которое согласуется с твоей ЦС и «Большой пятеркой для жизни», ты ощущаешь жизнь так, как никогда прежде. — Я немного помолчал, обдумывая собственные слова. — А потом настает момент, когда становится действительно трудно вспомнить, каким все было раньше. Когда тебе казалось, что ты сидишь в ящике. Когда ты видел мир как место препон и ограничений, а не как игровую площадку бесконечных возможностей.

— Все это кажется невероятным, — отозвалась Джессика. — Так почему ты запнулся только что?

— Потому что, придя к этому моменту, ты отказываешься соглашаться на жизнь внутри ящика.

— А я и не хочу соглашаться на жизнь внутри ящика. Я хочу испытывать совсем другие чувства, — убежденно произнесла она.

— Понимаю. Однако и тебе важно кое-что понять. Иногда это дается не задаром.

Джессика озадаченно посмотрела на меня.

— Не задаром — в каком смысле?

— Могу рассказать только о собственном опыте. Я обнаружил, что, как только я начал меняться, некоторые мои дружеские отношения утратили смысл. Как и некоторые родственные.

— Почему?

— Ну, я выяснил, что некоторым людям я нравился именно как парень в ящике. Таким они меня знали.

С таким им было комфортно находиться рядом. Им нужен был человек, который видел мир так же, как они сами. Когда я начал видеть его иначе, они почувствовали в этом угрозу.

— И что случилось?

— Поначалу они пытались снова создать ящик вокруг меня. В мелочах. Они жаловались на то, как несправедлив мир или какой придурок у них начальник, или вовлекали меня в долгие дискуссии о какой-нибудь трагедии, о которой узнали из новостей, или пытались рассказывать новые сплетни о какой-нибудь знаменитости.

— Но это был уже не тот ты, и…

Я покачал головой.

— Верно, я был уже не тот. Я не хотел быть частью этой энергии. Если они хотят быть такими — пожалуйста. Это их выбор, и я не собирался осуждать их. Просто *я* не хотел быть таким.

— И что было дальше?

— Со временем некоторые мои дружеские отношения окончательно сошли на нет. То же самое случилось и в отношениях с некоторыми родственниками. Однако я заметил, что, как только я очистил это пространство, у меня появилось место для новых друзей и новых отношений. Для таких, которые были более созвучны тому мне, каким я стал и каким стремился стать в будущем. **Я решил, что скорее предпочту быть собой и счастливым, чем оставаться чьей-то чужой версией «меня» и довольствоваться простым «в порядке».**

Джессика улыбнулась.

— Кажется, это было правильное решение. Похоже, тебе очень комфортно быть собой. *Этим* собой.

— Так и есть. Однако, доложу тебе, людям это не всегда по вкусу.

— Уверен?

— Абсолютно. Я веду совершенно иной образ жизни. Я занимаюсь тем, чем хочу заниматься, когда я этого хочу. У меня нет ни дома, ни машины. Отработав год, я срываюсь с места и отправляюсь куда-нибудь путешествовать. Многим людям трудно это понять. Это их пугает.

— Почему?

— Потому что это бросает вызов их собственной системе убеждений. Если опираться на их представления о мире, в моем возрасте мне *полагается* откладывать какую-то сумму денег по пенсионному плану 401К. Мне *полагается* иметь машину такого-то типа, жить в таком-то районе, заниматься такой-то деятельностью и состоять в таком-то типе отношений. А поскольку я этого не делаю, какая-то часть их сознания приходит в смятение. «Может быть, и мне нет необходимости все это делать?» — думает она.

— *Почему я здесь?* — проговорила Джессика задумчиво.

Я кивнул.

— Да, все так. Этот вопрос в меню кафе явно неспроста. Потому что, когда пытаешься ответить непосредственно на него, становится не важно, что, по мнению кого бы то ни было, тебе *следует* делать. «Что следует» — это просто коллективное мнение, основанное на том, что делают большинство людей. А это, как правило, основано на том, каких действий *хотел бы от них* какой-нибудь рекламодатель. — Я улыбнулся. — Ну, примерно так: «Ах, ты женщина между тридцатью и тридцатью пятью? Большинство женщин между тридцатью и тридцатью пятью имеют работу, семью, дом с тремя спальнями и двумя санузлами и водят внедорожник. Так что именно это следует иметь и делать тебе».

— И ты начинаешь жить точно по этому сценарию, — подхватила Джессика. — И в конце концов проживаешь эту *предопределенную* жизнь. Будь тебе двадцать, пятьдесят, восемьдесят.

— Если только… — перебил я и сделал паузу.

— Если только я не спрошу себя: *«Почему я здесь?»* — договорила Джессика. — А потом создам новый сценарий, *мой* сценарий. Тот, что позволит мне жить жизнью, которой я хочу. Так, как я хочу.

— Вот что я выяснил, — кивнул я. Потом пристально посмотрел на Джессику и снова улыбнулся.

— Что? — не поняла она.

— Иногда я размышляю, **не в этом ли скрыт весь смысл жизни. В том, что это просто гигантская игра и весь ее смысл — проверить, сможешь ли ты не забывать жить той жизнью, которой хочешь жить ты сам.**

Сознавать, что на самом деле в этой игре главный — ты, а не игра верховодит тобой.

— Строить собственную игровую площадку, — задумчиво отозвалась Джессика, — и играть на ней столько, сколько хочешь.

ГЛАВА 48

— Они здесь! Они здесь!

Из задней двери кафе выбежала Эмма.

— Привет, София! Привет, Туту! — взволнованно воскликнула она.

Я повернулся посмотреть, к кому она обращается.

Маленькая девочка и пожилая женщина-гавайка обнимались с Эммой.

— Эта девочка — София. Она подружка Эммы, — пояснила мне Джессика. — Я сегодня днем видела, как они вместе играли.

— А та женщина кто?

— Точно не знаю.

Я поднялся. Джессика последовала моему примеру.

Эмма подвела своих подруг к костерку.

— Джон и Джессика, это мои подруги, София и ее бабушка. Мы называем ее бабушка Туту. Потому что так называют бабушек на Гавайях.

Я опустился на одно колено, чтобы оказаться на уровне глаз Софии, и протянул ей руку.

— Приятно познакомиться, мисс.

Она пожала мою ладонь и робко улыбнулась:

— И мне приятно познакомиться.

Потом я поменялся местами с Джессикой. Она только что поздоровалась с Туту, теперь настала моя очередь.

Судя по облику Туту, она, наверное, немало знала о жизни. Глаза женщины сверкали, энергия была настолько очевидной, что казалось, можно протянуть руку и коснуться ее. Если бы не отдельные седые нити в длинных темных волосах, было бы почти невозможно догадаться о ее возрасте.

— Алоха, Джон, — промолвила она и тепло обняла меня.

— Алоха, — отозвался я.

Когда мы отстранились друг от друга, я улыбнулся ей. Она протянула руку и коснулась моей щеки.

— Как хорошо, что ты вернулся в это кафе! — сказала она, отвечая мне улыбкой.

Я не понял, откуда она узнала, что я бывал здесь прежде. Может быть, Эмма рассказала об этом Софии, а София — бабушке? Или, может быть, просто знала. И чуяло мое сердце, что верно именно второе.

На Туту было традиционное гавайское платье, и София тянула ее за подол. Туту опустила руку и потрепала внучку по голове.

— Что такое, малышка? — спросила она нежно.

— А мы можем отдать им цветы прямо сейчас? — прошептала София.

Туту улыбнулась.

— Думаю, Майк и Кейси скоро появятся, не пройдет и минуты. Давай дождемся их, а потом подарим цветы сразу всем?

Личико Софии просияло, и она быстро закивала.

Словно услышав, Майк и Кейси вышли из кафе. У каждого в руках был широченный поднос с едой. Они двинулись в нашу сторону.

— Привет, София! Привет, Туту! — сказала Кейси, подойдя ближе.

Кейси поставила свой поднос и по очереди обняла гостей. То же самое сделал Майк.

— У нас полным-полно отличной еды, — сказала Эмма.

Я посмотрел на подносы. Действительно, целый пир. Свежий ананас и папайя, запеченная целиком на гриле рыба, рис, завернутый в банановые листья.

— То, что надо для голодных серферов, — сказал с улыбкой Майк.

— Джессика сегодня научилась серфить, Туту, — сообщила Эмма.

— И ты была ее учительницей? — поинтересовалась Туту.

— Ага.

— А вы тоже серфер? — спросила Джессика Туту.

— Она великолепный серфер, — не дала женщине ответить Эмма. — Туту как раз и учила Софию. Это у нее в крови. Гавайцы — изобретатели серфинга.

— Правда? — удивленно спросила Джессика. — А я-то думала, что это калифорнийское изобретение.

Туту обняла Эмму и поцеловала в макушку.

— Серфинг был изобретен здесь, — сказала она. — Очень и очень давно. Гавайцы всегда были тесно связаны с водой. — Она улыбнулась. — В конце концов, мы ведь живем на маленьком островном архипелаге посреди очень большого океана.

— Туту, а можно я уже их отдам? — шепнула София.

Туту посмотрела на внучку и улыбнулась.

— Да, малышка.

София раскрыла большую корзину, которую принесла с собой Туту. Опустила в нее руки и вытащила прекрасное ожерелье-венок из живых цветов. Потом подошла к Джессике.

— Алоха, Джессика! Это тебе. Это называется *лея.*

Джессика улыбнулась и опустилась на колени, чтобы София смогла дотянуться до ее головы. Она чуточку наклонилась, и София осторожно надела цветочную гирлянду ей на шею.

— Спасибо, София, — мягко, с улыбкой проговорила Джессика.

— В гавайской культуре мы выражаем свою связь с другой душой, даря человеку *лею,* — объяснила Туту. — Это традиция, которая насчитывает более тысячи лет. Мы используем ее для выражения любви, благодарности, пожелания мира, — она улыбнулась, — и как прославление духа жизни.

Одну за другой София подарила *леи* каждому из нас. Пахли они невероятно. Сладкий аромат цветов наполнил воздух.

— Спасибо вам, София и Туту, за ваши прекрасные *леи,* — сказал Майк. — Как вы посмотрите, если мы продолжим наш праздник за трапезой? Голодные есть?

— Я! — завопила Эмма.

— И я тоже! — присоединилась София.

— Что ж, тогда вперед, — с улыбкой сказал Майк.

ГЛАВА 49

Угощение было восхитительно. Мы наелись буквально до отвала. Затем Кейси принесла из кафе подушки, и все мы — за исключением Эммы и Софии — расположились вокруг костра. Девочки пошли играть: строили замки из песка и украшали их раковинами.

— Кейси, Майк, это было невероятно! Спасибо, — сказал я.

Кейси приподняла свой бокал.

— Всегда пожалуйста. И спасибо за то, что помог этим утром в кухне.

— Разве это было только сегодня утром? — поразился я. — А кажется, будто давным-давно. Невероятный получился день.

Джессика кивнула.

— Действительно, мне тоже трудно поверить, что это было сегодня утром. Такое ощущение, что с тех пор миновала целая жизнь.

Кейси улыбнулась.

— Представление о дне приобретает новый смысл, когда наполняешь его значимыми событиями, не так ли?

— Так, — согласилась задумчиво Джессика. — Действительно так. Тогда почему мы этого не делаем — в смысле, не наполняем? — Она обвела взглядом всю компанию и хмыкнула. — Наверное, точнее будет сказать — *я* этого не делаю. Такое ощущение, что каждый из вас уже разобрался с этой частью жизни.

— Джон, что ты на это скажешь? — подал голос Майк. — У тебя ведь заканчивается очередной год, дни которого были полны приключений.

Я ненадолго задумался.

— Для меня одним из шагов к этому был отказ от нескончаемого «списка важных дел», — ответил я.

— Что ты имеешь в виду? — не поняла Джессика.

— До того как впервые попасть в это кафе, я жил очень занятой жизнью. Вот только занята она была не теми делами, которыми я на самом деле хотел заниматься. Мне просто казалось, что если я смогу все переделать, то наконец буду свободен. Если только я смогу повычеркивать все пункты из своего списка важных дел, то смогу жить жизнью, которой хочу жить.

— И как у тебя получалось? — с ухмылкой подначил меня Майк.

Я улыбнулся.

— Так, что хуже и представить нельзя. Этот список никогда не кончался! Стоило вычеркнуть два пункта, как прибавлялось еще два. Казалось, нет конца этой веренице обязанностей.

— Вот и я по большей части чувствую себя так же, — кивнула Джессика. — Я приехала сюда, на этот прекрасный остров, но у меня нет времени наслаждаться им. Я все думала, вот если задержусь на работе еще на пару часов, возьму пару документов домой, приеду поработать в выходные, то в итоге переделаю все дела и стану свободна. Но этого никогда не случается.

— Вселенная наблюдает, — тихо подала голос Кейси.

— Ты права, — согласилась Джессика.

— Вселенная наблюдает? — переспросил я.

Джессика посмотрела на Кейси.

— Давай, — подбодрила ее та. — У тебя получится.

Следующие пару минут Джессика объясняла, что это значит и как они с Кейси обсуждали эту тему.

Когда она договорила, я кивнул.

— Я никогда не думал об этом в таких выражениях, но считаю, что это совершенно правильно. Ты получаешь больше того, на что тратишь свое время. Так что **главное — ставить важное для тебя на первое место. А после, если место еще останется, добавлять остальное.**

Туту мягко рассмеялась.

— В полинезийском фольклоре есть на этот счет прекрасная иллюстрация, — сказала она. — История о глупом моряке и его каноэ-*аутригере,* шлюпке с выносными уключинами.

— А можно нам послушать? — попросила Джессика.

— Ой, а нам можно будет сплясать? — взволнованно спросила Эмма.

— Да, можно? — поддержала ее София.

— Ага, так вы, значит, подслушиваете, а не играете! — с улыбкой сказала Туту.

— Мы *и* подслушиваем, *и* играем, — возразила на это София.

— Что ж, если вы хотите сплясать, вам понадобится музыка, — проговорила Туту и взглянула на Майка.

Тот улыбнулся.

— Сейчас вернусь. — Он встал, пошел к кафе и спустя пару минут вернулся с *укулеле,* гавайской гитарой, и тремя барабанчиками.

— Это *паху,* — пояснил он и вручил по одному барабанчику Джессике, Кейси и мне. — Народный гавайский ударный инструмент.

Я взял свой и для пробы пару раз хлопнул по нему.

Майк повернулся к Туту.

— Окажешь ли нам честь быть рассказчицей?

Она улыбнулась и кивнула.

— Тогда, пожалуй, мы с Софией спляшем, а ты будешь играть на укулеле, — сказал Майк Эмме и в шутку протянул ей инструмент.

— Ну уж нет! — сказала она и хихикнула. — Это ты будешь играть на укулеле, а я спляшу с Софией.

Майк притворился удивленным.

— О! Так, значит, вот что мы будем делать! Ладно. — Он улыбнулся и уселся на песок.

— Итак, танцовщицы мои, подходите-ка поближе, — заговорила Туту. — Движения помните?

Обе девочки с энтузиазмом кивнули.

— В таком случае настал час для сказки о глупом моряке и его каноэ-аутригере.

ГЛАВА 50

Туту повернулась к нам с Джессикой.

— Ну, мои новые музыканты, среди вас есть один очень опытный барабанщик, Кейси, и еще очень опытный мастер игры на *укулеле,* Майк. Они оба прекрасно знают эту песню. Просто следуйте за ними и наслаждайтесь.

Я кивнул. Джессика бросила на меня взгляд и улыбнулась. Потом занесла ладони над барабаном.

Майк начал потихоньку наигрывать, к нему присоединилась Кейси, а мы с Джессикой последовали ее примеру.

Туту начала медленно и ритмично раскачиваться. Ее бедра двигались в той мягкой, деликатной манере, которая отличает искусство гавайского танца. Девочки придвинулись поближе и тоже начали плавно покачиваться.

Через несколько мгновений Туту начала в такт музыке рассказывать историю.

На реке и в океане,
В свете солнца и луны
Ищем новых приключений —
Тех, что радости полны.

Мы все — от мала до велика —
Мир изучаем многоликий.
И, к новым приключениям спеша,
Бежим сложить багаж в каноэ —
Это первый шаг.

— О том, что надо начинать со сборов, знают все полинезийские искатели приключений, — с пафосом произнесла Туту и воздела руки к небу.

Кейси отчаянно забарабанила. Мы с Джессикой подхватили бешеную дробь. Девочки, которые до этого совершали плавные движения, следуя за Туту, теперь плясали вовсю, также воздев руки к небу.

Туту улыбнулась и снова начала двигаться медленно и ритмично, покачивая бедрами под аккомпанемент укулеле. Когда наша бешеная барабанная дробь притихла, она подняла руку и провела ею по груди.

Начнем же нашу сказку
О глупом моряке,
Что в путь не мог пуститься —
Всё вещи собирал.
Свалил пожитки в кучу,
Гадал, что взять с собой.
Что важно, что не важно —
Никак не мог понять.
Оставить напоследок
Решил копье, весло,
Свой серф и шляпу — словом,
Все нужное ему.

Уже и вся деревня
На пляже собралась,
И каждый с жаром спорит
О том, что взять с собой.
«Вон то!», «Не то, а это!»,
«Да нет, бери вон то!» —
Тем временем каноэ
Все там же, на песке.
«Возьми не то, а это!» —
Кричат наперебой,
Горазды плавать в спорах,
А в море — ни ногой.
Так длились час за часом
И ор, и шум, и гам.
А наш глупец пытался
Всем сразу угодить.
Сто раз, а то и больше,
Он складывал багаж,
Но нужное, как прежде,
На берегу лежит.
«Бери не то, а это!» —
Советчики вопят.
«Не слушай их! Вот это!» —
И ладу снова нет.
«Все важное — последним!» —
Упорствует моряк.
Летят минуты мимо,
Каноэ все лежит…
Час, день, неделя, месяц…
В затылке чешет он.

«Да как же это сделать?!
Проблема из проблем!»
Вдруг капля с неба — плюх!
Теперь уж не до моря:
Настал сезон дождей!

— УГА-УГА-УГА-УГА, УГА-УГА-УГА-УГА! — нараспев завел Майк. Эмма и София стали ему вторить, гримасничая, словно обезьянки.

Кейси улыбнулась и кивком показала, чтобы мы присоединились к распеву. Мы послушались, с трудом удерживаясь от хохота, наблюдая за девочками и подтягивая общее «уга-уга».

Голос Туту стал громким и драматичным:

Разгневалося небо,
И ветер вдруг задул...

Как только Туту произнесла эти слова, Эмма и София повернулись друг к другу, набрали в легкие воздуха и принялись дуть изо всех сил — и сразу же расхохотались.

Я рассмеялся и повернулся, чтобы взглянуть на Джессику. Она тоже дунула мне в лицо. Я расхохотался еще пуще.

УГА-УГА-УГА-УГА,
УГА-УГА-УГА-УГА!

Снова напевая, Туту замедлила темп, и в голосе ее зазвучала глубокая печаль:

Гром гремит,
И ливень льет,
Прочь моряк спешит.
А его мечта забытая
На берегу лежит.

Когда Туту допела последнюю строку, Эмма с Софией прекратили танец, пожали плечами, скроили грустные рожицы и громко разочарованно воскликнули:

— О-о-о-о!

Это было так забавно, что мы опять не удержались от смеха.

Когда их «о-о-о» замерло, Туту улыбнулась и снова начала покачиваться и петь. Девочки подхватили ее танец.

Простак-моряк усвоить
Не смог простой урок:
Все нужное в каноэ
Сначала положи,
А остальное после,
Подумав хорошенько,
Зачем оно тебе.
Запомни эту сказку
О глупом моряке!

ГЛАВА 51

Кейси бешено забарабанила, знаменуя окончание песни. Мы поддержали ее. Девочки исполнили неистовый танец, корча друг другу гримасы.

К концу нашего совместного выступления я хохотал так, что казалось, у меня еще с неделю будет болеть живот. Остальные смеялись ничуть не меньше.

— Я в восторге! — заявила наконец Джессика. — Это было так весело! — Она посмотрела на Эмму и Софию. — Девчонки, вы были восхитительны. Как это вы так хорошо выучили все движения?

Эмма, пританцовывая, улыбнулась.

— Нас научила Туту. Это одна из наших с Софией любимых песен. Мы все время репетируем ее с Туту. Верно, София?

София рассмеялась.

— Уга-уга! — крикнула она Эмме и принялась повторять забавные движения танца.

Эмма фыркнула, потом притворилась испуганной и побежала прочь. София погналась за ней.

— До прибытия сюда белых мы, гавайцы, передавали потомкам знания в сказках и песнях, — сказала Туту. — Так люди учились. — Она посмотрела на девочек. — Не сомневаюсь, что они запомнят и эту песню, и скрытый в ней урок.

— Я тоже запомню, — пообещала Джессика. — Он кажется таким очевидным: в приоритете должно быть самое важное.

Туту улыбнулась.

— Значит, это хорошая история, чтобы запомнить ее и поделиться с другими.

— И записать ее в мой блокнот, — подхватил я и поднялся с места. — Скоро вернусь.

Я вернулся в кафе и вошел в кухню. Мой рюкзак все так же стоял на полке. Я схватил его и повернулся, чтобы выйти. А потом остановился. Выглянул через окошко раздачи в зал кафе. Там горели всего несколько лампочек, но все равно все было видно. Красные кабинки, длинная стойка, вешалка у входной двери.

В сознании вспыхнуло воспоминание о моей первой ночи здесь. Посиделки на пляже вышли замечательные. Однако во внутреннем пространстве кафе было нечто магическое. Особенно теперь, когда наступила ночь. Я улыбнулся, благодарный за то, что — какова бы ни была причина — мне представился шанс побывать в этом месте. Тогда. А теперь вернуться сюда снова.

— Здесь особая энергетика, верно?

Я обернулся. Рядом стояла улыбающаяся Кейси. Я не слышал, как она вошла.

Я молча кивнул, потом повернулся, чтобы бросить еще один взгляд в зал.

— Не могу не вспомнить, как изменилась моя жизнь, — наконец сказал я. — Три вопроса и одна ночь в случайном кафе. Где бы я был, если бы не эта ночь? — Я покачал головой. — Даже представить трудно.

— Ты был готов, — возразила она. — И ты действовал согласно этой готовности.

Я повернулся и посмотрел на нее.

— Да, ты права. Каким-то образом я знал, что если начну наполнять свое каноэ вещами, которые по-настоящему важны для меня, то все получится. Я понятия не имел, *как* это получится. Просто понял, что так и будет.

— И оказался прав, — проговорила Кейси.

— Да. Причем на таком уровне, какого я и представить не мог. — Я помолчал, а потом продолжил: — Это прыжок веры. Можно планировать, можно организовывать, можно думать, можно разговаривать с другими людьми. А потом настает момент, когда просто приходится шагнуть в бездну. И осознать, что это никакая не бездна. Вся эта система, с того самого момента, как ты появляешься на этой планете, рассчитана на то, чтобы ты двигался именно в этом направлении. Тебя поддерживают, ведут, подбадривают всю дорогу. Затейливая, прекрасно разработанная игра, организованная ради нашего успеха, а не неудачи. — Я улыбнулся. — Не понимаю, почему говорю тебе все это. Ты ведь знаешь все это лучше меня.

— Да. Знаю. Однако, как и у всех, было время, когда не знала. **Было время, когда страхи, тревоги, все эти «должна» и «обязана», «нужно» и «не могу» правили моей жизнью. Но, как только начнешь жить в согласии со своим сердцем и видеть, как устроен мир, можно со всем этим старьем распрощаться.** Это именно то, что происходит с тобой. Что продолжает происходить с тобой. Это то, что происходит теперь с Джессикой. И то, что будет происходить с ней, когда она прыгнет.

Кейси взглянула на рюкзак в моей руке.

— Что, хочешь достать свою книжку «Ага!»?

Я кивнул, сунул руку внутрь и вытащил блокнот.

— Можно? — спросила она и протянула руку.

Я подал ей блокнот. Она раскрыла его на случайной странице. Потом на следующей. Еще на одной.

— Почему ты продолжаешь работать между годами странствий Джон? — спросила она. — Разве это так же радует тебя, как путешествия?

Я рассмеялся.

— Нет! Просто это лучшее решение из тех, что я нашел на сегодняшний день. Знание, что через год я отправлюсь в дорогу, позволяет мне с легкостью поработать это время — поработать с удовольствием, не позволяя рутинным обязанностям отягощать меня. Я вижу в работе то, что дает мне возможность путешествовать, так что, когда я занимаюсь ею, у меня есть цель. Позитивная цель. Я знаю, что есть нечто лучшее. Кстати, мы с Джессикой сегодня разговаривали об этом. Я просто еще не нашел лучший вариант. — Я бросил озадаченный взгляд на Кейси. — А почему ты спрашиваешь?

— Мы с Майком тоже разговаривали. О тебе, о твоих «Ага!». У тебя есть на них какие-нибудь планы?

— Да нет, в общем-то. В смысле, я-то их обожаю. Я пролистываю свой блокнот почти каждый вечер перед сном. Мои записи напоминают мне о том, что бездна — это никакая не бездна.

— Это прекрасно — заряжаться такой энергией перед отходом ко сну, — заметила Кейси.

— Да. Знаешь, что я раньше — до моего первого посещения кафе — делал вместо этого? Я заканчивал каждый вечер новостями по телевизору. Или читал в Интернете репортаж об очередной катастрофе, или какую-нибудь сплетню о знаменитостях, или статью о спортивных событиях. Потом гасил свет, и мой разум час за часом мчался вскачь, снова и снова воспроизводя проблемы прошедшего дня или стратегически решая, как справиться с проблемами, ожидающими меня наутро.

Я улыбнулся и покачал головой.

— И я еще гадал, почему все время чувствую себя таким усталым!

Кейси молча выслушала меня.

— Так вот, мы с Майком поговорили о тебе и твоих «Ага!» и... Мы думаем, что тебе следовало бы их опубликовать.

Пару мгновений я переваривал эту мысль. А переварив, обнаружил, что больше не чувствую себя таким уверенным. В моем сознании мелькали сомнения. Одно дело — писать что-то для себя. Может быть, делиться этим с парой друзей, когда попросят. И совсем другая реальность — вынести свои мысли в мир, чтобы их видели и комментировали другие люди. В смысле, кто я такой, чтобы учить других своим жизненным «Ага!»?

А потом, в этот миг страха и неуверенности, возник образ. Словно я открыл свой «Ага!»-блокнот и смотрю прямо на одну из страниц. Там была мысль, которую я подобрал, странствуя по Коста-Рике во время одной из первых своих поездок.

Можно жить либо верой, либо страхом, но не тем и другим одновременно.

Кейси улыбнулась.

— Ты был прав, когда написал это, и слова эти верны до сих пор, — сказала она. — А вдобавок, кто ты такой, чтобы этого не делать?

Она была права. Я знал, в чем состоит истина. В конце концов, я только что закончил *объяснять*, как много я знаю о том, какова истина. Что прыжок в бездну — это вовсе не прыжок.

— Мы хотели бы стать твоими первыми заказчиками, Джон, — неожиданно произнесла Кейси. — Мы хотели бы дарить твою книжку «Ага!» посетителям нашего кафе.

Я в изумлении уставился на нее.

— Правда?

Она кивнула:

— Правда.

Вот это поворот! Все случилось так быстро. Я ощущал рядом бездну. Гигантское нечто, полное неизвестности и страха. А потом, в один миг — раз, и бездны нет. С кристально ясной четкостью я увидел лежавший передо мной путь.

— Ладно, — с улыбкой проговорил я. — Ладно.

Несмотря на проделанный путь, я понимал по своему скудному опыту, что мне еще многому предстоит учиться.

— Все мы это делаем, — обнадежила Кейси. — Вот потому-то мы и здесь.

ГЛАВА 52

Мы с Кейси вернулись к костру. Майк играл на укулеле, Туту разучивала с девочками и Джессикой гавайский танец. Все смеялись.

— Страница пятьдесят шестая, — шепнула мне Кейси.

Я растерянно посмотрел на нее. Она глазами показала на блокнот, который я держал в руке. Я раскрыл его. Раньше на его страницах не было никаких номеров. А теперь были. Аккуратно пропечатанные, словно производитель блокнотов сделал это с самого начала.

Я перевел взгляд на Кейси.

— Уж если ты скоро опубликуешь это, да и вообще... — подмигнув, проговорила она.

Да, мне определенно еще многому предстояло учиться.

Я нашел страницу пятьдесят шесть.

Ты не выбираешь, где родиться, но выбираешь, где остаться. Ты не выбираешь, у кого родиться, но выбираешь, с кем остаться.

— Отчасти приключение состоит в том, чтобы определить, что это значит, — сказала Кейси. — Позволить себе свободу сделать этот выбор и двигаться дальше. Не только физически, но и эмоционально. — Она кивнула в сторону всех присутствующих. — Это часть того, что сейчас осознает Джессика.

— Я усвоил, что в этом и состоит настоящая свобода, — ответил я. — В способности не быть ограниченным такими вещами, как место или обстоятельства твоего рождения. Все мои знакомые, которые пишут собственную историю и сами определяют свой образ жизни, это усвоили. И это люди, которые, похоже, наслаждаются жизнью больше всех.

— Они создали собственную игровую площадку, — добавила Кейси.

Мы подошли к костру. Майк доиграл мелодию, и девочки с хохотом шлепнулись на песок.

Увидев у меня в руках «Ага!»-блокнот, Майк посмотрел на Кейси.

— Ты сказала ему? — Потом он перевел взгляд на меня. — Что думаешь, Джон? Сможем ли мы стать твоими первыми заказчиками?

— Безусловно! — ответил я.

— Может быть, в будущем тебе уже не понадобится после года путешествий возвращаться к работе, чтобы пополнить средства. Ты сможешь финансировать поездки своими «Ага!»-книжками.

— Мне нравится эта идея, — заявил я.

— Мой друг написал книгу, и ее опубликовали на разных языках, — вклинилась Джессика. — Теперь он ездит и выступает перед читателями по всему миру. Он так же любит путешествовать, как и ты. Теперь другие оплачивают его путешествия, и это ему очень нравится.

— Вот, пожалуйста! — воскликнула Кейси. — Кто-то на свете это делает, так почему не ты?

— Я познакомлю тебя с ним, — пообещала Джессика.

— А, Вселенная за работой, — понимающе добавила Туту. — **Стоит лишь четко представить, чего хочешь. Это как отправить плавучий маяк в море чистых возможностей. В одно мгновение все начинает со щелчком вставать на место.**

ГЛАВА 53

Мои мысли понеслись вскачь. Прежние страхи и неуверенность пропали, как будто их не было.

Получать плату за то, чтобы путешествовать и выступать перед читателями, которые так же увлекаются «Ага!»-озарениями, как и я. Это *было бы* просто изумительно! Меня пробила дрожь — вот-вот, даже тело подтверждает заманчивость такого пути. Стоит двинуться в этом направлении — и меня ждет поистине великое приключение.

— Можно мне взглянуть на твою книжку? — спросила Туту.

— Конечно, — ответил я и протянул ей блокнот.

Она села на песок и начала листать страницы. Я тоже присел рядом.

— Как дела, Кокосик?

Майк подошел к Эмме и Софии. Было уже поздно, после еды и веселых танцев девочек разморило. Эмма протянула руки к Майку. Он поднял ее и прижал к груди, поцеловал в макушку.

— Пора спать, малышка?

Она замотала головой:

— Пока нет, пап.

Майк сел, и Эмма уютно устроилась у него на коленях, склонив голову ему на грудь. София подошла к Туту и сделала то же самое.

Туту улыбнулась и погладила внучку по голове.

— Держи свою книжку, Джон, — сказала она, протягивая мне блокнот. — Спасибо, что позволил посмотреть.

— Не за что.

— Если пожелаешь, я могла бы тебе помочь, — добавила она. — У меня много друзей здесь, на острове, в том числе и несколько владельцев отелей. Думаю, твоя книга — нечто особенное. Такие вещи люди любят читать, сидя на пляже, когда у них есть время подумать. Не могу сказать наверняка, но, вероятно, мои знакомые отельеры могли бы закупили часть тиража твоей книги, чтобы дарить гостям.

Я не мог поверить своим ушам.

— Правда?

Она улыбнулась.

— Правда-правда. Свяжись со мной, когда книга выйдет, и я тебе обязательно помогу.

Все происходило так быстро! Я не мог прийти в себя от изумления, хотя дивиться, в общем-то, было нечему. С тех пор как я впервые побывал в этом кафе, я не раз сталкивался с этим явлением: стоит наткнуться на что-то важное, и я понимаю, что это мой путь, так как помощь приходит отовсюду.

— Страница семьдесят один, — подсказала Кейси и улыбнулась.

Я глянул на нее и раскрыл блокнот на семьдесят первой странице. Прочел вслух:

— Когда смотришь на небо в звездную ночь, на самом деле видишь меньше 0,00000005% звезд нашей Галактики. И это только наша Галактика. Но существуют по меньшей мере еще сто двадцать пять миллиардов Галактик. Если некая божественная сила способна создать все это, уж наверняка воплощение твоей мечты не выходит за рамки ее способностей. Проси наставления и чти то, что получаешь, следуя ему.

Я улыбнулся.

— Я записал это в Африке. Никогда и нигде прежде я так не смотрел на звезды. Там можно отчетливо видеть Млечный Путь. А в бинокль рассмотреть отдельные звезды, как они пульсируют голубыми, красными, оранжевыми и другими оттенками. Это была моя вторая поездка в Африку. Когда я раздумывал, куда бы отправиться, кто-то упомянул о том, какая уникальная и ни на что не похожая страна Намибия. Я купил путеводитель по Намибии, и, когда меня спрашивали, куда я намерен отправиться дальше, я говорил, что подумываю о Намибии. И все время кто-нибудь рассказывал мне, что был там, или жил там, или у него есть друг, который только что оттуда вернулся. Казалось, Вселенная просто наблюдала, ожидая, пока я определюсь. И как только я определился, мгновенно возникли все эти связи. — Я улыбнулся. — А теперь мне кажется, что то же самое происходит и с вашей идеей превращения моих «Ага!» в настоящую книгу.

Джессика взглянула на Кейси.

— Это то, что ты мне сегодня объясняла, верно? Именно это ты имела в виду?

Кейси кивнула.

— Каждый миг, каждую секунду мы находимся в поле чистого потенциала. **Все наши поступки, хотим мы того или нет, посылают сигналы. Они дают полю чистого потенциала понять, чего мы хотим.** В данном случае Джон не просто пережил свои «Ага!». Они оказались достаточно важны для него, чтобы он их записал. И таким образом послал сигнал. Джон с радостью поделился с нами, когда мы спросили, можно ли нам взглянуть на них. Это послало еще один сигнал. Он позитивно отреагировал на идею превратить свои «Ага!» в книгу. Еще один сигнал. Потом он отреагировал позитивно, когда ты заговорила о своем друге, который написал книгу и теперь получает вознаграждение за выступления перед читателями. Снова сигнал. Наше предложение стать его заказчиками, предложение Туту помочь — все это дополнительные сигналы. Вселенная все видит, и шаблон начинает формироваться очень быстро. В результате ты получаешь еще больше того, в чем заинтересован.

— *Возьми меня, возьми меня, возьми меня снова*... — тихонько пропела Туту.

— Поняла, — подытожила Джессика. — **Если я недовольна тем, что получаю, надо начать посылать иной сигнал.** Начать наполнять мое каноэ тем, что *действительно* важно для меня. — Она помолчала. — Вот теперь я и вправду поняла.

Туту улыбнулась.

— Значит, ты только что обрела одно из самых важных «Ага!» на свете.

ГЛАВА 54

Майк пролистывал мой «Ага!»-блокнот.

— В чем значение вот этого? — спросил он и прочел предложение вслух: — *Это всего лишь машина.*

Я замешкался, потом неуверенно глянул на Джессику. И промолчал.

Майк снова улыбнулся.

— Мне следует выбрать другое?

— Это просто… Просто... — запинаясь, начал я.

Снова бросил косой взгляд на Джессику. Она смотрела на меня.

— Так что же это такое? — повторил Майк.

— Джон не хочет меня смущать, — прозорливо объяснила Джессика. — Ну, давай, — подбодрила она меня.

— Я просто…

Джессика рассмеялась.

— Ты не ранишь мои чувства. Говори!

Я улыбнулся.

— Ладно. У меня есть один друг. Всякий раз, как мы с ним видимся, он твердит мне, как бы ему хотелось заниматься тем же, чем занимаюсь я. С каким удовольствием он отправился бы путешествовать, повидать мир. Всякий раз, когда я собираюсь в поездку, он говорит мне, что мы с ним непременно где-нибудь пересечемся, чтобы я всему научил его.

— Но никогда этого не делает? — догадалась Кейси.

— Никогда. И когда я спрашиваю его, почему он этого не делает, он говорит, что не может отрывать время от работы. Или что вот-вот начнется какой-то большой, важный для него проект. Всегда находится какая-нибудь причина. И это только полбеды! Он действительно из-за этого переживает. Он *действительно* хочет путешествовать.

— Разве он не может на некоторое время взять отпуск? — спросила Джессика.

— Я спрашивал его об этом. Проблема в том, что он тратит почти все, что зарабатывает. Он застрял в этой рутине: вместо того чтобы откладывать понемногу деньги и открывать пространство для возможностей, он моментально спускает все заработанное. А потом ему кажется, что взять отпуск, даже самый коротенький, никак невозможно.

— А при чем тут машина? — поинтересовался Майк.

Я был совершенно уверен, что он знает ответ.

— Отчасти моего приятеля держит на работе его машина. Пару лет назад он купил новенькую, очень стильную роскошную машину. Она «упакована» буквально всеми дополнительными опциями, какие только мог предложить автосалон. Видеоэкраны, помогающие сдавать назад, подогрев сидений, всемирная *GPS*. В общем, не машина, а конфетка. И платежи соответствующие. Добавьте сюда страховку, ремонт — и каждый месяц он вкладывает в нее почти столько же, сколько я плачу за съемную квартиру. А еще прибавьте к этому расходы на жизнь. Понятно, почему ему кажется, что он не может позволить себе отпуск. И уж точно о таком, как у меня — на целый год, — не может быть и речи. — Я помолчал немного. — Но это тоже нормально. Я не осуждаю своего друга. Это его жизнь, его выбор. Однако не думаю, что он осознает, насколько этот выбор лишает его свободы сделать иной выбор.

— Например, некоторое время попутешествовать с тобой, — подсказала Туту.

Я кивнул:

— Точно. И ладно бы он был страстным любителем автомобилей. Но это не так. Он даже за руль садится не особо часто. Он живет в большом городе и повсюду ездит на такси. Так что его машина просто стоит на парковке в гараже. За который ему тоже приходится каждый месяц платить.

— Да уж, — сказала Джессика.

— Траты — это у него импульсивное. Он видит какую-то вещь, он хочет обладать ею, и он ее покупает. А потом, спустя пару дней или месяцев, вещица теряет для него свое очарование. Так что затрат много, а толку чуть. Честно говоря, мне кажется, он купил себе эту машину ради того, чтобы иметь возможность хвастать ею. Он пытается *что-то кому-то* доказать.

— Быть членом клуба, к которому он на самом деле не хочет принадлежать, — сказала Джессика и взглянула на Кейси.

— Отлично сказано, — подтвердил я. — Такая формулировка не приходила мне в голову, но ты права. Думаю, в его случае так и есть. Когда мы виделись в последний раз, он снова говорил мне о том, как бы ему хотелось присоединиться ко мне в следующей поездке. Чего, как я понимаю, не случится... Что ж, по крайней мере, когда я думал об этом, у меня случилось очередное «Ага!».

— Какое же? — спросила Джессика.

— Наше социальное самоопределение в основном фокусируется на успехе или на счастье, связанном с тем, сколько у тебя денег или вещей. Путешествуя по миру, я встречаю множество разных людей. Одни купаются в деньгах, у других нет ни гроша. Наблюдая за ними, я понял, что валюта, которая действительно имеет значение, — это не деньги. Это минуты. **Быть финансово обеспеченным — не хорошо и не плохо. Это не гарантирует ни счастья, ни несчастья. Так же, как и бедность.** Я не устаю удивляться тому, что, где бы я ни оказался — в беднейших регионах мира или в процветающих, — везде есть люди, которые постоянно улыбаются, и люди, которые постоянно хмурятся. Общее у тех, кто постоянно улыбается, — это их образ жизни. Они предпочитают жить так, чтобы каждый день выделять побольше времени на занятия, гармонирующие с их Целью существования. Созвучные их сердцу.

— Джон, а сколько денег тратит твой друг на свою машину? — поинтересовалась Кейси.

— Почти девятьсот долларов в месяц. И еще две сотни на гараж. И все это — за машину, которой он практически не пользуется. Это означает, что он не получает в обмен на свои деньги качественное времяпрепровождение. Если бы он откладывал такую же сумму каждый месяц в течение полутора лет, он смог бы путешествовать по миру вместе со мной — *целый год!* И это подарило бы ему множество прекрасных, качественных минут. — Я усмехнулся. — Так что это сподвигло меня черкнуть в своем блокноте заметку: *трать деньги сообразно той жизни, которой действительно хочешь жить.* — Я посмотрел на Джессику. — Прости, я не хотел тебя оскорбить. У меня есть другой приятель, который *действительно* влюблен в автомобили. Он купил себе кабриолет 1968 года, и для него это прекрасное вложение денег. Он обожает эту машину. Ездит на ней повсюду. Он также любит знакомиться с людьми, а машина — это прекрасная затравка для разговора, где бы он ни оказался. Для него такой выбор машины полностью осмыслен.

Джессика улыбнулась.

— Не переживай. Ты меня не оскорбил. Заставил задуматься — это да. Но не оскорбил.

— В действительности дело даже не в машинах, — сказал я. — Смысл этой записи в моей книжке «Ага!» — напоминать себе о том, что **надо тратить деньги сообразно той жизни, которой ты действительно хочешь.** Для меня это путешествия и приключения. Для другого человека это может быть что-то совершенно иное. — Я кивком указал на Кейси и улыбнулся. — Один из моих главных «сувениров», увезенных после первого посещения этого кафе, был как раз на эту тему.

— А именно? — заинтересовалась Джессика.

— *Убеждаться,* что что-то имеет смысл, до того как *решить,* что это имеет смысл. То есть ты сам должен в этом убедиться, а не с подачи другого.

— Мне нравится эта идея, — заявила Джессика.

— После того как я побывал здесь впервые, я перестал смотреть на деньги так, как прежде, — продолжил я. — Это было настоящее откровение. Я осознал, что значительная часть моих трат не согласовалась с тем, что я действительно хотел пережить в жизни. По принятым стандартам те годы, когда я занят работой, гламурными не назовешь. Я не так часто выхожу на люди, не так много покупаю вещей. И по сравнению с недельным отпуском на роскошном курорте мои последующие годичные путешествия тоже в глаза не бросаются. — Я улыбнулся. — Но в контексте того, что действительно имеет значение *для меня,* мои путешествия *действительно* экстраординарны. Разные страны, разные культуры, интересные люди, новые приключения каждый день. Годы, когда я работаю, возможно, бедноваты на впечатления, но во время путешествий я организую для себя огромное количество невероятных, потрясающих минут.

ГЛАВА 55

Туту погладила Софию по волосам. Девочка крепко спала, положив голову на ее колени.

— У меня есть для тебя история, Джессика, — сказала она. — Хочешь послушать? Полагаю, ты найдешь в ней связь с причиной, по которой ты сегодня наткнулась на это кафе.

— С удовольствием послушала бы, — отозвалась Джессика.

Туту улыбнулась и снова погладила волосы Софии.

— Хорошо. А после этого пора будет отнести малышку домой, в кроватку.

Туту на миг прикрыла глаза, потом начала:

— Ты когда-нибудь видела по-настоящему туманное утро, Джессика? Когда туман настолько густой, что едва можно что-то разобрать?

Джессика кивнула.

— Эта история как раз о таком тумане. Представь большой старый красивый дом с широкой верандой. Этот дом окружает просторный двор, который, в свою очередь, окружен лесной чащей. От веранды вьется тропинка — через двор и в лес. А на веранде, лицом к этой тропинке, стоит кресло-качалка.

Туту посмотрела на Джессику.

— Можешь вообразить все это?

Джессика снова кивнула.

— Опыт говорит мне, — продолжила Туту, — что для большинства людей жизнь похожа на сидение в этом кресле-качалке. Вот только, когда они выглядывают за перила веранды, они не видят ни двора, ни деревьев. Они видят только густой туман. Это туман, состоящий из всего того, что другие люди пытаются заставить их делать, видеть и считать истиной. Туман, который содержит все их сомнения в себе, страхи, неуверенность. Плюс все негативные посылы, которые они усвоили за время своей жизни. И вот они сидят на этой веранде, качаясь в кресле, и думают: ах, если бы туман разошелся хотя бы минут на пять, они смогли бы увидеть тропинку, ведущую к той жизни, о которой они мечтают; вот тогда бы они встали с кресла, спустились по ступенькам и ушли жить этой жизнью.

А потом они однажды читают вдохновляющую историю — или слышат о ком-то, кто только что исполнил свою давнюю мечту. Словно по волшебству, туман на пять минут расступается, и они отчетливо видят тропинку к жизни, которой хотят жить. Она прекрасна и великолепна, она зовет их. Все эти пять минут они думают о том, что надо бы встать и пуститься в путь по этой тропинке. Они воображают приключения, которые у них будут, и радость, которую они ощутят. Но потом эти пять минут проходят, и туман смыкается снова. Так что эти люди ерзают в своем кресле. и продолжают качаться. Вперед-назад, вперед-назад.

Проходит какое-то время, и они начинают думать,

что, если бы этот туман разошелся, ну, на час, они смогли бы увидеть ту жизнь, которую действительно желают для себя; вот тогда бы они встали со своего кресла, спустились по ступеням и ушли жить этой жизнью. Потом они смотрят какой-нибудь особенно вдохновляющий фильм или слышат чью-то потрясающую жизненную историю. Главная идея этой истории идеально подходит для них. Словно режиссер фильма каким-то невероятным образом сумел проникнуть в их сознание или этот потрясающий герой поговорил напрямую с ними. И на весь следующий час туман перед ними расходится, они отчетливо видят тропинку к жизни, которой действительно хотят жить. Она прекрасна и великолепна, она зовет их. Весь этот час они думают о том, чтобы подняться с кресла и пуститься в путь по этой тропинке. Они воображают все приключения, которые с ними случатся, и радость, которую они ощутят. Но потом этот час заканчивается, и туман смыкается снова. И они откидываются на спинку кресла и качаются. Вперед-назад. Вперед-назад.

Проходит еще какое-то время, и они начинают думать, что, если бы этот туман рассеялся всего на сутки, они смогли бы увидеть ту жизнь, которую действительно хотят, они встали бы со своего кресла, спустились по ступеням и ушли бы жить этой жизнью.

Потом однажды они слышат о том, что кто-то из их друзей умер. Хороший человек. Кто-то, кто по-доброму относился к другим людям. Кто-то такой, кто был слишком ярким светочем, чтобы погаснуть так рано. И на следующие двадцать четыре часа туман расходится, и они обретают ясность, какой не знали никогда прежде.

Они видят тропинку к жизни, которой действительно хотят для себя, и она зовет их с такой настойчивостью, как никогда раньше. Она прекрасна и великолепна. Они видят все возможные причины, по которым им следовало бы пойти по этой тропинке, и понимают ошибочность всех своих прежних отговорок, в силу которых они якобы не могли этого сделать. Все эти двадцать четыре часа они ощущают побуждение двигаться, начать, стартовать.

Но потом сутки кончаются, и туман смыкается снова. И они откидываются на спинку кресла и качаются. Вперед-назад. Вперед-назад.

Потом однажды утром они выглядывают с веранды — а тумана-то больше нет. Они ждут — час, другой, — но туман не появляется.

Проходит день, потом два дня, а тумана нет по-прежнему. Выглядывая с веранды, они отчетливо видят тропинку к жизни, какую действительно хотят для себя.

Она прекрасна и великолепна, она зовет их. Они воображают все приключения, которые с ними случатся, и радость, которую испытают, если только пойдут по этой тропинке. Наконец промедление становится невыносимым. Сегодня — тот самый день!

Они поднимаются с кресла, пытаются сделать шаг и осознают, что больше не могут ходить.

Я посмотрел на Джессику. Она плакала.

— Ты молода, Джессика, — мягко заговорила Туту. — Ты умна. Ты талантлива. Впереди множество приключений — они только и ждут тебя. Но ты должна освободиться от этого тумана.

— Бывают дни, когда он настолько густой, — тихо проговорила Джессика сквозь слезы. — А сегодняшний день был такой ясный! Время, проведенное со всеми вами, разогнало весь туман. — Она помолчала. — Но что делать, когда он смыкается снова? Когда я больше не вижу перед собой тропинку?

— Все равно надо встать и идти вперед, — ответила Туту. — Тропинка есть всегда, она ждет, пока ты ее увидишь. Часто для этого требуется только первый шаг в неведомое.

— Я не уверена, — возразила Джессика.

Туту умолкла и молчала дольше обычного.

— В самом густом тумане, какой ты только способна вообразить, насколько далеко ты сможешь видеть? — наконец спросила она.

Джессика замешкалась.

Туту ободряюще кивнула.

— Футов на десять, — предположили Джессика.

— Если ты останешься на этой веранде, то всегда будешь видеть все те же самые десять футов, — закончила Туту и снова позволила паузе повиснуть в воздухе. — А если ты встанешь и сделаешь всего один шаг, один-единственный шаг, как далеко ты будешь видеть?

Джессика пожала плечами, словно не понимая смысла вопроса.

— На десять футов.

— Да. Но это *не те же самые* десять футов.

Джессика молчала.

— Иди сюда, дитя, — позвала ее Туту.

Как маленькая девочка, Джессика на коленках подползла по песку и оказалась рядом с Туту. Она уткнулась в нее лбом и зарыдала. И плакала до тех пор, пока не выплакала все слезы.

Туту терпеливо ждала, утешая ее, как любящая мать утешала бы своего ребенка. Когда Джессика затихла, Туту обхватила ее лицо ладонями и всмотрелась в него.

— Когда ты сегодня сделала этот первый шаг, первые девять футов остались такими же, какими были всегда. Однако последний фут был иным. Он был новым. И именно там Вселенная положила начало твоему пути.

Джессика улыбнулась. Отерла слезы со щек.

— Почему бы ей не положить это начало хоть чуточку ближе? — проговорила она и засмеялась сквозь слезы.

Туту тихонько покачала головой и тоже улыбнулась.

— Потому что Вселенная действует не так.

ГЛАВА 56

Мы с Кейси и Джессикой прибрали после *луау* и понесли посуду в кухню. Майк с Туту остались снаружи, держа на руках Эмму и Софию.

— Я могу сделать это, — сказал я и начал наливать воду в раковину, чтобы помыть посуду.

Кейси улыбнулась.

— Все в порядке, Джон. Ты и так сегодня здорово помог. Я сама позабочусь об остальном.

— Ты уверена? — спросил я.

Она кивнула и улыбнулась.

— Полностью.

Джессика сгрузила на стол принесенный поднос.

— Я с радостью помогу, — сказала она.

Кейси чуть качнула головой и снова улыбнулась:

— Спасибо, Джессика. Я сама справлюсь. Правда!

Джессика выглянула в зал кафе через окошко раздачи.

В кабинке, где она сидела этим утром, лежали ее деловой костюм, туфли на каблуке и сумочка.

— Такое ощущение, будто миллион лет прошел, — нерешительно проговорила она. — Миллион жизней.

Она снова перевела взгляд на Кейси.

— Все будет хорошо, — заверила ее Кейси. — *То* было до того, как ты поняла. А *это* — после.

И все эмоции, которые к этому прилагаются. Я — все это.

— И, возможно, еще сотня разных «ты», — подхватила Кейси и раскрыла объятия. Джессика крепко обняла ее.

— Спасибо тебе, — сказала Джессика.

— На здоровье.

Потом Джессика повернулась ко мне.

— Спасибо и тебе, Джон. Этим утром я едва не сбежала, но ты пришел к столику и заговорил со мной. Если бы ты этого не сделал, я не смогла бы пережить то, что пережила сегодня.

Мы обнялись.

— Я рад, что ты побывала здесь сегодня, — сказал я. — И рад, что смог помочь.

ГЛАВА 57

В кухню вошли Туту и Майк. Они несли на руках по-прежнему крепко спавших девочек.

Кейси протянула руки, и Туту передала ей Софию. Девочка уютно прислонилась к плечу Кейси.

— Мы хотели сказать вам *алоха,* — улыбнулась Туту. — Но, видимо, мне придется попрощаться и за мою внучку.

Джессика обняла Туту.

— *Алоха.* И *махало*! Спасибо вам за все, чему вы научили меня сегодня.

— Почему бы нам не заняться серфингом вместе на следующей неделе? — предложила Туту. — Этакий маленький девичник, только ты и я.

Лицо Джессики засияло еще ярче, чем прежде.

— Правда? Я бы с удовольствием.

— Я тоже.

Туту повернулась ко мне и обняла.

— *Алоха,* Джон. Это было огромное удовольствие. Я буду с нетерпением ждать твоей книги «Ага!». А потом помогу тебе поделиться ею с жителями острова.

— Для меня это тоже было большое удовольствие, — ответил я. — И спасибо вам за предложение помочь. Ловлю вас на слове.

Туту поочередно обняла Кейси и Майка и попрощалась с ними. Кейси снова передала ей Софию.

— Хотите, я провожу вас обеих домой? — предложила она.

Туту покачала головой.

— Это очень мило с твоей стороны, Кейси, но нет необходимости. Я ходила по тропинке к этому волшебному местечку с тех пор, как была маленькой девочкой. С нами все будет в порядке.

Она ушла.

— Пойду освежусь и заберу свои вещи, — сказала Джессика.

Я смотрел, как она идет к столу, где лежали ее телефон, сумочка и одежда.

— Ты сегодня здорово ей помог, Джон, — сказала Кейси. — Она выглядит как новый человек — по сравнению с этим утром.

— Я помню, каково это, — отозвался я и перевел взгляд с Кейси на Майка. — Как сильно человек может измениться, проведя немного времени в этом месте, с вами обоими.

Майк улыбнулся и поудобнее подхватил Эмму.

— Приятно было снова повидаться, Джон. — Он протянул мне руку.

Я пожал ее и улыбнулся в ответ.

— Мне тоже. Спасибо за все наши беседы.

Он кивнул.

— Кейси, ты заберешь отсюда вещи? Я понесу малышку спать.

— С радостью.

— *Алоха,* Джон, — сказал Майк, развернулся и направился к задней двери.

— *Алоха,* Майк, — отозвался я.

Стало тихо.

— Пойдем в зал, — предложила Кейси.

Мы вышли из кухни в зал кафе. Проходя мимо, я провел рукой по хромовым бокам стойки и сиденьям барных стульев. Меня захлестнуло чувство печали.

— Ты вернешься, — заверила Кейси. — И намного скорее, чем сам думаешь.

Я посмотрел на нее.

— Если я приеду сюда завтра на велосипеде, это кафе будет здесь?

Она улыбнулась.

— Это зависит от миллиона разных факторов, Джон.

Мне снова стало грустно.

Она положила руку мне на плечо.

— Когда твоя книга «Ага!» будет завершена, держи глаза открытыми. А мы сделаем заказ.

— Да.

Как раз в этот момент Джессика вышла из дамской комнаты и подошла к нам. На ней снова была деловая одежда. Волосы были подколоты так же, как тогда, когда она приехала в кафе, на ногах — туфли на каблуке. Когда она подошла ближе, у нее зазвонил телефон. Она остановилась и полезла в сумочку.

Я взглянул на Кейси. Та пожала плечами.

Джессика вынула из сумочки телефон. Звонок был пропущен.

— Вот ведь странность, — пробормотала она, глядя на телефон. — Теперь сигнал отличный. И масса сообщений.

Она занялась просмотром сообщений. Ее лицо стало напряженным и серьезным.

Я снова взглянул на Кейси.

— Уже очень поздно, Джон, — сказала она. — Ты ведь на велосипеде, верно? Как доберешься отсюда до дома?

Я кивнул.

— На дорогах темно, но я поеду медленно. Со мной все будет в порядке.

Честно говоря, я не вполне отчетливо представлял обратный маршрут. Но решил, что как-нибудь разберусь.

— Я тебя отвезу, — сказала Джессика. Она по-прежнему держала телефон в руке, но смотрела на меня. — Я могу подвезти тебя до дому.

Я посмотрел на нее — в деловом костюме, на каблуках.

— Все нормально, Джессика. Мой велик здорово запылился, прежде чем я попал сюда. К тому же твоя машина не слишком приспособлена для перевозки велосипедов. Я не хочу все испачкать.

Джессика бросила взгляд на меня, на Кейси и улыбнулась. Напряжение моментально исчезло с ее лица. Улыбка вновь стала прежней: широкой, открытой, излучающей энергию — такой, которая засияла на ее лице с тех пор, как она вернулась после качелей. Выключив телефон, она швырнула его в сумочку.

— Что такое? — не понял я.

— *Это всего лишь машина,* — сказала она, и улыбка стала еще светлее. — *Это всего лишь машина.*

Огромное вам спасибо за то, что посетили кафе «Почему».

У нас есть для вас подарок!

Вы можете бесплатно загрузить нашу новую электронную книгу под заглавием 1001 Inspirational Quotes, зайдя на сайт www.whycafe.com/quotebook

Ее легко найти, и она полна вдохновения!

Вы можете также отыскать другие ресурсы, которые помогут вам открыть свою цель существования и «Большую пятерку для жизни» и реализовать их, заглянув на сайт www.whycafe.com

Персональные онлайн-курсы доступны круглый год.

Еще раз спасибо!

ОБ АВТОРЕ

После судьбоносного события, которое случилось с ним в тридцать три года, Джон вдохновился идеей сесть за работу и поведать миру историю кафе «Почему». У него не было ни литературного опыта, ни специальной подготовки.

Не прошло и года после выхода книги, как слово поддержки от благодарных читателей уже распространило эту книгу по всему земному шару и она стала вдохновлять людей на всех континентах, включая Антарктиду. Она стала бестселлером номер один и была переведена на 25 языков.

С тех пор Джон написал и другие книги, в том числе «Сафари жизни» (*Life Safari),* «Большая пятерка для жизни» (*The Big Five for Life),* а теперь и «Возвращение в кафе» *(Return to The Why Cafe).* Кроме того, он стал соавтором книги «Как быть богатым и счастливым» (How *to be Rich and Happy).*

Благодаря писательским работам и участию в теле- и радиопрограммах идеи Джона вдохновляют миллионы людей жить на своих собственных условиях. Наряду с Опрой Уинфри, Уэйном Дайером и Дипаком Чопрой его почитают как одного из самых вдохновляющих мыслителей в сфере лидерства и личностного развития. Все это по-прежнему преисполняет смирения и изумляет его самого.

Чтобы больше узнать о Джоне или пригласить его на выступление или для интервью, посетите сайт www.johnstrelecky.com

ОГЛАВЛЕНИЕ

Издание для досуга

UNICORNBOOK. МЕГА-БЕСТСЕЛЛЕРЫ В МИНИ-ФОРМАТЕ

Джон Стрелеки

КАФЕ НА КРАЮ ЗЕМЛИ

Два бестселлера под одной обложкой

Главный редактор *Р. Фасхутдинов*
Руководитель направления *Л. Ошеверова*
Ответственный редактор *Е. Олейник*
Младший редактор *Р. Муртазина*
Художественный редактор *Г. Булгакова*

ООО «Издательство «Эксмо»
123308, Москва, ул. Зорге, д. 1. Тел.: 8 (495) 411-68-86.
Home page: www.eksmo.ru E-mail: info@eksmo.ru
Өндіруші: «ЭКСМО» АҚБ Баспасы, 123308, Мәскеу, Ресей, Зорге көшесі, 1 үй.
Тел.: 8 (495) 411-68-86.
Home page: www.eksmo.ru E-mail: info@eksmo.ru.
Тауар белгісі: «Эксмо»
Интернет-магазин : www.book24.ru

Интернет-магазин : www.book24.kz
Интернет-дүкен : www.book24.kz
Импортёр в Республику Казахстан ТОО «РДЦ-Алматы».
Қазақстан Республикасындағы импорттаушы «РДЦ-Алматы» ЖШС.
Дистрибьютор и представитель по приему претензий на продукцию,
в Республике Казахстан: ТОО «РДЦ-Алматы»
Қазақстан Республикасында дистрибьютор және өнім бойынша арыз-талаптарды
қабылдаушының өкілі «РДЦ-Алматы» ЖШС,
Алматы қ., Домбровский көш., 3«а», литер Б, офис 1.
Тел.: 8 (727) 251-59-90/91/92; E-mail: RDC-Almaty@eksmo.kz
Өнімнің жарамдылық мерзімі шектелмеген.
Сертификация туралы ақпарат сайтта: www.eksmo.ru/certification

Сведения о подтверждении соответствия издания согласно законодательству РФ
о техническом регулировании можно получить на сайте Издательства «Эксмо»
www.eksmo.ru/certification
Өндірген мемлекет: Ресей. Сертификация қарастырылмаған

Подписано в печать 15.11.2019. Формат 75x100 1/32.
Печать офсетная. Усл. печ. л. 15,97.
Доп. тираж 4000 экз. Заказ 11698.

Отпечатано с готовых файлов заказчика
в АО «Первая Образцовая типография»,
филиал «УЛЬЯНОВСКИЙ ДОМ ПЕЧАТИ»
432980, Россия, г. Ульяновск, ул. Гончарова, 14

16+

ISBN 978-5-04-102411-6

9 785041 024116 >